Emile Zola

# Ein Blatt Liebe

**Emile Zola**

# Ein Blatt Liebe

Reproduktion des Originals.

1. Auflage 2022  |  ISBN: 978-3-36826-679-0

Verlag: Outlook Verlag GmbH, Zeilweg 44, 60439 Frankfurt, Deutschland
Vertretungsberechtigt: E. Roepke, Zeilweg 44, 60439 Frankfurt, Deutschland
Druck: Books on Demand GmbH, In de Tarpen 42, 22848 Norderstedt, Deutschland

# 1

Die Nachtlampe brannte auf dem Kamin hinter einem Buche, dessen Schatten eine Hälfte des Zimmers zudeckte. Es war ein mildes Licht, das die dicken Falten der Plüschvorhänge badete und die Spiegelscheiben des zwischen den beiden Fenstern aufgestellten Mahagonisilberschrankes bläute. Die bürgerliche Harmonie des Zimmers, dieses Blau der Vorhänge, der Möbel und des Teppichs nahm um diese Stunde eine unbestimmte Milde an. Und den Fenstern gegenüber bildete neben dem Schatten das ebenfalls mit Plüsch verhangene Bett eine dunkle Masse, nur von der Blässe der Bettdecken aufgehellt. Helene, die gekreuzten Hände in der ruhigen Haltung der Mutter und Witwe übereinandergelegt, atmete leicht auf.

Inmitten der Stille schlug die Pendüle eins. Die Geräusche des Stadtviertels waren erstorben. Hier auf diese Anhöhen des Trocadero sandte Paris bloß sein fernes Schnarchen. Helenes leiser Atemzug war so sanft, dass er die keusche Linie ihres Busens nicht hob. Sie genoss einen schönen, ruhigen und kräftigenden Schlaf. Ihr edles Profil umrahmte das zu mächtigen Flechten aufgesteckte kastanienbraune Haar; der Kopf lag leicht zur Seite geneigt, als ob sie lauschend entschlummert sei. In der Tiefe des Zimmers öffnete sich die Türe einer großen Kammer.

Kein Geräusch wurde laut. Es schlug halb. Der Pendel hatte in dieser das ganze Gemach beherrschenden Stille einen gedämpften Schlag. Die Nachtlampe schlummerte, die Möbel schlummerten und auf einem Schränkchen schlummerte neben einer verlöschten Lampe die Handarbeit. Helene behielt im Schlafe ihre ernsten und freundlichen Züge.

Als es zwei Uhr schlug, wurde dieser Friede gestört. Ein Seufzer kam aus der Finsternis der Kammer. Dann hörte man ein Knistern von Leinwand, und wieder trat Stille ein. Jetzt ein beklommener Atemzug. Helene hatte sich nicht gerührt. Plötzlich sprang sie empor. Ein wirres Kinderstammeln hatte sie geweckt. Sie fuhr mit der Hand nach den Schläfen; noch schlafumfangen, als ein dumpfer Aufschrei sie aus dem Bette jagte.

»Jeanne! Jeanne! Was ist dir? Antworte doch!« Und als das Kind schwieg, murmelte sie, im Laufen die Nachtlampe fassend:

»Ach Gott! sie war nicht recht munter; ich hätte mich nicht niederlegen sollen.«

Sie trat rasch in das anstoßende Gemach, wo wieder dumpfes Schweigen herrschte. Die ölgefüllte Nachtlampe aber warf einen zitternden

Lichtschein, der an die Zimmerdecke einen runden Fleck zeichnete. Helene konnte, über die eiserne Bettstelle gebeugt, zuerst nichts unterscheiden. Dann sah sie in dem bläulichen Lichtschein, mitten unter zurückgeworfenen Betttüchern und Decken, Jeanne ausgestreckt, mit zurückgeworfenem Kopfe, starren und harten Halsmuskeln. Ein Krampf entstellte das liebenswürdige Gesichtchen, die Augen waren geöffnet und starrten auf den Rand der Vorhänge.

»Ach Gott! ach Gott!« rief Helene, »sie stirbt!« Und die Nachtlampe hinstellend, betastete sie ihr Kind mit zitternden Händen. Sie konnte den Puls nicht finden. Das Herz schien stillzustehen. Die kleinen Arme, die Beinchen spannten sich gewaltsam. Dann packte Helene die Angst, und wie besessen schrie sie auf:

»Mein Kind stirbt! Hilfe! Mein Kind! mein Kind!«

Sie kehrte in das Zimmer zurück, ohne zu wissen, wohin sie ging. Dann trat sie wieder in die Kammer und warf sich von neuem am Bette nieder, noch immer um Hilfe rufend. Sie hatte Jeanne mit den Armen gefasst, küsste ihr Haar, tastete mit den Händen an ihrem Körper hin und flehte um eine Antwort, um einen Laut. Ein Wort, ein einziges Wort. Wo tat's weh? Verlangte sie noch ein bisschen Suppe von gestern? Ob ihr am Ende die Luft wieder zum Leben verhülfe? Und hartnäckig blieb sie dabei, einen Laut aus dem Munde des Kindes zu hören.

»Sage mir, Jeanne! sag mir doch ein Wort! Ich bitte dich!«

Und dabei nicht wissen, was anfangen! Und alles so gänzlich unerwartet mitten in der Nacht. Nicht einmal Licht. Helenes Gedanken verwirrten sich. Sie fuhr fort, zu ihrem Kinde zu plaudern. Im Magen musste die Ursache dieses Anfalls sitzen; nein, im Schlund... Es würde nichts auf sich haben. Ruhe war nötig. Und sie machte eine gewaltsame Anstrengung, ihren Verstand beisammen zu halten. Aber die Empfindung, ihr Kind steif und starr in den Armen zu haben, schnürte ihr die Brust zu. Sie schaute es an, wie es so krampfverzerrt ohne Atem dalag, und versuchte zu überlegen. Plötzlich schrie sie auf, ohne es zu wollen.

Sie lief durch die Essstube und die Küche:

»Rosalie! Rosalie!... Rasch, einen Arzt!... Mein Kind liegt im Sterben!« Das Dienstmädchen Rosalie, welches in einem Gelass hinter der Küche schlief, schrie auf. Helene war zurückgekommen. Sie lief im bloßen Hemde, ohne die Kälte dieser eisigen Februarnacht zu fühlen. Wollte denn diese Rosalie ihr Kind sterben lassen! Eine Minute war kaum verstrichen. Sie lief wieder in die Küche und zurück in die Stube.

Und jäh, tastend, zog sie einen Unterrock an und warf ein Tuch über die Schultern. Sie stieß an Möbel und füllte mit der Hast ihrer Verzweiflung den Raum, in dem ein so tiefer Friede geschlummert hatte. Dann eilte sie in Pantoffeln, die Türen hinter sich offen lassend, die drei Stufen hinab, einzig von dem Gedanken beherrscht, einen Arzt zur Stelle zu schaffen.

Als der Pförtner die Schnur gezogen hatte, fand sich Helene mit summenden Ohren und wirrem Kopfe auf der Straße. Sie lief rasch die Rue Vineuse hinab und läutete beim Doktor Bodin, der Jeanne bereits behandelt hatte.

Ein Diener antwortete ihr endlich nach einer halben Ewigkeit, der Doktor sei zu einer Niederkunft geholt worden. Sie kannte keinen andern Arzt in Passy. Einen Augenblick lief sie die Straßen auf und ab, die Augen auf die Häuser gerichtet. Ein eisiger Wind wehte; sie ging mit ihren Pantoffeln auf einem leichten, am Abend gefallenen Schnee. Und vor ihr stand immerfort das Kind, und der angstvolle Gedanke, dass sie nicht sogleich einen Arzt fand, drohte sie zu töten. Da, die Rue Vineuse wieder hinaufeilend, hängte sie sich an einen Klingelzug. Sie wollte wenigstens fragen...

Als niemand zu kommen schien, klingelte sie von neuem. Der Wind klatschte ihr den dünnen Rock um die Beine, und die Locken ihres braunen Haares flatterten.

Endlich schloss ein Diener auf und sagte, dass Herr Doktor Deberle schon zu Bett sei. Sie hatte also bei einem Arzte geläutet! Der Himmel verließ sie nicht! Da schob sie den Diener beiseite und trat ins Haus.

Sie wiederholte:

»Mein Kind, mein Kind liegt im Sterben! Sagen Sie ihm, er solle kommen!«

Es war ein kleines Haus, überladen mit Vorhängen. Sie stieg ein Stockwerk hinauf, im Kampf mit dem Diener. Auf alle Einwände antwortete sie, dass ihr Kind im Sterben läge. In einem Zimmer erklärte sie, hier warten zu wollen. Aber sobald sie nebenan den Arzt aufstehen hörte, trat sie heran und sprach durch die Tür:

»Rasch, Herr Doktor, ich flehe Sie an ... mein Kind stirbt!«

Und als der Arzt im Hausrock, ohne Halsbinde, erschien, zog sie ihn fort, ließ ihm nicht Zeit, sich anzukleiden. Er – hatte sie erkannt. Sie wohnte im Nachbarhause und war seine Mieterin. Auch Helene erinnerte sich jetzt, als er sie, den Weg abzukürzen, durch eine Verbindungstüre zwischen den beiden Wohnhäusern nach dem Garten führte.

»Ach! es ist ja wahr,« flüsterte sie, »Sie sind Arzt, und ich wusste es.... Sehen Sie, ich bin schier von Sinnen. Ach bitte, bitte, beeilen wir uns!«

Auf der Treppe wollte sie ihm den Vortritt lassen. Sie hätte den lieben Gott selbst nicht höflicher bei sich einführen können! Oben war Rosalie bei Jeanne geblieben und hatte die auf dem Schränkchen stehende Lampe angezündet. Sobald der Arzt hereintrat, ergriff er die Lampe und leuchtete nach dem Kinde, das noch immer in schmerzvoller Starre dalag; bloß der Kopf hatte sich seitwärts geneigt, und rasche Zuckungen liefen über das Gesicht. Eine Minute lang sagte der Arzt nichts, presste nur die Lippen zusammen. Helene schaute ihn angstvoll an. Als er diesen flehentlichen Blick der Mutter sah, flüsterte er:

»Es wird nichts auf sich haben; aber hier dürfen wir sie nicht lassen. Sie braucht Luft.«

Helene nahm die Kleine mit kräftigem Schwung auf die, Schulter. Sie hätte dem Arzt für sein gütiges Wort die Hände geküsst, und ein süßes Gefühl durchdrang sie. Aber kaum hatte sie Jeanne auf ihr eigenes Bett gelegt, als der arme Körper des Kindes von heftigen Krämpfen geschüttelt wurde. Der Arzt hatte den Schirm von der Lampe entfernt; weißes Licht füllte das Zimmer. Er trat zum Fenster, öffnete es und befahl Rosalie, das Bett aus den Vorhängen herauszuschieben. Helene stammelte:

»Aber sie stirbt, Herr Doktor! Sehen Sie doch nur, sehen Sie doch nur! ... Ich erkenne sie nicht mehr wieder!«

Er gab keine Antwort, sondern verfolgte aufmerksam den Anfall. Endlich sagte er:

»Treten Sie in den Alkoven! Halten Sie ihr die Hände, damit sie sich nicht kratzt!... So, sanft, ohne Gewalt... Beunruhigen Sie sich nicht! Die Krise muss ihren Verlauf nehmen!«

Und beide hielten, über das Bett geneigt, Jeanne, deren Glieder sich mit heftigen Stößen spannten. Der Arzt hatte den Rock zugeknöpft, den bloßen Hals zu verdecken. Helene blieb, wie sie das Haus verlassen hatte, in den Schal gehüllt, den sie über die Schultern geworfen hatte. Jeanne aber riss, als sie sich der festhaltenden Hände erwehrte, einen Zipfel des Schals fort und dem Arzte die Knöpfe der Jacke auf. Sie merkten nichts davon. Inzwischen ließ der Anfall nach. Die Kleine schien in eine große Ermattung zu sinken. Wenn er auch die Mutter über den Ausgang der Krise beruhigte, blieb der Arzt doch mit der Kranken beschäftigt und ließ sie nicht aus den Augen. Endlich stellte er an Helene, die in der Bettgasse stand, kurze Fragen.

»Wie alt ist das Kind?«

»Elf und ein halbes Jahr, Herr Doktor.«

Schweigen trat ein. Er schüttelte den Kopf, bückte sich, um Jeannes geschlossenes Augenlid zu heben und die Schleimhaut zu besehen. Dann fragte er weiter, ohne Helene anzuschauen:

»Hat sie schon früher Krämpfe gehabt?«

»Ja, Herr Doktor, sie sind aber mit dem sechsten Jahre ausgeblieben. Sie ist sehr schwächlich – seit ein paar Tagen merkte ich, dass sie nicht recht wohl war. Sie hatte Zuckungen, war nicht bei sich.«

»Ist Ihnen etwas von Irrsinn in Ihrer Familie bekannt?«

»Ich weiß nicht ... meine Mutter ist an Brustkrankheit gestorben.«

Helene zögerte beschämt, denn die mochte nicht eingestehen, dass ihre Großmutter im Irrenhaus gestorben war.

»Geben Sie acht!« sagte der Arzt lebhaft; »es kommt ein neuer Anfall.«

Jeanne hatte eben die Augen geöffnet. Sie schaute mit irrem Blick um sich, ohne einen Laut von sich zu geben. Dann wurde dieser Blick starr, der Körper warf sich nach hinten und die Glieder wurden steif. Sie war puterrot. Plötzlich wurde sie leichenblass, und die Krämpfe begannen.

»Lassen Sie mich los!« fuhr der Doktor fort. »Nehmen Sie auch die andere Hand!« Er eilte zum Schränkchen, auf das er vorhin ein Arzneikästchen gestellt hatte. Mit einem Fläschchen kam er zurück und ließ das Kind daran riechen. Aber das war, als wenn sie ein furchtbarer Peitschenschlag getroffen hätte. Das Kind packte eine solche Erschütterung, dass es den Händen der Mutter entglitt.

»Nein, nein, keinen Äther!« schrie Helene, »Äther bringt sie außer sich.«

Es gelang ihren vereinten Kräften kaum, das Kind zu halten. Sie hatte heftige Zuckungen und bäumte sich auf Fersen und Nacken empor. Dann fiel sie zurück, schüttelte sich in einem Hinundher, das sie an beide Kanten des Bettes warf. Ihre Fäustchen waren geschlossen, der Daumen der Handfläche zugekehrt; zeitweise öffnete sie diese und suchte mit ausgestreckten Fingern Gegenstände im leeren Raum zu fassen, um sie zu zerdrücken. Sie traf auf den Schal ihrer Mutter und klammerte sich daran fest. Aber was Helene vor allem quälte, war, wie sie sagte, dass sie ihr Kind nicht mehr wiedererkenne; Ihr armer Engel mit dem süßen Gesichtchen hatte verzerrte Züge, die Augen traten aus ihren Höhlen und zeigten einen bläulichen Schimmer.

»Tun Sie etwas, ich bitte Sie flehentlich – ich fühle mich am Ende meiner Kräfte, Herr Doktor.«

Helene hatte sich eben der Tochter einer Nachbarsfrau in Marseille erinnert, die sich von einem ähnlichen Anfall nicht wieder erholt hatte und gestorben war. Vielleicht täuschte sie der Arzt, um sie zu schonen? Sie glaubte alle Sekunden, den letzten Hauch des Kindes im Gesicht zu verspüren. Dessen Atem stockte jetzt gänzlich. Und von Schmerz, Jammer und Schrecken übermannt, begann sie zu weinen. Ihre Tränen fielen auf die unschuldigen bloßen Glieder des Kindes, das die Decken wieder von sich geworfen hatte.

Der Doktor massierte mit langen geschmeidigen Fingern sanft den unteren Halsteil des Kindes. Die Heftigkeit des Anfalls nahm ab. Jeanne blieb nach einigen matten Bewegungen, erschöpft liegen. Sie war mit ausgestreckten Armen auf die Mitte des Bettes gesunken, und der Kopf, auf das Kissen gestützt, fiel auf die Brust. Es war, als ob man ein Christuskind sehe. Helene küsste sie lange auf die Stirn.

»Ist's zu Ende?« fragte sie halblaut. »Glauben Sie, dass noch weitere Anfälle kommen?«

Er machte eine ausweichende Gebärde.

»Jedenfalls werden die späteren weniger heftig sein.«

Er hatte Rosalie gebeten, ihm ein Glas und eine Karaffe zu bringen. Das Glas füllte er halb, griff nach zwei neuen Fläschchen, zählte die Tropfen ab und führte mit Helenes Hilfe, die dem Kinde den Kopf hielt, einen Löffel voll zwischen die aufeinandergepressten Zähne. Die Lampe brannte sehr hoch und ihr weißes Licht beschien die Unordnung des Zimmers. Die Kleider, welche Helene, wenn sie zu Bett ging, über eine Stuhllehne legte, waren zu Boden geglitten und sperrten den Teppich. Der Doktor hob ein Korsett auf, um nicht darauf zu treten. Verbenenduft entstieg dem zerwühlten Bett und den umherliegenden Wäschestücken.

Die intime Häuslichkeit einer Frau verriet ihre Geheimnisse. Der Doktor holte selbst die Waschschüssel herbei, feuchtete ein Stück Leinwand und legte es dem kranken Kinde auf die Schläfe.

»Gnädige Frau, Sie werden sich erkälten,« sagte Rosalie, von Frost geschüttelt. »Man könnte jetzt vielleicht das Fenster schließen. Die Luft ist doch gar zu scharf.«

»Nein, nein!« rief Helene;»lass das Fenster offen! Nicht wahr, Herr Doktor?«

Schwacher Wind drang herein, die Vorhänge hebend. Der Schal war Helene, ohne dass sie es merkte, von den Schultern geglitten, die schneeige Weiße des Busens entblößend. Hinten ließ der gelöste Zopf wirre Strähnen bis auf die Hüften niederhängen. Sie hatte die Ärmel aufgestreift, um besser bereit zu sein, dachte ja an nichts anderes als an ihr Kind. Und der Arzt vor ihr dachte in seiner Geschäftigkeit auch nicht mehr an den offen stehenden Rock, an den von Jeanne in Unordnung gebrachten Hemdkragen.

»Richten Sie sie ein bisschen auf,« sagte er, –»nein, nicht so! Reichen Sie mir die Hand!«

Er fasste die Hand, schob sie selbst unter den Kopf des Kindes, dem er noch einen Löffel Arznei einflößen wollte. Dann rief er sie neben sich. Er bediente sich ihrer wie einer Assistentin, und Helene gehorchte willig, da sie sah, dass ihr Kind ruhiger zu werden schien.

»Kommen Sie – legen Sie ihr den Kopf an Ihre Schultern, ich will ihre Brust abhorchen.«

Helene tat es. Nun neigte sich der Arzt über sie, um sein Ohr an Jeannes Brust zu legen. Er hatte ihre bloße Schulter mit seinem Kinn gestreift, und während er dem Schlage des kindlichen Herzens lauschte, konnte er auch die Schläge des Mutterherzens zählen. Als er sich aufrichtete, begegnete sein Atem dem ihren.

»Von dieser Seite ist nichts zu befürchten,« sagte er mit Ruhe, während Freude in ihr Herz einzog.»Legen Sie die Kleine wieder hin, wir dürfen sie nicht länger quälen.« Ein neuer Anfall kam, aber er war weit schwächer. Jeanne ließ ein paar abgerissene Laute hören. Zwei weitere Anfälle folgten in kurzen Zwischenräumen. Das Kind war in einen Schwächezustand verfallen, der dem Arzte neue Beunruhigung zu machen schien. Er hatte es mit dem Kopfe sehr hoch gelegt. Fast eine Stunde lang blieb er sitzen und beobachtete es; er schien zu warten, dass der regelmäßige Gang des Atems wiederkäme. Auf der andern Bettseite wartete Helene, ohne sich zu rühren.

Nach und nach breitete sich großer Friede über Jeannes Gesicht. Die Lampe erhellte es mit ihrem matten Scheine. Das Gesicht des Kindes erhielt sein liebliches Oval wieder. Die geschlossenen Äugen hatten breite bläuliche und durchsichtige Lider, unter denen man den düstern Glanz des Blickes erriet. Die schmale Nase hob und senkte sich leicht, der ein wenig große Mund war von irrem Lächeln umspielt. So schlief sie mitten auf dem ausgebreiteten tintenschwarzen Haar.

»Diesmal ist es mit den Anfällen zu Ende!« sagte der Arzt halblaut, ordnete seine Fläschchen und schickte sich zum Gehen an.

»Oh! Herr Doktor!« flüsterte Helene, »lassen Sie mich nicht allein! Warten Sie noch ein paar Minuten! Wenn die Anfälle doch noch wiederkämen! Ihnen hab ich die Rettung des Kindes zu danken!«

Er machte ein Zeichen, dass nichts mehr zu befürchten stehe. Indessen blieb er, weil er sie nicht ängstigen mochte. Sie hatte Rosalie zu Bett geschickt. Bald erschien der Tag, ein milder, grauer Tag, über dem die Dächer bleichenden Schnee. Der Doktor schloss das Fenster. Beide tauschten inmitten des großen Schweigens mit leiser Stimme spärliche Worte. »Es ist nichts Ernstliches, glauben Sie mir. Bloß braucht's in ihrem Alter viel Sorgfalt. Wachen Sie vor allem darüber, dass ihr Leben gleichmäßig und glücklich, von allen Erschütterungen frei bleibt.«

Nach einer Weile sagte Helene:

»Sie ist so zart, so nervös ... ich vermag sie nicht immer zu regieren. Sie liebt mich mit Leidenschaft, mit einer Eifersucht, die ihr die Tränen in die Augen treibt, wenn ich ein anderes Kind liebkose.«

Der Arzt schüttelte den Kopf:

»Ja, ja, zart, nervös, eifersüchtig... Kollege Bodin hat sie in Behandlung, nicht wahr? Ich will mit ihm reden. Wir wollen eine energische Behandlung festsetzen. Sie steht in dem Alter, wo sich die Gesundheit des Weibes entscheidet.«

Als sie ihn so voll Eifer und Hingabe sah, fühlte Helene sich zur Dankbarkeit gedrängt.

»Ach! Herr Doktor! Wie danke ich Ihnen für die viele Mühe, die Sie gehabt haben!«

Da sie laut gesprochen hatte, beugte sich Helene über das Bett, aus Furcht, Jeanne geweckt zu haben. Das Kind schlief mit rosigem Gesicht, ein schwaches Lächeln auf den Lippen. In dem beruhigten Zimmer schwebte eine schläfrige Stille; alles ermattete in dem schwachen, durch die Scheiben dringenden Tageslichte.

Helene stand wieder in der Bettgasse. Der Doktor hielt sich am anderen Bettrande. Und zwischen ihnen schlummerte, leicht atmend, Jeanne.

»Ihr Vater war oft krank,« begann Helene mit weicher Stimme. »Ich – oh! ich habe mich immer wohl gefühlt.«

Der Doktor, der sie noch nicht angesehen hatte, hob den Blick und konnte nicht umhin zu lächeln. So gesund und stark war sie. Sie lächelte in ihrer ruhigen, freundlichen Weise zurück. Ihre herrliche Gesundheit machte sie glücklich. Indessen, er ließ keinen Blick von ihr. Niemals hatte er so ebenmäßige Schönheit gesehen. Groß, prächtig, war sie eine kastanienbraune Juno, das Haar von einem mit blonden Reflexen vergoldeten Braun. Wenn sie langsam den Kopf wandte, gewann ihr Profil die ernste Reinheit einer Statue. Ihre grauen Augen und weißen Zähne erhellten ihr Antlitz. Sie hatte ein rundes, ein wenig starkes Kinn, das ihr ein verständiges und entschlossenes Aussehen gab. Was aber den Doktor in Erstaunen setzte, war die erhabene Blöße dieser Mutter. Der Schal war gänzlich herabgeglitten. Der Busen lag bloß, die Arme blieben nackt. Eine dicke Flechte goldbrauner Färbung fiel auf die Schulter und verlor sich im Busen. In ihrem schlecht befestigten Rock und dem unordentlichen Haar bewahrte sie dennoch eine Majestät, erhabene Ehrbarkeit und Scham, welche sie keusch erscheinen ließ unter dem Blick dieses Mannes, in dessen Herzen eine große Verwirrung aufstieg.

Sie selbst prüfte ihn einen Augenblick lang. Der Doktor Deberle war ein Mann von fünfunddreißig Jahren, mit glatt rasiertem, länglichem Gesicht, klugen Augen und schmalen Lippen. Als sie ihn ansah, bemerkte sie ihrerseits, dass er den Hals entblößt hatte. Und so blieben sie Angesicht in Angesicht stehen, zwischen sich die entschlummerte Jeanne. Aber der eben noch unermessliche Raum schien sich zu verengen. Das Kind hatte allzu schwachen Atem. Da zog Helene langsam ihren Schal wieder herauf und verhüllte sich, während der Doktor seinen Rockkragen zuknöpfte.

»Mama, Mama!« lallte Jeanne. Als die Schlafende die Augen geöffnet hätte, sah sie den Arzt und wurde unruhig.

»Wer ist das? wer ist das?« fragte sie. Die Mutter gab ihr einen Kuss.

»Schlafe, mein Süßes! Du bist krank gewesen, der Mann ist unser Freund!«

Das Kind tat verwundert, besann sich auf nichts. Der Schlummer übermannte Jeanne und sie schlief wieder ein, mit schwacher Stimme und freundlicher Miene lispelnd:

»Oh! Bin ich müde – Gute Nacht, Mütterchen! Wenn er dein Freund ist, wird er auch mein Freund werden!«

Der Arzt hatte sein Besteck an sich genommen. Er grüßte schweigend und zog sich zurück. Helene lauschte dem Atem des Kindes, dann verlor sie sich, auf dem Bettrande sitzend, in wirres Sinnen. Die Lampe, welche sie auszulöschen vergessen, brannte in den hellen Tag hinein.

## 2

Am andern Tage meinte Helene, es sei schicklich, dem Doktor Deberle Dank abzustatten. Die unsanfte Art, mit der sie ihn gezwungen hatte, ihr zu folgen, und die an Jeannes Bett verbrachte Nacht setzten sie in Verlegenheit, da ihr solcher Dienst weit über die gewöhnliche Besuchspflicht eines Arztes hinauszugehen schien. Indessen zögerte sie noch zwei Tage aus Gründen, die sie nicht hätte angeben können. Eines Morgens traf sie ihn und versteckte sich wie ein Kind. Sie war später über diese Schüchternheit sehr verdrießlich. Ihr ruhiges und grades Gemüt lehnte sich gegen diese in ihr Leben dringende Störung auf. Sie entschloss sich dann auch, noch am selben Tage dem Doktor ihren Besuch abzustatten.

Der Anfall der Kleinen war in der Nacht vom Dienstag zum Mittwoch gewesen und jetzt war es Sonnabend. Jeanne hatte sich völlig erholt. Doktor Bodin, der sehr beunruhigt gewesen war, hatte vom Doktor Deberle mit der Achtung eines armen, alten Stadtbezirksarztes für einen jungen, reichen und schon berühmten Kollegen gesprochen. Er erzählte indessen auch, dass das Vermögen schließlich vom Papa Deberle stamme, einem Manne, den ganz Passy in hohen Ehren halte. Der Sohn hätte eben bloß die Mühe gehabt, anderthalb Millionen und eine prächtige Praxis zu erben. Übrigens, setzte er rasch hinzu, ein gar stattlicher Herr. Er würde sich schmeicheln, mit diesem Kollegen über die teure Gesundheit seiner kleinen Freundin Jeanne zu beraten.

Gegen drei Uhr stieg Helene mit ihrem Töchterchen die Treppe hinunter; sie brauchten nur wenige Schritte in der Rue Vineuse zu tun, um vor der Tür des benachbarten Wohnhauses zu läuten. Beide gingen noch in tiefer Trauer. Ein Kammerdiener in Frack und weißer Binde öffnete. Helene kannte den großen, mit orientalischen Portieren behangenen Treppenflur sogleich wieder. Eine Flut von Blumen zur Rechten und Linken der Treppe erregte ihre besondere Aufmerksamkeit. Der Diener hatte sie in einen kleinen Saal mit Resedavorhängen und gleichfarbigen Polstermöbeln geführt. Er blieb stehen und wartete. Helene nannte ihren Namen:

»Frau Grandjean.«

Der Diener stieß die Tür zu einem schwarzgelben Salon mit Grandezza auf und wiederholte, sich verneigend:

»Frau Grandjean!«

Helene war's auf der Schwelle, als müsse sie sich zurückziehen. Sie hatte im Winkel des Kamins eine junge, auf schmalem Sofa sitzende Dame bemerkt, die mit ihren Kleidern dessen ganze Breite verdeckte. Ihr gegenüber saß eine ältliche Person, die weder Hut noch Schal abgelegt hatte. Es handelte sich also um einen Besuch.

»Verzeihung,« sagte Helene leise. »Ich wollte Herrn Doktor Deberle sprechen.«

Damit fasste sie Jeanne, die sie vor sich hatte eintreten lassen, wieder bei der Hand. Es störte und verwirrte sie, so plötzlich auf diese junge Dame zu stoßen. Warum hatte sie nicht nach dem Arzt gefragt?

Frau Deberle beendete soeben mit rascher, etwas scharfer Stimme eine Erzählung:

»Oh! es ist wunderbar, wunderbar! Sie stirbt mit einem Realismus! Da sehen Sie! So durchbohrt sie sich das Korsett, wirft den Kopf zurück und wird ganz grün... Ich versichere Sie! Man muss sie sehen, Fräulein Aurélie...«

Hierauf erhob sie sich, kam mit gewaltigem Rauschen ihrer Kleider an die Tür und sagte mit gewinnendem Liebreiz:

»Treten Sie doch ein, bitte... Mein Mann ist nicht da. Aber, glauben Sie mir, ich werde mich sehr, sehr glücklich schätzen ... Das muss wohl das kleine Fräulein sein, welches vor kurzem so viel gelitten hat. Bitte, nehmen Sie doch Platz!«

Helene musste einen Stuhl annehmen, während Jeanne sich schüchtern auf den Rand eines Sessels setzte. Frau Deberle hatte sich wieder auf ihrem kleinen Sofa niedergelassen und plauderte mit niedlichem Lachen weiter:

»Heute ist grade mein Visitentag. Ja, ich empfange samstags. Da führt Pierre alles in den Salon. In der vergangenen Woche hatte er mir einen alten Oberst zugeführt, der das Zipperlein hatte.«

»Sie sind von Sinnen, Juliette!« flüsterte Fräulein Aurélie, die ältere Dame. Sie war eine verarmte alte Freundin, die schon an Frau Deberles Wiege gestanden hatte.

Es trat eine Pause ein. Helene warf einen Blick auf den Reichtum des Salons mit den schwarz und goldenen Vorhängen und Polstern, die Sternenglanz verbreiteten. Blumen standen in Fülle auf dem Kamin, dem Klavier, auf den Tischen; und durch die Fensterscheiben drang das helle

Licht des Gartens, dessen entlaubte Bäume und kahlen Rasen man sah. Es war sehr warm, Dampfheizungstemperatur. Im Kamin lag ein einziges Scheit und verkohlte. Mit einem zweiten Blick wusste Helene, dass das Flimmern des Salons ein glücklich gewählter Rahmen sei, Frau Deberle hafte tiefschwarzes Haar und eine milchweiße Haut. Sie war klein, füllig, langsam und graziös. In all diesem Gold leuchtete unter der dichten, dunklen Frisur ihr blasser Teint im Widerschein des im Feuer vergoldeten Silbers. Helene fand sie bewundernswürdig.

»Krämpfe sind doch gar zu schrecklich,« hatte Frau Deberle die Unterhaltung wieder aufgenommen. »Mein kleiner Lucien hat sie auch gehabt, aber in sehr frühem Alter. Ach! was haben Sie für Angst ausstehen müssen, Sie Arme! Gott sei Dank, jetzt scheint ja das liebe Kind wieder munter zu sein.«

Und also weiterschwatzend, musterte nun die Frau des Doktors ihrerseits Helene, überrascht und von ihrer hohen Schönheit entzückt. Niemals hatte sie ein Weib mit einer so königlichen Miene, in solchem schwarzen Kleide, welches die hohe und strenge Witwengestalt verhüllte, gesehen. Ihre Bewunderung schuf sich in einem unwillkürlichen Lächeln Ausdruck, während sie mit Fräulein Aurélie einen Blick wechselte. Beide musterten jetzt die Besucherin mit so naivem Entzücken, dass Helene lächeln musste.

Nun reckte sich Frau Deberle auf ihrem Sofa, und den am Gürtel hängenden Fächer fassend, fragte sie:

»Sind Sie gestern im Vaudeville gewesen, Madame?«

»Ich gehe niemals ins Theater,« erwiderte Helene.

»Oh! Die kleine Nannie ist herrlich gewesen, herrlich! Sie stirbt mit einem Realismus! Da sehen Sie! So durchbohrt sie sich das Korsett, wirft den Kopf zurück und wird ganz grün... Die Wirkung war großartig.«

Die Tür öffnete sich, der Diener meldete:

»Frau von Chermette – Frau Tissot...«

Zwei Damen traten in großer Toilette ein. Frau Deberle ging ihnen entgegen. Die Schleppe ihres schwarzen, mit Besatz überladenen Kleides war so schwer, dass sie ihr mit einem Hackenstoß aus dem Wege ging, sobald sie sich umwandte. Nun hörte man rasches Geplapper von Flötenstimmen.

»Wie liebenswürdig Sie sind!«

»Man sieht Sie ja gar nicht...«

»Wir treffen uns doch bei der Lotterie, nicht wahr?«

»Gewiss! Gewiss!«

»Oh! Wir können nicht Platz nehmen. Wir müssen noch in zwei Dutzend Häusern Besuch machen.«

»Aber Sie werden doch nicht gleich wieder davonlaufen wollen?«

Und schließlich setzten sich die Damen auf den Rand eines Sofas. Nun wurden die Flötenstimmen, um ein weniges schärfer, wieder laut.

»Nun, auch gestern im Vaudeville?«

»Oh! es war herrlich!«

»Man behauptet, sie verschlucke es, daher die grüne Farbe!«

»Nein, nein – die Posen sind prächtig. Aber sie mussten doch erst studiert werden ...«

»Es ist wunderbar! wunderbar!«

Die beiden Damen hatten sich erhoben und verschwanden. Der Salon fiel in seine frühere Ruhe zurück. Auf dem Kamin verströmten Hyazinthen durchdringenden Wohlgeruch. Einen Augenblick hörte man das Zanken einer Schar Sperlinge, die sich auf einem Rasenfleck herumbalgten. Frau Deberle zog den gestickten Tüllvorhang am Fenster ihr gegenüber hoch. Dann setzte sie sich wieder mitten in das Gold ihres Salons.

»Ich bitte um Entschuldigung – man wird so überlaufen ...«

Affektiert begann sie nun mit Helene zu plaudern. Sie schien deren Geschichte teilweise zu kennen, wahrscheinlich durch den Klatsch in dem ihr gehörenden Hause. Mit taktvoller Kühnheit, in die sich sogar Freundschaft zu drängen schien, erzählte Helene von ihrem Manne, von jenem schrecklichen Tode in einem Gasthofe, dem Hotel du Var in der Rue Richelieu.

»Und Sie waren eben angekommen, nicht wahr? Waren noch niemals vorher in Paris gewesen? Das muss fürchterlich sein, solcher Trauerfall bei unbekannten Leuten. Am Morgen nach einer langen Reise, und wenn man noch nicht einmal weiß, wohin man den Fuß zu setzen hat...«

Helene wiegte leise den Kopf, sie hatte schreckliche Stunden durchlebt. Die Krankheit, welche ihren Mann hinraffen sollte, war ganz plötzlich zum Ausbruch gekommen, am Morgen nach ihrer Ankunft, grade als sie zusammen hatten ausgehen wollen. Sie kannte keine Straße, wusste nicht einmal, in welchem Stadtviertel sie sich befand. Und acht Tage lang war sie mit dem todkranken Manne eingesperrt geblieben. Während sie ganz Paris unter ihrem Fenster hatte toben hören, war sie auf sich allein angewiesen, verlassen, einsam. Als sie zum ersten Male wieder den Fuß auf den Bürgersteig gesetzt, war sie Witwe. Der Gedanke an jenes große kahle, mit Arzneiflaschen gefüllte Zimmer, in dem noch nicht einmal die Koffer ausgepackt waren, verursachte ihr jetzt noch Schauder.

»Ihr Gemahl, hat man mir gesagt, war etwa doppelt so alt wie Sie?« fragte Frau Deberle mit dem Ausdruck tiefer Anteilnahme, während Fräulein Aurélie die Ohren spitzte, um kein Wort zu verlieren.

»Oh, nicht doch,« antwortete Helene, »er war kaum sechs Jahre älter als ich.«

Und dann verlor sich Helene in die Erzählung ihres Ehelebens. Sie sprach von der tiefen Liebe, welche ihr Mann für sie gefühlt, als sie noch bei ihrem Vater, dem Hutmacher Mouret, in der Rue des Petites in Marseille wohnte. Sie verschwieg nicht den hartnäckigen Widerstand der Familie Grandjean, einer reichen Zuckersiederfamilie, welcher die Armut des Mädchens ein Dorn im Auge war. Helene berichtete auch von der stillen und heimlichen Hochzeit, von ihrem eingeschränkten, kümmerlichen Leben, das sich erst besserte, als ein Oheim starb, der ihnen zehntausend Franken Rente verschrieben hatte. Damals hatte Grandjean, dem Marseille verleidet war, den Entschluss gefasst, nach Paris zu gehen.

»Wie alt waren Sie denn, als Sie heirateten?« fragte Frau Deberle.

»Siebzehn.«

»Sie müssen sehr schön gewesen sein.«

Die Unterhaltung stockte. Helene schien gar nicht hingehört zu haben.

»Frau Manguelin,« meldete der Diener.

Eine junge Frau erschien, behutsam und verlegen. Frau Deberle erhob sich kaum. Es war eine der unter ihrem besonderen Schutze stehenden Personen, die sich für irgendetwas bedanken wollte. Sie blieb nur wenige Minuten und zog sich mit einer Verbeugung zurück.

Nun begann Frau Deberle die Unterhaltung von neuem. Sie kam auf den Abbé Jouve zu sprechen, den beide kannten. Er gehörte zur niederen Geistlichkeit von Notre-Dame-de-Grâce, der Pfarre von Passy. Seine Mildtätigkeit machte ihn zum beliebtesten und gern gehörten Priester des Stadtviertels.

»Er ist sehr freundlich zu uns gewesen,« sagte Helene. »Mein Mann hatte schon in Marseille seine Bekanntschaft gemacht. Sobald ihm mein

Unglück zu Ohren gekommen war, hat er keine Mühe gescheut. Ihm hab ich zu danken, dass ich in Passy Unterkommen gefunden habe.«

»Hat er nicht einen Bruder?« fragte Juliette.

»Ja, seine Mutter hatte sich zum zweiten Mal verheiratet. Herr Rambaud war ebenfalls ein Bekannter meines Mannes. Er hat in der Rue de Rambuteau ein großes Delikatessen- und Südfrüchtegeschäft. Er verdient, glaube ich, viel Geld.«

Dann setzte sie munter hinzu:

»Der Abbé und sein Bruder bilden meinen einzigen Hofstaat.«

Jeanne, die sich auf ihrem Stuhlrande langweilte, schaute ungeduldig zur Mutter auf. Ihr feines Gesichtchen drückte Schmerz aus, als ob ihr alles leid täte, was hier gesprochen wurde.

Frau Deberle merkte das Unbehagen des Kindes.

»Ei! Ein kleines Fräulein, dem es langweilig ist, verständig dazusitzen wie eine große Dame. Da sind Bilderbücher, mein Kind – auf dem Schränkchen da!«

Jeanne holte sich ein Album, aber ihre Blicke glitten flehend über das Buch zur Mutter. Helene, umstrickt vom Wohlbehagen, in dessen Mitte sie weilte, rührte sich nicht; sie war bei Besuchen hartnäckig und blieb gern stundenlang sitzen. Als der Diener aber jetzt nacheinander drei Damen meldete, Frau Berthier, Frau de Guiraud und Frau Levasseur, glaubte sie aufbrechen zu sollen.

»Aber, bitte, bleiben Sie doch – ich muss Ihnen doch meinen Jungen zeigen,« rief Frau Deberle lebhaft.

Der Kreis vorm Kamin erweiterte sich. Alle Damen sprachen auf einmal. Eine war darunter, die sagte, sie sei wie gerädert, und erzählte, dass sie seit fünf Tagen nicht vor vier Uhr morgens ins Bett gekommen sei. Eine andere beklagte sich bitter über die Ammen; man fände keine einzige anständige Frauensperson mehr unter ihnen. Dann kam die Unterhaltung auf die Näherinnen. Frau Deberle stellte die Behauptung auf, dass keine Frau ordentliche Damenkleider machen könne, dazu müsse man einen Mann nehmen. Zwei Damen tuschelten halblaut, und als Stille eintrat, hörte man drei, vier Worte: alle begannen zu lachen und fächelten sich mit den Fächern Kühlung zu.

»Herr Malignon,« meldete der Diener.

Ein langer junger Mensch trat ein, der sehr gewählte Kleidung trug. Er wurde erfreut begrüßt. Frau Deberle streckte ihm, ohne aufzustehen, die Hand entgegen:

»Nun! Gestern im Vaudeville?«

»Abscheulich!«

»Wie, abscheulich!... Sie ist wunderbar, wenn sie sich in ihr Korsett sticht und den Kopf zurückwirft.«

»Hören Sie auf! ... Dieser Realismus ist scheußlich!«

Die Diskussion begann. Realismus wäre sehr schnell gesagt. Aber der junge Mann wollte von Realismus gar nichts hören.

»In keiner Hinsicht, hören Sie!« sagte er, die Stimme hebend, »in keiner Hinsicht! Realismus verdirbt die Kunst.«

Der junge Mann räkelte sich mitten unter sich spreizenden Frauenröcken in einem Lehnstuhl. Er schien »bei Doktors« sehr intim zu sein. Er hatte mechanisch eine Blume aus einem Topfe gepflückt und kaute sie. Frau Deberle fragte:

»Haben Sie den Roman ...?«

Aber er ließ sie nicht aussprechen und antwortete überlegen:

»Ich lese nur zwei Romane im Jahr.«

Als so alle Gesprächsgegenstände des Tages erschöpft waren, lehnte er sich an das kleine Sofa Juliettes, mit der er ein paar leise Worte wechselte, während die anderen Damen lebhaft weiterplauderten.

»Ach! da ist er schon fort!« rief Frau Deberle, sich umwendend. »Vor einer Stunde hatte ich ihn bei Frau Robinot getroffen.«

»Ja, und er geht jetzt zu Frau Lecomte,« sagte Frau Berthier. »Oh! er ist der geschäftigste Mann von ganz Paris.«

Die Damen empfahlen sich. Als Frau Deberle zurückkam, fand sie Helene im Salon stehend. Jeanne drängte sich dicht an ihre Mutter und zog sie mit zuckenden, schmeichelnden Fingern zur Tür.

»Ach, 's ist ja wahr!« Die Hausherrin läutete dem Diener.

»Pierre! Bitten Sie Fräulein Smithson, Lucien hereinzuführen!«

Über solchem Augenblick des Wartens tat sich die Tür von neuem auf, vertraulich, ohne dass man jemand gemeldet hatte. Ein hübsches Mädchen von sechzehn Jahren trat ein, gefolgt von einem Greise mit dickem, rotem Gesicht.

»Guten Tag, Schwester,« sagte das junge Mädchen, Frau Deberle küssend.

»Guten Tag, Pauline! Guten Tag, Vater!«

Fräulein Aurélie, die noch immer in ihrer Kaminecke saß, stand auf, Herrn Letellier zu begrüßen. Ihm gehörte auf dem Boulevard des Capucines ein großes Seidenwarenlager. Seit dem Tode seiner Frau führte er seine jüngste Tochter auf der Suche nach einer guten Partie überall hin.

»Du warst gestern im Vaudeville?« fragte Pauline.

»Oh! wunderbar!« wiederholte Juliette mechanisch. Sie stand vor einem Spiegel, damit beschäftigt, eine rebellische Locke an ihren rechten Platz zu bringen.

Pauline zog nach Art verzogener Kinder einen Flunsch.

»Es ist recht verdrießlich, ein gutes Mädchen zu sein! Nichts darf man sehen! Ich bin mit Papa gegen zwölfe bis ans Tor gegangen, um zu erfahren, wie das Stück abgelaufen sei.«

»Ja,« meinte der Vater, »wir sind da Malignon begegnet. Er fand es ausgezeichnet.«

»Da seht!« rief Juliette. »Vor einer Stunde war er hier und fand es abscheulich ... Man weiß doch nie, was man von ihm zu denken hat.«

»Du hast viel Besuch gehabt?« fragte Pauline, das Thema wechselnd.

»Oh! eine närrische Gesellschaft, all diese Damen! Das hat gar kein Ende genommen ... ich bin wie tot! ...«

Dann besann sie sich, dass sie vergessen hatte, die förmliche Vorstellung zu erledigen, und unterbrach sich:

»Mein Vater, meine Schwester – Frau Grandjean!«

Man begann ein Gespräch über die Kinder, die ihren Müttern so viel Sorge machten. Endlich kam Fräulein Smithson, die englische Erzieherin, mit einem kleinen Knaben an der Hand. Frau Deberle richtete rasch ein paar Worte auf Englisch an sie, und machte sie herunter, weil sie so lange auf sich habe warten lassen.

»Ah! da ist ja mein kleiner Lucien!« rief Pauline und ließ sich mit gewaltigem Stoffrauschen vor dem Kinde auf die Knie.

»Lass ihn! lass ihn!« sagte Juliette. »Komm her, Lucien! Du sollst dem kleinen Fräulein da guten Tag sagen.«

Der kleine Junge trat verlegen vor. Er war noch keine sieben, dick, untersetzt und wie eine Puppe angezogen. Als er merkte, dass alle ihn lächelnd ansahen, blieb er stehen und schaute mit seinen verwunderten Augen prüfend auf Jeanne.

»Geh doch!« ermunterte die Mutter.

Er richtete einen fragenden Blick auf sie und tat noch einen Schritt weiter, den Hals zwischen den Schultern, mit den leicht gerunzelten Brauen. Verstohlen blickten die Schelmenaugen. Jeanne schien ihn einzuschüchtern, weil sie weiß und blass und ganz in Schwarz gekleidet war.

»Mein Kind, du musst auch liebenswürdig sein,« sagte Helene, als sie die abwehrende Haltung ihrer Tochter sah.

Die Kleine hatte ihre Mutter noch nicht losgelassen. Mit gesenktem Kopfe beobachtete sie Lucien mit der ängstlichen Miene eines nervösen, wenig an Gesellschaft gewöhnten Kindes, das bereit ist, beim ersten Annäherungsversuch davonzulaufen.

»Fräulein Jeanne, Sie müssen ihn umarmen,« rief lachend Frau Deberle. »Damen müssen immer den Anfang machen. Oh! Der dumme Junge!«

»Umarm ihn doch, Jeanne!« mahnte Helene.

Das Kind richtete die Augen auf ihre Mutter, dann war's, als ob das schüchterne Wesen des kleinen Jungen ihr Herz gewönne. In plötzlicher Zärtlichkeit lächelte sie lieblich und ihr Gesicht hellte sich auf.

»Gern, Mama,« murmelte sie.

Und Lucien bei den Schultern fassend, hob sie ihn beinahe vom Boden auf und küsste ihn derb auf beide Wangen. Er hätte sie nun gern wieder küssen mögen...

»So ist's recht!« riefen die Zuschauer.

Helene verabschiedete sich und schritt, begleitet von Frau Deberle, zur Tür.

»Ich bitte Sie recht sehr, Madame, sprechen Sie dem Herrn Doktor meinen innigsten Dank aus – er hat mich vorgestern Nacht von tödlicher Unruhe befreit.«

»Ist Henri noch nicht da?« fragte Herr Letellier.

»Nein, er wird erst spät nach Hause kommen,« antwortete Juliette.

Und als sie sah, dass Fräulein Aurélie aufstand, um mit Frau Grandjean fortzugehen, fügte sie hinzu:

»Aber Sie bleiben doch zu Tische bei uns, das ist doch ausgemacht!«

Die alte Jungfer, die jeden Sonnabend auf diese Einladung wartete, entschloss sich, Umschlagetuch und Hut abzulegen. Es war im Salon zum

Ersticken heiß. Herr Letellier hatte ein Fenster geöffnet und betrachtete einen schon knospenden Fliederstrauch. Pauline spielte mit ihrem kleinen Neffen Lucien zwischen den durch die Besuchsgäste aus der Ordnung gerückten Stühlen und Sesseln.

Auf der Schwelle reichte Frau Deberle Helene die Hand mit einer Geste freundschaftlicher Herzlichkeit.

»Sie erlauben doch. Mein Mann hat mir von Ihnen erzählt. Ich fühlte mich gleich zu Ihnen hingezogen. Ihr Unglück, Ihre Einsamkeit... Oh! ich bin wirklich glücklich, dass ich Sie gesehen habe, und rechne darauf, dass es nicht bei diesem ersten Male bleiben wird.«

Ihre Hände ruhten ineinander; sie schauten sich lächelnd an. Juliette gestand den Grund solcher raschen Freundschaft.

»Sie sind so schön, dass man Sie lieben muss!«

Helene lachte fröhlich. Ihre Schönheit schuf ihr keine Unruhe. Sie rief Jeanne, die aufmerksam dem Spiele Luciens mit Pauline zusah. Frau Deberle hielt das kleine Mädchen noch einen Augenblick zurück.

»Ihr seid von jetzt an gute Freunde! sagt einander Lebewohl!«

Und die beiden Kinder warfen sich auf den Fingerspitzen Kusshändchen zu.

### 3

Jeden Dienstag speisten Herr Rambaud und der Abbé Jouve bei Helene. Sie hatten sich in den ersten Tagen ihres Witwenstandes bei ihr mit freundschaftlicher Ungezwungenheit Zutritt verschafft, um sie wenigstens einmal in der Woche der Einsamkeit zu entreißen. Später waren diese Dienstagsbesuche zur Regel geworden. Die Gäste fanden sich pünktlich um sieben Uhr mit der ruhigen Erwartung ein, die eine gern geübte Pflicht verleiht.

An diesem Abend saß Helene, mit einer Näharbeit beschäftigt, am Fenster, das letzte Dämmerlicht nützend, und wartete auf ihre Gäste. Ihre Blicke schweiften über Paris, über das sich dichter Schatten breitete. Es war schon völlig finster, als Rosalie mit der Lampe hereinkam.

»Die Herren kommen wohl heute nicht?«

Helene sah nach der Uhr.

»Es fehlen noch sieben Minuten an ein Viertel auf acht. Sie werden schon kommen.«

Der Abbé Jouve hatte Rosalie auf dem Orleans-Bahnhof für Helene angeworben, am Tage ihrer Ankunft, als sie noch keinen Stein in Paris kannte. Ein alter Schulfreund vom Seminar, der Pfarrer in einem Dorfe bei Orleans war, hatte sie ihm empfohlen. Sie war untersetzt und dick, hatte ein rundes Gesicht, schwarzes grobes Haar, eine breitgedrückte Nase und einen roten Mund.

»Ah! da kommt Herr Rambaud!« rief sie, die Türe öffnend, bevor es noch geklingelt hatte.

Herr Rambaud war groß, breit, ein echter Provinzler mit frischem Gesicht. Er war fünfundvierzig Jahre und schon ergraut, aber seine großen blauen Augen zeigten noch die verwunderte, unschuldige Miene eines Kindes.

»Und da ist der Herr Abbé, unsere Gesellschaft ist vollzählig zur Stelle!« lächelte Rosalie, die Tür von neuem öffnend.

Während Herr Rambaud, nachdem er Helene die Hand gedrückt, mit der Freude eines Menschen, der sich zu Hause fühlt, Platz nahm, hatte Jeanne sich dem Abbé an den Hals geworfen.

»Guten Tag, mein lieber Freund! Ich bin recht krank gewesen.«

»Recht krank, mein liebes Kind!«

Die Besucher zeigten sich beunruhigt, besonders der Abbé, ein dürres Männchen mit großem Kopfe, gänzlich, schwarz gekleidet; seine halbgeschlossenen Augen weiteten sich und füllten sich mit einem hellen Schimmer von Zärtlichkeit. Jeanne, die ihm ihre Hand ließ, hatte die andere Herrn Rambaud gereicht. Helene musste über den Anfall berichten. Der Abbé wäre fast böse geworden, weil sie ihn nicht benachrichtigt habe. Man bestürmte sie mit Fragen: jetzt wäre es doch gewiss vorbei? Das Kind hätte nichts davongetragen? Die Mutter lächelte.

»Sie lieben das Kind mehr als ich!« sagte sie. »Nein, sie hat seitdem keine Schmerzen gehabt – nur noch etwas Schwere im Kopf – aber dagegen wollen wir von jetzt an mit Energie vorgehen.«

»Es ist angerichtet,« meldete das Dienstmädchen.

Das Esszimmer war in Palisander möbliert: Tisch, Büfett und acht Stühle. Rosalie schloss die roten Ripsvorhänge, und eine Hängelampe aus weißem Porzellan in einem kupfernen Ringe beleuchtete jetzt die Tafel, das Gedeck und die dampfende Suppe. Jeder Dienstag brachte das gleiche Tischgespräch. Aber heute plauderte man natürlich vom Doktor Deberle. Der Abbé Jouve hielt ihm eine große Lobrede, obgleich der Doktor nicht gerade zu den frommen Leuten des Viertels gehörte. Er nannte ihn einen Mann von gradem Charakter, mildtätigem Herzen, einen sehr guten Vater und Ehemann, der in jeder Hinsicht das beste Beispiel gebe. Frau Deberle dagegen wäre eine ausgezeichnete Dame, trotz ihrer etwas lebhaften Umgangsformen, die sie ihrer Pariser Erziehung verdanke. Mit einem Worte: ein reizendes Ehepaar. Helene schien glücklich, sie hatte die Leute ebenso beurteilt. Was der Abbé sagte, schloss die stille Aufforderung ein, Beziehungen fortzusetzen, die Helene zu Anfang ein wenig erschreckt hatten.

»Sie schließen sich zu viel ab,« erklärte der Priester.

»Ohne Zweifel,« bekräftigte Herr Rambaud.

Helene sah sie mit ihrem ruhigen Lächeln an, als wollte sie sagen, dass die beiden Gäste ihr genügten und dass sie vor jeder neuen Freundschaft zurückschrecke. Es schlug zehn Uhr. Der Abbé und sein Bruder griffen nach ihren Hüten. Jeanne war auf einem Stuhl in der Kammer bereits eingeschlafen. Die Männer gingen auf Fußspitzen hinaus und sagten im Vorzimmer leise:

»Also heut über acht Tage.«

»Ich vergaß,« sagte der Abbé, die Stufen wieder hinaufsteigend, »Mutter Fetu ist krank, Sie sollten ihr einen Besuch machen.«

»Ich will morgen hingehen,« antwortete Helene.

Der Abbé schickte sie gern zu seiner Amme. Sie hatten mancherlei Gespräche zusammen, besondere Geschäfte, von denen sie niemals vor den Leuten sprachen. Am andern Vormittag ging Helene allein aus. Sie vermied es, Jeanne mitzunehmen, seit das Kind bei einem Krankenbesuche ohnmächtig geworden war.

Sie ging die Rue Vineuse entlang, bog in die Rue Raynouard und von da in die Passage des Eaux. Es ist dies ein seltsamer Treppengang zwischen den Mauern anstoßender Gärten, eine schmale Gasse, die von den Höhen von Passy auf den Kai hinabführt. Unterhalb dieser Steigung wohnte in einem zerfallenen Hause Mutter Fetu in einer Mansarde, die ihr Licht durch ein rundes Dachfenster erhielt. Bis auf ein ärmliches Bett, einen wackeligen Tisch und einen Stuhl, dem das Rohrgeflecht fehlte, war der Raum leer.

»Ach, meine liebe Dame!« begann Frau Fetu zu seufzen, als sie Helene kommen sah.

Die Alte war bettlägerig. Gedunsen und fett trotz ihres Elends, geschwollen und aufgebläht, zog sie mit ihren groben Händen den Tuchfetzen über sich, der ihr als Decke diente. Sie hatte kleine pfiffige Augen und eine weinerliche Stimme.

»Ach, meine liebe Dame! ich dank Ihnen! Oh, da, da, was hab ich für Schmerzen! 's ist, als ob mir Hunde in den Seiten nagten ... da sitzt's, sehen Sie ... die Haut ist recht angegriffen, das Übel sitzt innen. Seit zwei Tagen schon lässt's mir keine Ruhe. Ob's wohl möglich ist, du lieber Gott, so viel leiden zu müssen! Oh! Ich dank Ihnen, liebe Dame! Sie vergessen die Armen nicht – der Himmel wird's Ihnen vergelten!«

Helene hatte sich gesetzt. Als sie einen Topf mit dampfendem Tee auf dem Tische sah, füllte sie eine Tasse und reichte sie der Kranken. Neben dem Topfe lagen ein Päckchen Zucker, zwei Apfelsinen und Süßigkeiten.

»Man hat Ihnen schon einen Besuch gemacht?«

»Ja, ja, eine kleine Dame. Aber die weiß nicht, was unsereins braucht. Ach! wenn ich ein bisschen Fleisch hätte! Die Nachbarsfrau würde es mir mit aufs Feuer setzen... Oh! jetzt zwickt es wieder stärker. Wirklich, ganz so, als ob ein Hund... Ach! wenn ich ein bisschen Fleischbrühe hätte!«

Und trotz der quälenden Schmerzen verfolgte sie Helene, die in ihrer Tasche suchte, mit ihren pfiffigen Augen. Als sie sah, dass Helene ein Zwanzigfrankenstück auf den Tisch legte, erhob sie ein noch kläglicheres Lamento und machte Anstrengungen, sich in die Höhe zu richten. Und dabei gelang es ihr recht gut, den Arm nach dem Geldstück auszustrecken, welches rasch verschwunden war, während sie weiter klagte und jammerte.

»Ach Gott! wieder ein Anfall. Nein, ich kann's nicht länger mehr aushalten. Gott wird's Ihnen lohnen, gute Frau. Ach! mir schneidet und reißt's im ganzen Körper. Der Herr Abbé hatte mir versprochen, dass Sie kommen würden. Bloß Sie wissen, was einem guttut. Ich werde mir ein Stückchen Fleisch holen lassen. Da! jetzt zieht's in die Schenkel. Helfen Sie mir! Ich kann nicht mehr, ich kann nicht mehr!«

Die Kranke wollte sich umdrehen. Helene zog die Handschuhe aus, fasste so sanft wie möglich zu und bettete sie um. Unterdes öffnete sich die Türe. Helene war so überrascht, Doktor Deberle eintreten zu sehen, dass ihr die Röte in die Wangen stieg. Machte er denn auch Besuche, von denen er nicht sprach?

»Das ist der Herr Doktor!« ächzte die Alte. »Oh! Sie sind alle so gut, so gut! Möge der Himmel Sie segnen!«

Der Doktor hatte Helene höflich begrüßt. Mutter Fetu jammerte, seit der Arzt eingetreten, nicht mehr so heftig. Sie hatte recht gut gemerkt, dass die Dame und der Doktor sich kannten. Sie ließ keinen Blick von ihnen. Ihre Augen gingen vom einen zum andern und es arbeitete in den tausend Runzeln ihres Gesichtes. Der Doktor richtete einige Fragen an die Patientin und untersuchte die rechte Seite. Dann sagte er, sich zu Helene wendend, leise:

»Es sind Leberkoliken. Sie wird in ein paar Tagen auf sein.«

Er riss ein Blatt aus seinem Notizbuch, auf das er ein paar Zeilen kritzelte, und sagte zu der alten Frau:

»Hier! Das tragen Sie zu dem Apotheker in der Rue de Passy und nehmen dann alle zwei Stunden einen Löffel von der Arznei, die man Ihnen dort geben wird.«

Nun erging sich die Alte in neuen Segenswünschen. Helene blieb sitzen. Der Doktor schien zu warten, als ihre Blicke sich trafen. Doch dann stand er auf und ging. Er hatte noch nicht das erste Stockwerk hinter sich, als die Alte schon wieder mit ihrem Lamento anhob.

»Ach! Ein tüchtiger Arzt! Wenn mir sein Mittel nur auch was nützt! Na, Sie können sagen, dass Sie einen wackeren Arzt kennen. Sie kennen ihn sicher schon lange? Ach Gott! Was hab ich für Durst! Ich habe Feuer im Blut ... Er ist verheiratet, nicht wahr? Er verdient's, ein gutes Weib zu haben und schöne Kinder ... Oh! Es macht doch viel Freude zu sehen, dass die Herrschaften einander bekannt sind.«

Helene war aufgestanden, um ihr zu trinken zu geben.

»Nun, auf Wiedersehen, Frau Fetu. Auf morgen!«

»Recht so! Wie gut Sie doch sind! Wenn ich nur ein bisschen Leinwand hätte! Sehen Sie, mein Hemd ist zerrissen. Ich liege auf einem Dreckhaufen – das macht nichts – der gute Gott wird Ihnen alles lohnen!«

Als Helene am andern Morgen kam, war der Doktor Deberle schon bei der alten Fetu. Auf dem Stuhle sitzend, schrieb er ein Rezept, während die Alte weitschweifig daher plärrte.

»Jetzt, Herr Doktor, ist's wie Blei. Ganz gewiss, ich hab Blei in der Seite. Das wiegt an die hundert Pfund – ich kann mich nicht drehen, nicht wenden.«

Als sie Helene bemerkte, ging das Schwatzen erst recht los.

»Ach! Da ist ja die liebe gute Dame! Ich sagte es doch dem wackeren Herrn: sie wird kommen, und wenn der Himmel niederfiele, sie käme ...

Eine echte Heilige, ein Engel aus dem Paradies, und schön, so schön, dass man in den Straßen knien möchte, um sie vorbeigehen zu sehen ... Meine liebe Dame, es geht nicht besser. Jetzt hab ich ein Stück Blei da – da, da drückt's ... Ja, ich hab ihm alles erzählt, was Sie für mich getan haben. Der Kaiser würde nicht mehr tun. Ach! Man müsste gar böse sein, Sie nicht zu lieben, ganz und gar schlecht und böse ...«

Während die Fetu schwatzte, mit dem Kopf auf dem Kissen hin und her rutschend, die Augen halb geschlossen, lächelte der Doktor Helene zu, die vor Verlegenheit nicht aus noch ein wusste.

»Mutter Fetu,« flüsterte sie, »ich hab Ihnen ein bisschen Wäsche gebracht ...«

»Danke, danke! Gott wird's Ihnen lohnen. Ach! Sie und der brave Herr da! Sie wissen nicht, dass er mich schon vier Monate lang behandelt. Arznei, Fleischbrühe und Wein hat er mir gekauft. Man findet nicht viele reiche Leute, die so denken. Noch ein Engel des lieben Gottes mehr ... Oh! da, da – 's ist, als ob ich ein ganzes Haus im Leibe hätt' ...«

Jetzt schien auch der Doktor verlegen. Er erhob sich und wollte Helene den Stuhl abtreten, auf dem er saß. Diese aber lehnte ab, obgleich sie in der Absicht, ein Viertelstündchen zu bleiben, gekommen war.

»Danke sehr, Herr Doktor, ich habe gar keine Zeit. Auf Wiedersehen, Mutter Fetu. Ich glaube nicht, dass ich morgen vorbeikommen kann ...«

Dennoch ging sie am andern Tage wieder hinauf. Die alte Frau schlief. Als sie aufwachte und Helene in ihrem schwarzen Kleide auf dem Stuhle sitzen sah, rief sie:

»Er ist dagewesen. Wirklich! Ich weiß nicht, was er mir gegeben hat ... Ich bin jetzt steif wie ein Stock. Ach! wir haben von Ihnen geplaudert. Er hat mich allerhand gefragt: ob Sie immer so traurig wären, ob Sie immer solches Gesicht machten – er ist ein so guter, guter Mensch!«

Sie sprach langsamer, schien auf Helenes Gesicht die Wirkung ihrer Worte abzulesen, mit jener schmeichelnden, ängstlichen Miene armer Leute, die ihren Mitmenschen eine Freude machen wollen. Wahrscheinlich glaubte sie auf der Stirn ihrer lieben Dame eine Falte des Unmuts zu bemerken. Unsicher fuhr sie fort:

»Ich schlafe immer. Ich bin vielleicht gar vergiftet. Eine Frau in der Rue de l'Annonciation ist vom Apotheker vergiftet worden. Er hatte ihr eine falsche Arznei gegeben.«

Helene blieb heute fast eine halbe Stunde bei Mutter Fetu. Sie hörte ihr zu, wie sie von der Normandie erzählte, wo sie herstammte und wo man so gute Milch tränke. Nach einigem Stillschweigen fragte Helene beiläufig:

»Kennen Sie den Doktor schon länger?«

Die Alte, die jetzt auf dem Rücken lag, hob die Lider und senkte sie wieder.

»Das will ich meinen!« antwortete sie leise. »Sein Vater hat mich vor achtundvierzig behandelt, und er kam in seiner Begleitung.«

»Man hat mir gesagt, der Vater sei ein heiliger Mann gewesen.«

»O ja, o ja ... ein bisschen Sausewind. – Der Herr Sohn, sehen Sie, ist mehr wert. Wenn der Sie anfasst, so glauben Sie, er hat Samtfinger.«

Neues Stillschweigen.

»Ich rate Ihnen, alles zu tun, was er Ihnen sagt,« nahm Helene wieder das Wort. »Er ist ein sehr gelehrter Herr, er hat meine Tochter gerettet.«

»Ganz gewiss,« rief die Mutter Fetu, warm werdend. »Man kann Vertrauen haben, er hat einen Knaben zum Leben erweckt, den man schon begraben wollte. Oh! Ich darf's schon sagen, liebe Dame: es gibt keinen zweiten Mann, wie er ist – ach! Ich danke dem lieben Gott auch alle Abende; ich vergesse weder ihn noch Sie, wenn ich zu ihm bete – möge der liebe Gott Sie beschützen und Ihnen jeden Wunsch erfüllen!«

Die Alte hatte sich aufgerichtet und schien mit Inbrunst zum Himmel zu flehen.

Helene ließ sie gewähren – sie musste fast lächeln. Die geschwätzige Unterwürfigkeit des alten Weibes schläferte sie ein und betäubte sie. Als sie fortging, versprach sie ihr eine Haube und ein Kleid für den Tag, da sie das Bett würde verlassen können.

Die Alte erholte sich sehr langsam. Der Doktor war verwundert und nannte sie einen Faulpelz, wenn sie ihm erzählte, dass es ihr jetzt wie Blei in den Füßen läge. Endlich musste sie aufstehen. Am andern Morgen brachte ihr Helene das versprochene Kleid und die Haube. Der Doktor war ebenfalls zugegen. Plötzlich rief die Alte:

»Ach Gott! ich hab's ja ganz vergessen. Die Nachbarin hat mich gebeten, mal nach dem Feuer zu sehen.«

Damit lief sie hinaus und warf die Tür hinter sich zu, den Doktor mit Helene allein lassend. Sie setzten ihre Unterhaltung fort, ohne zu merken, dass sie eingeschlossen waren. Der Doktor bat Helene, des öfteren einmal nachmittags in seinen Garten in der Rue Vineuse zu kommen.

»Meine Frau,« sagte er, »soll Ihren Besuch erwidern und wird auch meine Einladung wiederholen. Ihrem Kinde würde das gewiss vorzüglich bekommen.«

»Ich sage durchaus nicht nein. Ich verlange gar nicht, dass man so viel Höflichkeit an mich verschwendet,« sagte sie lachend. »Bloß fürchte ich, unbescheiden zu sein. Übrigens, wir werden ja sehen ...«

So plauderten sie noch. Dann wunderte sich der Doktor:

»Wo ist denn das Weib hingelaufen? Sie ist ja schon eine Viertelstunde weg, um nach ihrem Feuer zu sehen.«

Helene sah nun, ohne sich etwas dabei zu denken, dass die Tür verschlossen war. Sie sprach von Frau Deberle, die sie tüchtig lobte. Als aber der Doktor ständig den Kopf zur Türe wandte, fühlte sie sich endlich peinlich berührt.

»Eigentlich recht sonderbar, dass sie nicht zurückkommt.«

Die Unterhaltung stockte. Helene, die nicht wusste, was beginnen, öffnete die Dachluke; und als sie sich umwandte, vermieden sie, einander mit den Blicken zu begegnen.

»Ich habe sehr viel Besuche zu machen,« sagte der Arzt. »Wenn sie nicht bald kommt, gehe ich.«

Und dann ging er. Helene hatte sich gesetzt. Mutter Fetu trat, sobald der Doktor die Stube verlassen hatte, mit riesigem Wortschwall herein.

»Ach! Ich habe nicht laufen können. Mich überfiel solche Schwäche. Er ist also gegangen, der liebe gute Herr? Freilich, hier gibt's keine Bequemlichkeit. Sie sind alle beide Engel vom Himmel, dass Sie Ihre Zeit einem unglücklichen Weibe widmen. Aber der liebe Gott wird's Ihnen vergelten! Es ist mir heut in die Beine gefahren. Ich hab mich auf eine Stufe setzen müssen. Und ich wusste auch gar nicht, woran ich war ... weil Sie so gar still waren ... Ach, wenn ich doch nur Stühle hätte! Wenigstens einen Lehnsessel! Meine Matratze ist sehr schlecht. Ich schäme mich, wenn Sie kommen ... Ach! Wenn es doch der liebe Gott fügte, dass der liebe Herr und die liebe gute Dame alle ihre Wünsche befriedigen könnten.«

Helene hörte ihr zu, aber sie empfand eine sonderbare Beklemmung. Das fette Gesicht der Mutter Fetu beunruhigte sie. Nie vorher hatte sie eine solche Übelkeit in diesem engen Räume empfunden. Sie sah erst jetzt die schmutzige Armut und litt unter dem Mangel an Luft. Rasch eilte sie hinaus, von den Segenswünschen peinlich berührt, mit denen die Alte sie verfolgte.

Es war gerade am Dienstag. Abends um sieben Uhr, als Helene soeben eine kleine Stickerei vollendet, ertönten die gewohnten Glockenschläge, und Rosalie öffnete:

»Ah! Heute kommt der Herr Abbé zuerst – nun! da ist ja auch der Herr Rambaud.«

Das Essen war sehr heiter. Die kleine Jeanne war noch munterer als am letzten Abend. Die beiden Brüder, die sie verhätschelten, erreichten, dass das Kind trotz des ausdrücklichen Verbots des Doktors Bodin ein wenig Salat essen durfte. Als man dann ins Zimmer hinüber ging, hängte sich das Kind an den Hals der Mutter und flüsterte:

»Ach, Mütterchen! Ich bitte dich, nimm mich doch morgen mit zu der alten Frau.«

Aber der Priester und Herr Rambaud waren die ersten, die schalten. Zu unglücklichen Menschen könnte man sie nicht führen, da sie sich dort nicht zu benehmen wüsste. Das letzte Mal hätte sie zwei Ohnmachten gehabt. Drei Tage lang seien ihr, selbst im Schlaf, die Tränen nicht aus den Augen gekommen.

»Nein, nein! ich werde nicht weinen – ich verspreche es euch!« rief das Kind.

Da gab ihr die Mutter einen Kuss und sagte:

»Es ist unnütz, dass wir weiter darüber reden, mein Süßes! Die alte Frau ist wieder gesund. Ich werde nicht mehr ausgehen, werde den ganzen Tag bei dir bleiben.«

### 4

Als in der folgenden Woche die Doktorsgattin Frau Grandjeans Besuch erwiderte, zeigte sie sich von außerordentlicher Liebenswürdigkeit. Noch auf der Schwelle sagte sie zu Helene:

»Sie wissen, was Sie mir versprochen haben. Am ersten schönen Tage kommen Sie in den Garten hinunter und bringen Jeanne mit. Es ist Verordnung des Arztes!«

Helene lächelte.

»Natürlich, natürlich, die Sache ist abgemacht. Rechnen Sie auf mich!«

Drei Tage später ging sie an einem freundlichen Februarnachmittage wirklich mit ihrem Kinde hinunter. Der Pförtner öffnete die Verbindungstüre. Im Hintergrunde des Gartens, in einer Art von japanischem Pavillon, fanden sie Frau Deberle in Gesellschaft ihrer Schwester Pauline. Beide saßen mit ihren Stickarbeiten an einem kleinen Tische.

»Wie nett, dass Sie kommen!« rief Juliette. »Da, setzen Sie sich! Pauline, rücke den Tisch weg. Sie sehen, es ist noch ein bisschen frisch, wenn man sitzt. Von diesem Pavillon aus werden wir die Kinder besser überwachen. Da, Kinderchen, spielt. Dass ihr mir nur nicht fallt!«

Es war ein bürgerlich einfacher Garten mit einem Rasenplatz in der Mitte und zwei Blumenbeeten. Ein Gitter sperrte ihn nach der Rue Vineuse zu ab; doch darüber war ein so dichter Laubvorhang gewachsen, dass kein Blick von der Straße eindringen konnte. Den Hauptreiz bildeten im Hintergrunde mehrere hoch gewachsene Bäume, prächtige Rüstern, welche die schwarze Mauer eines fünfstöckigen Wohnhauses verdeckten. Sie schufen in diesem engen Winkel aneinanderstoßender Häuser die Illusion eines Parkes und schienen dieses Pariser Gärtchen, das man wie einen Salon kehrte, ungewöhnlich zu vergrößern. Zwischen zwei Rüstern hing eine Schaukel, deren Brett einen grünlichen Schimmel zeigte.

Helene beugte sich vor, um alles besser zu sehen.

»Oh! 's ist ein rechtes Loch,« warf Frau Deberle hin, »aber in Paris sind die Bäume selten ... man schätzt sich schon glücklich, wenn man ein halb Dutzend sein eigen nennt.«

»O nein, o nein! Sie wohnen hier herrlich,« flüsterte Helene.

»Jetzt ist's noch ein bisschen öde,« erwiderte Frau Deberle. »Aber im Juni sitzt man hier wie in einem Nest. Die Bäume hindern die Leute drüben, zu spionieren, und wir sind hier wie zu Hause.«

Sie unterbrach sich:

»Warte, Lucien! Willst du wohl nicht an den Springbrunnen fassen!«

Der kleine Junge, der Jeanne als Kavalier diente, hatte sie vom Springbrunnen unter den Aufgang geführt und den Hahn aufgedreht. An den spritzenden Strahl hielt er die Spitze seines Stiefelchens, eine Spielerei, die er über die Maßen gern hatte. Jeanne schaute ihm ernsthaft zu, wie er sich die Füße nass machte.

»Warte,« sagte Pauline aufstehend, »ich will ihn zur Ruhe bringen.«

Juliette hielt sie zurück.

»Nein, nein, du bist noch schlimmer als er. Gestern hätte man meinen können, sie hätten alle beide ein Bad genommen. Sonderbar, dass solch ein großes Mädchen nicht zwei Minuten still sitzen kann ...«

Und sich umdrehend:

»Hörst du, Lucien! dreh sofort den Hahn ab!«

Das erschrockene Kind wollte gehorchen. Aber in der Verwirrung öffnete es den Hahn noch mehr, und das Wasser schoss mit solcher Stärke und solchem Zischen hervor, dass der Junge völlig den Kopf verlor. Bis zu den Schultern bespritzt, wich er zurück.

»Dreh im Augenblick den Hahn ab!« befahl seine Mutter wieder. Das Blut war ihr in die Wangen geschossen.

Da näherte sich Jeanne, die sich bis dahin mäuschenstill verhalten hatte, dem Springbrunnen mit aller Vorsicht, während Lucien angesichts dieses tollen Wasserstromes zu weinen anfing. Sie schob ihr Kleidchen zwischen die Beine, streckte die Hände vor, um sich nicht die Ärmel nass zu machen, und drehte den Hahn zu, ohne einen einzigen Wassertropfen abbekommen zu haben. Plötzlich hörte die Wasserflut auf. Lucien drängte verwundert seine Tränen zurück und schaute das Mädchen mit großen Augen respektvoll an.

»Wirklich, dies Kind macht mich noch rasend!« rief Frau Deberle, die sich totenblass, wie zerschlagen von dieser Aufregung, reckte und streckte.

Helene glaubte sich ins Mittel legen zu sollen.

»Jeanne, gib Lucien die Hand, geh mit ihm spazieren!«

Jeanne fasste Luciens Hand, und gravitätisch trippelten die Kinder in den Steigen auf und ab. Das Mädchen war weit größer als er, gleich einer Dame ließ sie die Augen wandern. Lucien konnte nicht umhin, hier und da einen Blick auf seine Gefährtin zu werfen. Sie sprachen kein Wort.

»Sie sind possierlich,« flüsterte Frau Deberle, lächelnd und beruhigt. »Das muss man sagen, Ihre Jeanne ist ein reizendes Kind. Gehorsam und verständig.«

»Ja, nur wenn sie bei Fremden ist,« versetzte Helene, »sie hat auch ihre garstigen Stunden. Aber da sie mich vergöttert, ist sie bestrebt, artig zu sein.«

Die Damen plauderten über die Kinder. Mädchen wären vorsichtiger als Jungen. Freilich dürfe man Luciens schüchternem Wesen nicht trauen. Vor Jahresfrist noch sei er ein Erztaugenichts gewesen. Und ohne sichtlichen Übergang begann man von einer Frau zu sprechen, die einen kleinen Pavillon gegenüber bewohnte und bei der pikante Dinge vorgehen sollten. Frau Deberle hielt inne, um ihrer Schwester zuzurufen:

»Pauline, geh doch eine Minute in den Garten.«

Das junge Mädchen ging ruhig hinaus und wartete unter den Bäumen. Sie war daran gewöhnt; sobald die Unterhaltung sich auf ein Gebiet lenkte, für das sie noch zu jung war, wurde sie weggeschickt.

»Gestern stand ich am Fenster und hab die Frau deutlich gesehen ... sie zieht nicht einmal die Gardinen zu ... es ist ein Skandal! Wie leicht können Kinder da hineinsehen!«

Sie sprach ganz leise mit entrüstetem Gesicht, aber doch mit spitzem Lächeln auf den Lippen. Dann hob sie die Stimme und rief:

»Pauline, du kannst wieder hereinkommen!«

Pauline guckte unter den Bäumen zum Himmel und wartete ruhig, bis ihre Schwester ausgeredet hatte. Sie trat in den Pavillon und setzte sich wieder, während Juliette, zu Helene gewendet, weitersprach:

»Sie haben niemals etwas bemerkt, Madame?«

»Nein, meine Fenster gehen nicht auf den Pavillon.«

Inzwischen hatte Frau Deberle wieder ihre Stickerei vorgenommen. Sie machte alle Minuten zwei Stiche. Helene, die nicht müßig sitzen konnte, bat um die Erlaubnis, ein nächstes Mal Arbeit mitzubringen. Und von einer leisen Langeweile beschlichen, musterte sie den japanischen Pavillon.

»Hm? Nicht wahr, er ist hässlich!« rief Pauline, die Helenes Blick gefolgt war. »Sag mal, Schwesterherz, weißt du, dass das, was du gekauft hast, Kitsch ist? Der schöne Malignon nennt deine Japaneserei den ›Zwanzig-Pfennig-Basar‹ ... übrigens, ich hab ihn getroffen, den schönen Malignon, mit einer Dame ... oh! einer netten Dame, der kleinen Florence vom Varieté.«

»Wo denn? Damit will ich ihn necken!« rief Juliette lebhaft.

»Auf dem Boulevard. Kommt er denn heute nicht?« Aber sie erhielt keine Antwort. Die Damen waren wegen der Kinder beunruhigt. Wo konnten sie stecken? Als sie nach ihnen riefen, hörte man helle Stimmen:

»Da sind wir ja!«

Sie waren wirklich mitten auf dem Rasenplatz, hinter einem Strauch verborgen saßen sie im Grase.

»Was macht ihr denn?«

»Wir sind eben im Gasthof angekommen,« rief Lucien, »und ruhen uns in unserm Zimmer aus.«

Eine Zeitlang sahen ihnen die Erwachsenen belustigt zu. Jeanne überließ sich ganz dem Spiele. Sie rupfte Gras um sich her, wahrscheinlich, um das Frühstück herzurichten. Jetzt plauderten sie. Jeanne redete Lucien ein, dass sie sich in der Schweiz befänden und bald aufbrechen wollten, um die Gletscher zu besteigen, was den Knaben sehr verdutzte.

»Ei, sieh da! da ist er ja!« rief plötzlich Pauline.

Frau Deberle drehte sich um und erkannte Malignon, der die Stufen herabkam. Sie ließ ihm kaum Zeit zu grüßen und einen Stuhl zu nehmen.

»Nun, das muss ich sagen: Sie sind ein netter Herr! In der ganzen Stadt zu erzählen, dass ich bloß Kitsch in meiner Behausung hätte!«

»Ach richtig!« versetzte er mit Ruhe, »den kleinen Salon dort ... gewiss, das ist Kitsch ... Sie haben keinen einzigen beachtlichen Gegenstand.«

Sie war sehr verletzt.

»Wie! und die Pagode?«

»Ach, reden Sie doch nicht! Das ist doch alles spießig ... Es fehlt an Geschmack, mir haben Sie ja das Einrichten nicht überlassen wollen.«

Da fiel sie ihm, puterrot, zornig in die Rede.

»Ihr Geschmack! Na, lassen wir das lieber! Ihr Geschmack ist wirklich fein – man hat Sie mit einer Dame gesehen!«

»Mit einer Dame?« fragte er, durch die Grobheit des Angriffs verdutzt.

»Eine famose Wahl! Mache Ihnen mein Kompliment! Eine Dirne, von der ganz Paris ...«

Aber sie schwieg, als sie Pauline bemerkte.

»Pauline, geh doch eine Minute in den Garten!«

»Aber nein! das ist doch abscheulich!« rief das junge Mädchen und sträubte sich. »Immer wirft man mich hinaus.«

»Geh in den Garten!« wiederholte Juliette mit Strenge.

Pauline ging; aber an der Tür wandte sie sich nochmals um und sagte:

»Mach wenigstens ein bisschen schnell!«

Jetzt fiel Frau Deberle von neuem über Malignon her. Wie konnte ein vornehmer junger Mann wie er, sich öffentlich mit einer Florence zeigen?

Sie war mindestens vierzig, zum Fürchten hässlich, das ganze Orchester duzte sie ...

»Bist du fertig?« rief Pauline, die unter den Bäumen schmollend auf und nieder ging. »Ich langweile mich wie ein Mops.«

Malignon verteidigte sich. Er kannte diese Florence nicht, hatte niemals ein Wort mit ihr gewechselt. Mit einer Dame hätte man ihn ja wohl sehen können. Er begleite bisweilen die Frau eines seiner Freunde. Übrigens, welcher Spion wäre es denn, der ihn gesehen hätte? Er verlange Beweise, Zeugen ...

»Pauline,« rief plötzlich Frau Deberle, die Stimme hebend, »nicht wahr, du hast ihn mit Florence getroffen?«

»Jawohl, ja,« antwortete das Mädchen, »auf dem Boulevard, gegenüber von Bignon.«

Über Malignons verlegenes Lachen triumphierend, rief Frau Deberle:

»Pauline, du kannst wieder hereinkommen. Die Geschichte ist erledigt.«

Die Damen hatten über diesem Gespräch nicht auf die Kinder geachtet. Lucien erhob plötzlich lautes Geschrei.

»Was hast du ihm getan, Jeanne?« fragte Helene.

»Ich hab ihm nichts getan, Mama. Er hat sich auf die Erde geworfen.«

Die Wahrheit war, dass die Kinder soeben von den eingebildeten Eisbergen zurückgekehrt waren. Da Jeanne die Behauptung aufstellte, dass sie über Berge gestiegen kämen, hatten sie die Füße sehr hochgehoben, um über die Felsen zu klettern. Lucien aber hatte dabei einen Fehltritt getan und war mitten in ein Beet gefallen. Als er am Boden lag, hatte er sich geärgert und fing zu schreien an.

»Heb ihn auf!« rief Helene wieder.

»Er mag nicht, Mama, er wälzt sich.«

Und Jeanne wendete sich ab, als ob sie sich durch den Anblick des schlecht erzogenen Jungen verletzt fühlte. Er konnte gar nicht spielen, musste sich jedes Mal schmutzig machen. Da bat Frau Deberle, durch Luciens Schreien beunruhigt, ihre Schwester, ihn zur Ruhe zu bringen. Pauline war das ganz nach Wunsch. Sie lief hinüber und wälzte sich mit dem Neffen an der Erde. Aber Lucien wehrte sich, er wollte nicht aufgehoben sein. Sie zerrte ihn endlich hoch und hielt ihn unter den Armen.

»Sei doch still, Schreihals! Komm, wir wollen schaukeln.«

Sogleich war Lucien still. Jeanne verlor ihre Ernsthaftigkeit, und strahlende Freude erhellte ihr Gesicht. Alle drei liefen zur Schaukel. Pauline setzte sich hinein.

»Gebt mir einen Schubs!«

Sie stießen das große Mädchen mit der ganzen Kraft ihrer Ärmchen, brachten sie aber kaum vom Fleck.

»So stoßt doch!« kommandierte Pauline. »Ach, die Dummerchen, verstehen auch rein gar nichts!«

Frau Deberle begann im Pavillon zu frösteln. Sie fand, dass es gar nicht warm sei trotz des schönen Sonnenscheins. Sie hatte Malignon gebeten, ihr einen Kaschmirmantel zu reichen, den ihr der junge Mann jetzt über die Schultern legte. Sie plauderten dabei von Sachen, die Helene wenig interessierten. Auch hatte sie Furcht, Pauline möchte die Kinder umwerfen. So ging sie in den Garten und ließ Juliette und Malignon beim Plaudern über eine neue Hutmode allein.

Als Jeanne die Mutter sah, kam sie mit einschmeichelnder Gebärde gelaufen.

»0 Mama,« sagte sie leise, »o Mama!«

»Nein, nein,« antwortete Helene, »du weißt, es ist dir verboten!«

Jeanne schaukelte fürs Leben gern. Es wäre ihr, sagte sie, als sei sie ein Vogel. Der Zugwind, das jähe Auffliegen, das fortwährende Herauf und Hinunter, taktmäßig wie Flügelschlag, gab ihr die köstliche Empfindung eines Aufstiegs in die Wolken. Bloß nahm es immer ein schlimmes Ende. Einmal hatte man sie ohnmächtig, an die Seile der Schaukel geklammert, mit aufgerissenen Augen ins Leere stierend, gefunden. Ein anderes Mal war sie starr wie eine vom Schrot getroffene Schwalbe heruntergefallen.

»O Mama!« bat sie wieder, »bloß ein bisschen, ein ganz kleines bisschen!«

Ihre Mutter setzte sie schließlich auf das Brett. Das Kind strahlte, und ein leichtes genüssliches Beben schüttelte ihre Handgelenke. Und als Helene sie sachte schaukelte, jauchzte das Kind:

»Stärker! stärker!«

Aber Helene ließ das Seil nicht los. Sie wurde selbst lebendig, und ihre Wangen glühten. Die Stöße, die sie dem Schaukelbrett gab, setzten sie selbst in Schwung. Ihre gewohnte Würde verschmolz zu einer Art Kameradschaft mit ihrem Kind:

»Jetzt ist's genug!« erklärte sie, Jeanne heraushebend.

»Nun schaukle dich, bitte, schaukle dich!« sagte das Kind, sich an ihren Hals hängend.

Sie liebte es, ihre Mutter »fliegen« zu sehen. Ihrem Schaukeln zuzusehen machte Jeanne mehr Freude, als es selbst zu tun. Helene fragte lachend, wer ihr Schwung geben solle. Wenn sie selbst spielte, machte sie Ernst und schwang bis in die Bäume. In diesem Augenblick kam, vom Pförtner geleitet, Herr Rambaud. Er hatte Frau Deberle bei Helene getroffen und glaubte ihr einen Besuch machen zu dürfen. Frau Deberle zeigte sich, von der Leutseligkeit des ehrenhaften Herrn gerührt, überaus liebenswürdig. Dann vertiefte sie sich neuerdings in eine lebhafte Unterhaltung mit Malignon.

»Unser lieber Freund wird dir Schwung geben!« rief Jeanne, die Mutter umspringend.

»Willst du wohl still sein! Wir sind doch hier nicht zu Hause!« sagte Helene streng.

»Du lieber Gott!« flüsterte Herr Rambaud, »wenn Ihnen das Spaß macht, stehe ich zu Ihrer Verfügung. Wenn man auf dem Lande ist ...«

Helene ließ sich bereden. Als junges Mädchen hatte sie stundenlang geschaukelt, und die Erinnerung an diese alten Vergnügungen erfüllte sie mit einem dumpfen Verlangen. Lachend bat sie, da sie ihre Beine doch nicht gut zeigen könne, um eine Schnur, mit der sie ihre Röcke um die Knöchel festband. Dann stellte sie sich, mit gespreizten Armen die Seile festhaltend, aufs Brett und rief lustig:

»Vorwärts denn, Herr Rambaud! Zuerst langsam!«

Herr Rambaud hatte seinen Hut an einen Zweig gehängt. Sein breites freundliches Gesicht erhellte ein väterliches Lächeln. Er überzeugte sich von der Festigkeit der Seile, sah zu den Bäumen hinauf und entschloss sich, der Schaukel einen schwachen Stoß zu geben. Helene hatte zum ersten Male die Trauerkleidung abgelegt. Sie trug ein graues, mit gelben Schleifen besetztes Kleid.

»Vorwärts, vorwärts!«

Mit vorgestreckten Armen das Schaukelbrett fassend, versetzte ihm Herr Rambaud einen kräftigen Stoß. Helene begann zu steigen; mit jedem Aufflug gewann sie größeren Schwung. Aber der Takt bewahrte Würde. Man sah sie noch immer korrekt, ein wenig ernst, mit hellen klaren Augen in dem schönen stillen Gesicht; ihre Nasenflügel blähten sich, als ob sie den Wind schlürfen wollten. Kein Fältchen ihrer Röcke hatte sich verschoben. Eine Flechte ihres Haares löste sich.

»Vorwärts, vorwärts!«

Ein jäher Stoß trug sie empor. Sie stieg zur Sonne, immer höher. Ein leichter Zugwind erhob sich vor ihr und wehte im Garten. Jetzt musste sie lächeln, ihr Gesicht war rosig überhaucht, und ihre Augen blitzten wie Sterne. Die gelöste Flechte schlug ihr auf den Hals. Trotz der Schnur flatterten die Röcke und entblößten die Weiße ihrer Fußknöchel. Man sah ihr an, wiewohl es ihr war in der frischen freien Luft, mit geweiteter Brust.

Jeanne klatschte Beifall. Die Mutter schien ihr eine Heilige mit einem Glorienschein, die auf dem Fluge ins Paradies begriffen war. Und wieder stammelte das Kind selig: »O Mama! o Mama!«

Frau Deberle und Malignon waren unter die Bäume getreten. Malignon fand, dass Damen außergewöhnlichen Mut besäßen, und Frau Deberle sagte erschreckt:

»Ich kriegte einen Herzschlag ... ganz gewiss!«

Helene hörte es im Vorbeifliegen.

»Oh! mein Herz ist kräftig!« rief sie lachend. »Stärker, Herr Rambaud, stärker!«

Und wirklich, ihre Stimme blieb ruhig! Sie schien sich nicht an die beiden zu kehren, die dort standen. Sie zählten ohne Zweifel in ihren Augen wenig. Ihre Haarflechte hatte sich gänzlich gelöst. Die Schnur musste sich lockern, denn ihre Röcke flatterten. Sie stieg noch immer.

Plötzlich rief sie:

»Genug, Herr Rambaud! Aufhören!«

Doktor Deberle war soeben auf der Treppe erschienen. Er trat heran, umarmte zärtlich seine Frau, hob Lucien auf den Arm und küsste ihn auf die Stirn. Dann blickte er lächelnd zu Helene hin.

»Genug! genug!«

»Warum denn?« fragte er, »ich störe doch nicht?«

Helene gab keine Antwort, sie war sehr ernst geworden. Die im vollen Flug schwingende Schaukel hielt nicht sogleich an, sie führte Helene noch immer hoch empor. Und der Doktor, überrascht und entzückt, bewunderte sie. Sie war prächtig anzuschauen mit ihrer großen und kräftigen Gestalt, ihren edlen, einer antiken Bildsäule würdigen Formen, so leicht im Frühlingssonnenlicht dahingeweht. Aber sie schien ärgerlich, dass die Schaukel nicht zum Stillstand gebracht wurde, und sprang plötzlich ab.

»Halt! halt!« schrien alle wie aus einem Munde.

Helene stieß einen Klagelaut aus. Sie war auf den Kies gefallen und konnte sich nicht aufrichten.

»Mein Gott, welche Unklugheit!« sägte der Doktor mit blassem Gesicht.

Alle machten sich um die Verunglückte zu schaffen. Jeanne weinte, dass Herr Rambaud, den selbst eine Schwäche überkam, die Kleine auf die Arme heben musste. Der Doktor befragte Helene.

»Das rechte Bein ist's, nicht wahr? Sie können nicht auftreten?«

Und als sie keine Antwort gab, fragte er weiter:

»Haben Sie Schmerzen?«

»Ein dumpfer Schmerz, da am Knie,« sagte sie mühsam.

Nun schickte der Doktor seine Frau um Besteck und Verbandzeug.

»Wir müssen sehen, müssen sehen. Es hat wahrscheinlich nichts auf sich.«

Dann kniete er auf dem Kiesboden. Helene ließ ihn gewähren. Aber als er sie betastete, erhob sie sich mit Anstrengung und zog die Röcke um ihre Füße.

»Nein, nein!« flüsterte sie.

»Aber, ich muss doch sehen ... als Arzt ...«

Helene bebte leicht und flüsterte:

»Ich mag nicht ... es ist nichts!«

Er sah sie verwundert an. Eine schwache Röte stieg an ihrem Nacken hinauf. Einen Augenblick lang trafen sich ihre Augen und schienen auf dem Grund ihrer Herzen zu lesen. Da stand Doktor Deberle, selbst verwirrt, langsam auf und blieb bei ihr, ohne zu fragen, ob er sie besuchen solle.

Helene hatte Herrn Rambaud herangewinkt. Sie flüsterte ihm ins Ohr:

»Holen Sie Doktor Bodin! Erzählen Sie ihm, was mir passiert ist.«

Als später Doktor Bodin kam, richtete sie sich mit übermenschlicher Anstrengung auf und stieg, auf ihn und Herrn Rambaud gestützt, zu ihrer Wohnung hinauf. Jeanne folgte schluchzend.

»Ich erwarte Sie,« hatte Doktor Deberle zu seinem Kollegen gesagt. »Bringen Sie uns beruhigende Nachricht!«

Im Garten plauderte man lebhaft. Malignon behauptete, dass die Frauen schnurrige Geschöpfe seien. Warum auch musste es dieser Dame einfallen, aus der Schaukel zu springen? Pauline, die über das Abenteuer sehr ärgerlich war, das sie weiteren Vergnügens beraubte, fand es ebenfalls unklug. Der Arzt schwieg und schien in Sorge zu sein.

»Nichts Ernstliches,« sagte Doktor Bodin, die Stufen herabschreitend, »eine Verstauchung. Freilich wird sie vierzehn Tage auf dem Sofa ausharren müssen.«

Herr Deberle klopfte Malignon verabschiedend die Schulter. Er wünschte, dass seine Frau den Garten verlasse, weil es sehr frisch geworden sei. Und Lucien auf den Arm hebend, trug er ihn selbst fort und koste mit seinem Jungen.

5

Helene hatte, wie Doktor Bodin es vorausgesagt, vierzehn Tage das Zimmer hüten müssen.

Eines Morgens stand sie vor ihrem Bücherschrank, als Jeanne hüpfend und in die Hände klatschend hereintrat.

»Mama! Ein Soldat, ein Soldat!«

»Was, ein Soldat?« sagte die junge Mutter, »was soll ich denn mit deinem Soldaten?«

Aber das Kind hüpfte und rief in einem fort: »Ein Soldat, ein Soldat!«, ohne sich weiter zu erklären. Da stand Helene, weil sie die Zimmertür offen gelassen hatte, auf und war sehr erstaunt, sich im Vorzimmer einem Soldaten gegenüber zu sehen. Rosalie war ausgegangen. Jeanne musste trotz des ausdrücklichen Verbotes der Mutter auf dem Flur gespielt haben.

»Was wünschen Sie?« fragte Helene.

Der kleine Krieger, verwirrt durch die Erscheinung einer so schönen und in ihrem spitzenbesetzten Hauskleide so weißen Dame, scharrte mit dem Fuße auf den Dielen, grüßte und stotterte:

»Verzeihen Sie ... entschuldigen Sie ...«

Mehr Worte fand er nicht und wich, immer mit den Füßen scharrend, zur Wand zurück. Als er nicht mehr weiter rückwärts konnte und sah, dass die Dame mit unwillkürlichem Lächeln wartete, wühlte er gewaltig in seiner rechten Tasche, aus der er ein blaues Schnupftuch, dann ein Messer und ein Stück Brot hervorzog. Er betrachtete jeden Gegenstand und steckte ihn wieder ein, dann fuhr er in die linke Tasche. Dort fanden sich ein Ende Bindfaden, zwei verrostete Nägel und in die Hälfte eines Zeitungsblattes gewickelte Heiligenbilder. Er vergrub alles wieder in der Tiefe seiner Tasche, dann klopfte er sich auf die Schenkel. Und verblüfft stotterte er:

»Verzeihen Sie ... entschuldigen Sie ...«

Aber plötzlich fuhr er mit dem Finger an die Nase, gutmütig brummelnd. Dummkopf! Er besann sich. Er machte zwei Knöpfe seines Waffenrocks auf, fuhr in die Brusttasche, wobei er den Arm bis zum Ellenbogen vergrub. Endlich angelte er einen Brief heraus und schüttelte ihn heftig, wie um ihn vom Staube zu reinigen, bevor er ihn der vornehmen Dame übergab.

»Ein Brief für mich; wissen Sie das auch bestimmt?« fragte Helene.

Der Briefumschlag trug ihren Namen und ihre Anschrift in grober bäurischer Schrift. Und sobald sie angefangen hatte zu verstehen, bei jeder Zeile durch Schnörkel und seltsame Rechtschreibung aufgehalten, lächelte sie. Der Brief war von Rosalies Tante, und Zephyrin Lacour hieß der Überbringer. Da nun Zephyrin Rosalies Liebster war, bat sie also die gnädige Frau, den Kindern zu erlauben, sich sonntags einander zu besuchen. Und am Schlusse standen die Worte: »Der Herr Pfarrer erlaubt's.«

Helene faltete bedächtig den Brief zusammen. Während sie ihn entzifferte, hatte sie mehrmals den Kopf gehoben, um den Soldaten zu mustern. Er stand noch immer gegen die Wand gezwängt, und seine Lippen bewegten sich. Er schien jeden Satz mit einer leichten Bewegung des Kinns zu betonen. Ohne Zweifel wusste er den Brief auswendig.

»So! Sie sind also Zephyrin Lacour?«

Er fing an zu lachen und straffte den Hals.

»Treten Sie näher, mein Bester. Bleiben Sie doch nicht da stehen!«

Er führte den Befehl aus, hielt sich aber dicht an der Tür, während Helene sich setzte.

»Sie haben Beauce vorige Nacht verlassen?« fragte Helene in der Absicht, nähere Auskunft zu erhalten.

»Ja, gnädige Frau!«

»Und nun sind Sie in Paris! Das tut Ihnen nicht leid?«

»Nein, gnädige Frau!«

Zephyrin wurde kühner. Er sah sich im Zimmer um. Die blauen Plüschvorhänge erregten seine Bewunderung.

»Rosalie ist nicht da,« fuhr Helene fort, »aber sie wird bald zurück sein. Ihre Tante schreibt mir, Sie seien ihr guter Freund!«

Der Krieger gab keine Antwort, senkte verlegen den Kopf und fing wieder an, mit der Fußspitze auf den Dielen zu scharren.

»Nun, wenn Sie Ihre Militärzeit hinter sich haben, sollen Sie Rosalie heiraten?«

»Gewiss,« versetzte der Krieger errötend, »ganz gewiss. Das steht bombenfest.«

So durch das freundliche Wesen der Dame gewonnen, drehte Zephyrin erst sein Käppi zwischen den Fingern, dann legte er eine Hand mit gespreizten Fingern aufs Herz. Helene war ernst geworden. Der Gedanke, einen Soldaten in ihre Küche einzuführen, beunruhigte sie. Der Herr Pfarrer mochte noch so viel erlauben, ihr kam es nicht ungefährlich vor. Auf dem Lande ist man frei und ungeniert. Liebschaften sind da in flottem Gange. Sie ließ ihre Befürchtungen durchblicken. Als Zephyrin begriffen hatte, war's ihm, als sollte er vor Lachen platzen. Aus Achtung vor der Dame hielt er an sich und schob sein Käppi von einer Hand in die andere. Als Helene noch immer schwieg, glaubte er zu verstehen, dass sie in seine Treue Zweifel setzte. Er rief mit Feuer:

»Sie denken vielleicht, dass ich Rosalie hintergehen will? Wenn ich Ihnen aber doch sage: Ich habe versprochen, sie zu heiraten! und das wird wahr bleiben, so wahr die Sonne uns bescheint...«

In diesem Augenblick wirbelte Jeanne tanzend ins Zimmer.

»Rosalie! Rosalie!« sang sie nach einer tänzelnden Melodie, die sie selbst erfand.

Durch die offene Tür hörte man das Keuchen des sich mit ihrem Korbe schleppenden Dienstmädchens. Zephyrin wich in eine Ecke der Stube zurück. Ein stummes Lachen spaltete seinen Mund von einem Ohr zum andern, und seine tiefliegenden Augen leuchteten in bäurischer Durchtriebenheit. Rosalie trat geradewegs ins Zimmer, da sie die Gewohnheit hatte, die eingekauften Esswaren der Herrin zu zeigen.

»Madame, ich habe Blumenkohl gekauft... Sehen Sie nur! zwei Köpfe für achtzehn Sous ... das ist nicht teuer.«

Sie hielt ihren halboffenen Korb vor sich, als sie endlich den grinsenden Zephyrin gewahrte. Schrecken nagelte Rosalie an die Dielen. Es dauerte

Sekunden, – sie hatte ihn jedenfalls in der Uniform nicht gleich erkannt. Ihre runden Augen vergrößerten sich, ihr fettes Gesicht wurde blass, während ihre schwarzen Haare sich sträubten.

»Oh!« sagte sie bloß.

Und vor Erstaunen ließ sie den Korb fallen. Die Vorräte rollten auf den Teppich, die Blumenkohlköpfe, Zwiebeln und Erdäpfel. Jeanne stieß einen Freudenruf aus und warf sich mitten im Zimmer auf die Erde und jagte hinter den Erdäpfeln her, bis unter die Sessel und den Spiegelschrank. Rosalie, noch immer vor Schreck gelähmt, rührte sich nicht:

»Wie! du bist's! Was machst du denn da? sprich! he? Was machst du denn da?«

Sie drehte sich nach Helene um und fragte:

»Haben Sie ihn denn hier hereingelassen?«

Zephyrin sagte nichts, sondern begnügte sich, verschmitzt zu blinzeln. Da stiegen Rosalie die Rührungstränen in die Augen, und um ihre Freude über das Wiedersehen zu bezeugen, fand sie nichts Gescheiteres, als sich über ihren Krieger lustig zu machen.

»Nanu!« sagte sie an ihn herantretend, »du bist nett, sauber, in dem Kasten da! Hätte an dir vorbeigehen können und würde nicht einmal ›Gott grüß dich‹ gesagt haben ... Was bist du denn geworden? Siehst aus, als trägst du dein Schilderhaus auf dem Buckel! Und geschoren haben sie dich auch! Herr Gott, siehst du hässlich aus! bist du hässlich!«

Zephyrin, dem diese Worte in die Nase gingen, entschloss sich endlich, den Mund aufzumachen.

»Das ist nicht meine Schuld ... ganz sicher ... wenn man dich zu den Soldaten steckte, dann wollten wir erst mal sehen ...« Sie hatten ganz und gar vergessen, wo sie sich befanden; das Zimmer, die gnädige Frau und Jeanne, die noch immer nach Erdäpfeln auf den Dielen suchte. Das Dienstmädchen hatte sich vor dem kleinen Soldaten aufgepflanzt und die Hände über der Schürze gefaltet.

»So! Geht denn alles gut da unten?«

»Ja, bis auf Guignards Kuh, die ist krank geworden. Der Schmied ist gekommen ... und hat ihnen wohl gesagt, sie hätte Wasser.«

»Wenn sie voll Wasser ist, dann ist's aus mit ihr – Sonst geht alles gut?«

»Ja doch, ja doch – der Feldhüter hat sich den Arm gebrochen. Vater Caniret ist gestorben, der Herr Pfarrer hat seinen Geldbeutel verloren mit noch achtzig Sous drin, als er aus Grandval heimkam ... Sonst geht alles gut.«

Sie schwiegen, schauten einander mit funkelnden Augen und zusammengekniffenen Lippen an. Das musste so ihre Art sein, einander zu umarmen, denn sie hatten sich nicht einmal die Hände gereicht. Rosalie hatte sich endlich besonnen und war untröstlich, als sie ihr Gemüse auf der Erde liegen sah. Eine schöne Bescherung! Er verführte sie zu netten Dingen. Madame hätte ihn auf der Treppe abfertigen sollen. Brummend und scheltend bückte sie sich und tat die Erdäpfel, die Zwiebeln und den Blumenkohl zum großen Verdruss Jeannes wieder in den Korb. Und als sie in die Küche ging, ohne Zephyrin weiter zu beachten, hielt Helene sie zurück, um ihr, gerührt durch die ruhige Gesundheit der beiden Liebesleute, zu sagen:

»Höre, meine Tochter! Deine Tante hat mich gebeten, dem Burschen zu erlauben, dich sonntags zu besuchen. Er wird nachmittags kommen, und du wirst dich bemühen, ihm den Dienst ein bisschen zu erleichtern.«

Rosalie blieb stehen und wandte bloß den Kopf. Sie war es brummend zufrieden.

»Oh! Madame! Er wird mir nette Unruhe machen!«

Und über ihre Schulter hin warf sie Zephyrin einen Blick zu und schnitt ihm zärtliche Grimassen. Der kleine Soldat verharrte reglos, den Mund in stummem Lachen verzogen. Dann zog er sich langsam zurück, dankte, sein Käppi gegen das Herz drückend. Die Tür wurde geschlossen, aber er grüßte noch immer.

»Mama, ist das der Bruder von Rosalie?« fragte Jeanne.

Helene blieb angesichts dieser Frage verlegen. Sie bedauerte die in einer gutmütigen Regung gegebene Erlaubnis. So suchte sie nach einer neuen Erklärung und sagte:

»Nein, er ist ihr Vetter.«

»Ach!« sagte das Kind ernst.

Rosalies Küche ging nach dem Garten des Doktor Deberle hinaus. Im Sommer wuchsen die Zweige der Rüstern durch das sehr große Fenster. Es war der luftigste Raum der Wohnung. Weiß von Licht, so hell, dass Rosalie einen blauen Kattun als Vorhang hatte anbringen müssen, den sie nachmittags zuzog. Sie beklagte nur die Winzigkeit dieser Küche, die sich in Gestalt eines Vierecks in die Länge dehnte, mit dem Herde zur Rechten, einen Tisch und das Büfett zur Linken. Aber sie hatte Geräte und Möbel so geschickt untergebracht, dass sie sich neben dem Fenster einen freien Winkel geschaffen hatte, wo sie des Abends arbeitete.

Am nächsten Samstag gegen Abend hörte Helene ein solches Rumoren in der Küche, dass sie hinüberging.

»Ich scheuere, Madame,« erklärte Rosalie schweißtriefend auf dem Boden gekauert und beschäftigt, die Steinfliesen mit ihren kurzen Armen zu waschen.

Niemals hatte sie ihre Küche so schön gemacht. Eine Braut hätte drin schlafen können, so weiß war alles. Tisch und Schrank schienen neu behobelt, sie hatte ihre Finger dabei wund gerieben. Helene blieb einen Augenblick stehen, dann lächelte sie und ging.

Nun gab es an jedem Samstag das gleiche Reinemachen; vier volle Stunden wurden in Staub und Wasser verbracht. Rosalie wollte am Sonntag Zephyrin ihre Sauberkeit vorführen. An diesem Tage empfing sie Besuch. Ein Spinngewebe würde ihr Schande gemacht haben. Wenn alles um sie her blitzte, wurde sie umgänglich und fing zu singen an. Um drei Uhr wusch sie sich noch einmal die Hände und setzte eine neue Bandhaube auf. Dann zog sie den Kattunvorhang halb zu und erwartete Zephyrin inmitten ihrer schönen Ordnung, in einem Geruch von Thymian und Lorbeerblatt.

Um halb vier Uhr pünktlich kam Zephyrin. Er spazierte auf der Straße, bis die Uhr des Stadtviertels geschlagen hatte. Rosalie hörte seine schweren Schuhe gegen die Stufen poltern und öffnete, wenn er auf dem Flur stehenblieb. Sie hatte ihm verboten, die Klingelschnur zu ziehen. Jedes Mal wechselten sie die gleichen Worte.

»Du bist's?«

»Ja, ich bin's.«

Und sie blieben Nase an Nase stehen mit funkelnden Augen und verkniffenem Munde. Dann folgte Zephyrin Rosalie, aber sie ließ ihn erst eintreten, wenn er Tschako und Säbel abgenommen hatte. Sie mochte das durchaus nicht in der Küche haben, sondern versteckte beides hinter einem Schranke. Dann setzte sie ihren Liebsten neben das Fenster in die ausgesparte Ecke und erlaubte ihm nicht, sich zu rühren.

»Verhalte dich still! Du kannst mir zusehen, wie ich die Mahlzeit für die Herrschaft richte, wenn du willst.«

In der ersten Zeit glaubte Helene, das Pärchen überwachen zu sollen. Sie kam manchmal unvermutet, aber immer fand sie Zephyrin in seinem

Winkel zwischen Tisch und Fenster neben dem Ausguss, der ihn zwang, die Beine an den Leib zu ziehen. Sobald Madame erschien, erhob er sich kerzengerade, wie beim Appell, und rührte sich nicht. Wenn Madame das Wort an ihn richtete, antwortete er nur durch strammes Grüßen und respektvolles Brummeln. Nach und nach beruhigte sich Helene, da sie sah, dass die beiden immer nur das Gesicht ruhiger gesetzter Liebesleute zeigten.

An einem Sonntag ging Helene wieder einmal nach der Küche. Ihre Pantoffeln dämpften den Schall ihrer Schritte; sie blieb auf der Schwelle stehen, ohne dass Magd oder Soldat sie bemerkt hätten. Zephyrin saß in seinem Winkel vor einer Tasse dampfender Fleischbrühe. Rosalie, der Tür den Rücken zugewendet, schnitt ihm ein paar lange Brotschnitten ab.

»Da, da ist, mein Kleiner. Du marschierst zu viel, das höhlt dir ja den Magen aus ... So! hast du genug oder willst du noch mehr?«

Und sie umfasste ihn mit einem zärtlich besorgten Blick. Zephyrin setzte sich breitspurig vor die Tasse und verschlang die erste Schnitte mit einem Haps. Sein hafergelbes Gesicht wurde rot im Dampfe der Fleischbrühe, der es badete.

»Sapperlot! Was für eine Kraft! Sage mal, was tust du eigentlich in die Brühe?«

»Warte, wenn du die Birnen gern isst ...«

Aber als sie sich umwandte, gewahrte sie ihre Herrin. Rosalie stieß einen leisen Schrei aus. Beide blieben wie versteinert. Dann entschuldigte sich Rosalie mit jähem Wortschwall.

»Es ist mein Anteil, Madame, wahrhaftig! ich würde mir keine Brühe genommen haben. Glauben Sie mir, bei allem, was mir heilig ist! Ich hab zu ihm gesagt: ›Wenn du meinen Anteil an der Suppe haben willst, will ich ihn dir geben.‹ Na, du, so rede doch! Du weißt doch, dass es so ist und nicht anders!«

Und beunruhigt vom Schweigen ihrer Herrin fuhr sie rührselig fort:

Er war zum Sterben hungrig, Madame; er hatte mir eine rohe Möhre weggstiebitzt ... man füttert sie gar so schlecht! Und dann denken Sie doch: wie weit er gelaufen ist, den ganzen Fluss entlang, ich weiß gar nicht einmal wo überall – Sie selbst, Madame, würden zu mir gesagt haben: ›Rosalie, gib ihm doch eine Tasse Brühe.‹«

Angesichts des kleinen Soldaten, der mit vollem Munde dastand, ohne dass er zu schlucken wagte, konnte Helene nicht streng bleiben.

»Nun, meine Tochter! Wenn der Bursche Hunger hat, wird man ihn schon zum Essen bitten müssen – ich erlaube es dir.«

Sie hatte angesichts dieser beiden jungen Leute jene Rührung gefühlt, welche sie schon einmal veranlasst, Milde zu üben. Die Liebe der beiden hatte eine so ruhige Sicherheit, dass sie die schöne Ordnung des Küchengeräts nicht im mindesten störte.

»Sag, Mama,« fragte am Abend Jeanne nach langer Überlegung, »umarmt Rosalie denn ihren Vetter niemals, warum denn nicht?«

»Und warum sollen sie sich denn umarmen?« sagte die Mutter. »Wenn ihr Geburtstag ist, da werden sie sich schon umarmen ...«

6

Nach der Suppe sagte Helene an ihrem heutigen Dienstag:

»Welch ein Regenguss! Hören Sie? Meine armen Freunde! Sie werden heute Abend gut eingeweicht.«

»Oh! ein paar Tropfen!« sprach der Abbé leise, dessen Soutane schon bis auf die Schultern durchnässt war.

»Ich habe einen guten Schritt,« meinte Herr Rambaud, »aber ich bin trotzdem meinen Schlendrian gegangen; ich liebe so ein Wetter ... Übrigens hat man ja auch seinen Schirm.«

Jeanne überlegte, den ernsten Blick auf ihren letzten Löffel mit Makkaroni gerichtet.

»Rosalie meinte, Sie würden nicht kommen, wegen des schlechten Wetters. Mama aber sagt, Sie würden schon kommen ... Oh! Sie sind nett, Sie kommen immer.«

Man lächelte bei Tisch. Helene nickte den beiden Brüdern zärtlich zu. Draußen klatschte der Regen mit dumpfem Prasseln, und plötzliche Windstöße rüttelten an den Fensterläden. Der Winter schien gekommen. Rosalie hatte die roten Ripsgardinen zugezogen; das kleine wohlverwahrte Esszimmer, vom matten Scheine der weißen Hängelampe erhellt, gewann inmitten des stürmischen Wetters draußen eine süße vertrauliche Heimeligkeit. Und in diesem Frieden plauderten die vier, ohne sich zu beeilen, ruhig der freundlichen Dienste der Köchin wartend.

»Ach! Sie haben gewartet! Umso schlimmer,« meinte vertraulich Rosalie, als sie mit einer Schüssel eintrat. »Es sind Rostbratenscheiben für

Herrn Rambaud, und so etwas muss doch bis zuletzt aufgespart werden.«

Herr Rambaud gab sich als Feinschmecker aus, um Jeanne zu amüsieren, auch Rosalie zuliebe, die auf ihr Kochtalent sehr stolz war. Er wandte sich nach ihr um und fragte:

»Ei, ei, was haben Sie heute wieder gemacht? Sie bringen immer Überraschungen, wenn ich keinen Hunger habe ...«

»Oh! Drei Gänge gibt's wie immer, nicht mehr ... Nach den Rostbratenschnitten sollen Sie einen Hammelrücken und Brüsseler Sprossenkohl haben ...«

Aber Herr Rambaud sah Jeanne blinzelnd an. Das Kind lachte sich ins Fäustchen und schüttelte den Kopf, als ob es sagen wollte: Die Köchin lügt. Dann schnalzte sie zweifelnd mit der Zunge, und Rosalie fing an, ärgerlich zu werden.

»Sie glauben mir nicht, weil das Fräulein wieder einmal lacht! Nun! Sie werden ja sehen, wer Recht hat! Essen Sie, essen Sie von dem, was Sie haben, und warten Sie nicht auf Dinge, die vielleicht nie kommen werden.«

Als die Köchin gegangen war, fühlte Jeanne, noch immer lachend, lebhafte Neigung zu sprechen.

»Du bist doch ein rechter Feinschmecker,« sagte sie, »ich bin in der Küche gewesen ...«

Aber sie unterbrach sich.

»Oh, nicht doch! Man darf es ihm nicht sagen, nicht wahr, Mama? Es ist nichts, durchaus nichts mehr da. Ich habe bloß gelacht, um dich zum Besten zu haben.«

Diese Szene wiederholte sich alle Dienstage und hatte immer den gleichen Erfolg. Helene war gerührt von der Leutseligkeit, mit der Herr Rambaud diese Scherze aufnahm, denn sie wusste nicht, dass er lange mit provenzalischer Genügsamkeit von Fisch und einem halben Dutzend Oliven gelebt hatte. Was den Abbé Jouve anging, so wusste er niemals, was er aß; man hänselte ihn oft mit seiner Unwissenheit und Vergesslichkeit. Heute war der Abbé übrigens zerstreuter als sonst; er aß mit der Hast eines Menschen, den die Tafel langweilt und der bei sich zu Hause im Stehen das Essen zu sich nimmt. Dann wartete er geistesabwesend, bis die anderen fertig waren, und antwortete bloß mit einem Lächeln. Alle Minuten warf er auf seinen Bruder einen Blick, in dem Ermutigung und Unruhe zugleich lagen. Herr Rambaud schien ebenfalls seine übliche Ruhe verloren zu haben, aber seine Verlegenheit verriet sich durch ein Bedürfnis zu sprechen und auf seinem Stuhl herumzurücken. Im Esszimmer war es zum Ersticken heiß. Helene fühlte, dass die Stimmung nicht die gleiche war, vielmehr zwischen den beiden Brüdern etwas vorging, was sie nicht sagten. Sie sah sie aufmerksam an, dann sagte sie leise:

»Herrgott! Ein furchtbarer Regen! – Nicht wahr? Das stört Sie? Sie scheinen bedrückt zu sein!«

Aber sie verneinten und bemühten sich beide, sie zu beruhigen. Und als Rosalie mit einer ungeheuren Schüssel kam, rief Herr Rambaud, um seine Erregung zu verbergen:

»Was hab ich gesagt? Noch eine Überraschung!«

Die Überraschung bestand heute in Vanillencreme, einem der Triumphe von Rosaliens Kochkunst. Oh! das breite, stumme Lachen, mit welchem sie die Schüssel auf den Tisch setzte! Jeanne klatschte in die Händchen:

»Ich wusste's! ich wusste's! Ich hatte die Eier in der Küche gesehen.«

»Aber ich habe keinen Hunger mehr!« rief Herr Rambaud verzweifelt. »Es ist mir nicht möglich, auch nur noch einen Bissen herunterzubringen.«

Da wurde Rosalie energisch.

»Wie! Eine Cremespeise, die ich extra für Sie gemacht habe! – Nun! versuchen Sie doch! – versuchen Sie!«

Er ergab sich und nahm ein großes Stück. Der Abbé blieb zerstreut. Er drehte seine Serviette und erhob sich, bevor noch das Dessert abgedeckt war. Eine Weile ging er, den Kopf auf die Schulter geneigt, umher. Als dann auch Helene von der Tafel aufstand, warf er Herrn Rambaud einen Blick des Einverständnisses zu und führte die junge Frau ins Schlafzimmer. Durch die offen gelassene Tür vernahm man alsbald ihre leisen Stimmen.

Der Abbé war im Grunde des Zimmers im hellen Schatten stehengeblieben. Helene hatte ihren gewohnten Platz am Fenster wieder eingenommen, und da sie sich dienstags vor ihren Freunden nicht genierte, arbeitete sie. Man sah nur ihre blassen Hände, die ein Kinderhäubchen nähten, unter dem runden Fleck lebhafter Helligkeit.

»Macht Ihnen Jeanne keine Sorge mehr?« fragte der Abbé.

Sie hob aufmerksam den Kopf.

»Doktor Deberle scheint zufrieden zu sein,« meinte sie. »Aber das arme Ding ist noch sehr nervös. Gestern hab ich sie bewusstlos auf dem Stuhle gefunden.«

»Das Kind hat nicht genügend Bewegung,« erwiderte der Priester. »Sie schließen sie zu viel ab, Sie führen eben kein Leben wie andere Leute!«

Er schwieg. Es trat eine Pause ein. Ohne Zweifel hatte er den Ton der Überzeugung gefunden, den er suchte. Im Augenblick des Sprechens sammelte er sich, nahm einen Stuhl, setzte sich neben Helene und sagte:

»Hören Sie, meine teure Tochter, ich wünsche schon seit einiger Zeit einmal ernstlich mit Ihnen zu reden. Das Leben, das Sie hier führen, ist nicht gut. In Ihrem Alter soll man sich nicht abschließen, wie Sie es tun. Dieser Verzicht ist gleich schlimm für Ihr Kind wie für Sie. Es gibt tausenderlei Gefahren für die Gesundheit, auch Gefahren anderer Natur ...«

Helene hätte erstaunt aufgesehen.

»Was wollen Sie damit sagen, lieber Freund?«

»Du mein Gott, ich kenne die Welt wenig,« fuhr der Priester mit leichter Verlegenheit fort, »aber ich weiß doch, dass eine Frau sehr gefährdet ist, wenn sie ohne Schutz bleibt. Kurz und gut: Sie sind zu allein, und diese Einsamkeit, in die Sie sich vergraben, ist nicht gesund, glauben Sie es mir! Es wird, es muss ein Tag kommen, an welchem Sie davon Kummer haben werden ...«

»Aber ich klage doch nicht, ich fühle mich doch ganz wohl, so wie ich bin!« rief Helene lebhaft.

Der alte Priester schüttelte seinen großen Kopf.

»Gewiss, alles schön und gut. Sie fühlen sich vollkommen glücklich, ich verstehe das. Bloß weiß man auf diesem abschüssigen Pfade der Einsamkeit und Träumerei nicht, wohin man geht ... Oh! Ich kenne Sie, Sie sind unfähig, Böses zu tun ... Aber Sie könnten doch am Ende früher oder später Ihre Seelenruhe verlieren ... Eines Morgens würde es zu spät sein; der Platz, den Sie um sich und in sich leer lassen, würde von irgendeiner schmerzvollen uneingestandenen Empfindung besetzt sein.«

Im Schatten war in Helenes Antlitz die Röte gestiegen. Der Abbé hatte in ihrem Herzen gelesen? Kannte er die Verwirrung, die in ihr aufkeimte? Jene innere Erregung, die ihr Leben erfüllte und die sie selbst bisher nicht hatte wahrhaben wollen? Die Arbeit entfiel ihren Händen. Eine Weichheit ergriff sie, sie erwartete vom Priester fromme Stimmung, die ihr endlich gestatten sollte, laut jene unbestimmten Dinge zu gestehen und zu schildern, die sie im Grunde ihres Seins zurück dämmte. Da er alles wusste, mochte er fragen, sie wollte versuchen, zu antworten.

»Ich gebe mich in Ihre Hände, mein Freund,« flüsterte sie. »Sie wissen doch, dass ich auf Ihr Wort immer gehört habe.«

Da bewahrte der Priester einen Augenblick das Stillschweigen der Sammlung. Dann sagte er schwer und ernst:

»Meine Tochter! Sie müssen wieder heiraten.«

Helene blieb stumm, die Hände übereinander geschlagen, sitzen in der Bestürzung, in die ein solcher Rat sie brachte. Sie hatte andere Worte erwartet, begriff nicht mehr. Der Abbé setzte ihr die Gründe auseinander, die für eine Wiederverheiratung sprechen mussten.

»Denken Sie doch, Sie sind noch jung... Sie können nicht länger in diesem abgelegenen Winkel von Paris bleiben; Sie wagen ja kaum auszugehen. Sie müssen beide in das gesellige Leben zurück, wenn Sie nicht später einmal Ihre Vereinsamung bitter bereuen wollen. Sie selbst merken die langsame Arbeit dieser Abgeschlossenheit nicht, aber Ihre Freunde sehen Ihre Blässe und machen sich Gedanken.«

Der Priester hielt bei jedem Satze in der Hoffnung ein, dass sie ihn unterbrechen und seinen Vorschlag erörtern würde. Aber Helene blieb kalt, wie zu Eis verwandelt.

»Ohne Zweifel, Sie haben ein Kind. Das ist immer ein wenig schwierig. Sagen Sie mir, ob nicht im Interesse Jeannes die feste Hand eines Mannes hier von Nutzen sein würde ... Oh! Ich weiß, man müsste jemanden von vollkommener Güte finden, der ein wahrer Vater wäre ...«

Helene ließ ihn nicht zu Ende reden. Mit brüsker Abweisung sagte sie rau:

»Nein, nein! ich will nicht ... Was für einen Rat geben Sie mir da, mein Freund! Niemals, verstehen Sie, niemals!«

Ihr Herz empörte sich – sie war selbst von der Heftigkeit ihrer Weigerung erschreckt. Sie empfand die Scham einer Frau, die ihr letztes Gewand niedergleiten fühlt.

Unter dem forschend lächelnden Blick des alten Seelsorgers wehrte sie sich:

»Aber ich will nicht! Ich liebe niemand!«

Und als er sie noch immer ansah, glaubte sie, dass er die Lüge auf ihrem Gesichte lesen könne. Sie stammelte errötend:

»Denken Sie doch, vor kaum vierzehn Tagen erst habe ich die Trauer abgelegt ... Nein, das ist nicht möglich.«

»Meine Tochter,« sprach ruhig der Priester, »ich habe lange überlegt, bevor ich jetzt spreche. Ich glaube, dass Ihr Glück da ist ... Beruhigen Sie sich! Sie werden niemals gegen Ihren Willen handeln.«

Die Unterhaltung stockte. Helene versuchte die Widerworte, die sich ihr auf die Lippen drängten, zu unterdrücken. Sie nahm ihre Arbeit wieder auf, machte mit gesenktem Kopf einige Stiche, und inmitten des Schweigens hörte man Jeannes Flötenstimme vom Esszimmer her: »Ach, lieber Freund, mach mir doch ein Pferd, das ich vor den Wagen spannen kann.«

Herr Rambaud machte dem Kinde oft die Freude, Figuren aus Papier zu schneiden.

»Mein liebes Kind!« antwortete er, »Pferde sind schwer zu schneiden. Aber wenn du willst, will ich dir zeigen, wie man einen Wagen schneidet.«

Damit war das Spiel in der Regel zu Ende. Jeanne schaute aufmerksam ihrem Freunde zu, der jetzt das Papier in eine Menge kleiner Vierecke faltete. Dann versuchte Jeanne es selbst, aber sie machte Fehler und stampfte mit dem Füßchen auf. Doch verstand sie schon, Kähne und Bischofsmützen zu falten.

»Du siehst doch,« belehrte Herr Rambaud geduldig, »zuerst vier Ecken wie diese da, dann biegst du um...«

Seit einer Weile musste er einiges von den in dem Nachbarzimmer gewechselten Worten erhascht haben, seine Hände zitterten stärker, und er begann zu stottern.

Helene, die sich nicht beruhigen konnte, nahm das Thema wieder auf.

»Mich wieder verheiraten, und mit wem?« fragte sie plötzlich den Priester und legte ihre Arbeit wieder auf das Nähtischchen. »Sie haben wohl gar jemand im Auge?«

Abbé Jouve war aufgestanden und schritt langsam auf und nieder. Er nickte.

»Nun! so nennen Sie mir doch einmal den Namen,« entfuhr es Helene.

Einen Augenblick blieb er vor ihr stehen. Dann zuckte er leicht mit den Achseln:

»Wozu das? wenn Sie doch nein sagen.«

»Immerhin will ich es wissen! Wie könnte ich mich sonst überhaupt entschließen?« Jouve antwortete nicht sogleich. Ein trauriges Lächeln legte sich auf seine Lippen, und resigniert sagte er schließlich:

»Wie! Sie haben es nicht erraten?«

Nein, Helene erriet es nicht. Sie suchte und wunderte sich. Da deutete er mit einer Kopfbewegung zum Esszimmer.

»Er?« rief sie, überrascht die Stimme dämpfend.

Helene sträubte sich nicht mehr. Auf ihrem Gesicht blieben nur Erstaunen und Kummer. Lange blieb sie träumerisch, mit niedergeschlagenen Augen sitzen. Gewiss, sie hätte nicht auf ihn geraten, und doch fand sie keinen Einwand. Herr Rambaud war der einzige Mann, in dessen Hand sie die ihre vertrauensvoll gelegt haben würde. Sie kannte seine Güte und lachte nicht über seine kleinbürgerliche Unbeholfenheit. Aber trotz aller freundschaftlichen Zuneigung ließ sie der Gedanke an das Geliebtwerden völlig kalt.

Als der Abbé, der seinen Weg von einem Zimmerende zum andern wieder aufgenommen hatte, am Esszimmer vorbeikam, rief er Helene leise an.

»Da! sehen Sie!«

Herr Rambaud hatte Jeanne auf seinen Stuhl gehoben. Er war, erst gegen den Tisch gestützt, im Spiele allmählich bis zu den Füßen des kleinen Mädchens geglitten. Er kniete jetzt vor ihr und umschlang sie mit seinen Armen. Auf dem Tische stand ein Wagen, aus Papier geschnitten, dazu Kähne, Kästen und Bischofsmützen.

»Also liebst du mich wirklich?« fragte er immer wieder. »Sag, dass du mich wirklich liebst.«

»Ja doch, ich liebe dich wirklich und wahrhaftig. Du weißt es doch.«

Der starke Mann zitterte, als ob er eine Liebeserklärung zu fürchten hätte.

»Und wenn ich dich fragte, ob ich immer hier bei dir bleiben solle. Was würdest du antworten, kleine Jeanne?«

»Oh! ich wär's zufrieden! Wir würden zusammen spielen, nicht wahr? ach! das wäre herrlich!«

»Immer, hörst du, würde ich dableiben!«

»Sie sehen es,« sagte der Priester lächelnd, »das Kind will es.«

Helene blieb ernst, sagte nichts mehr dagegen. Der Brautwerber hatte sein Amt wieder aufgenommen und verweilte bei den Verdiensten des Herrn Rambaud. Wäre er nicht der beste Vater für Jeanne? Sie kannte ihn und brauchte nichts dem Zufall überlassen. Als sie noch immer schwieg, fügte der Abbé mit großer Erregung und Würde hinzu: Wenn man sich zu einem solchen ungewöhnlichen Wege entschlossen hätte – nicht an seinen Bruder, sondern an sie, an ihr Glück habe er dabei gedacht.

»Ich glaube Ihnen, ich weiß ja, wie sehr Sie mein Bestes wollen!« antwortete Helene lebhaft. »Warten Sie! Ich will Ihrem Bruder in Ihrer Gegenwart antworten.«

Es schlug zehn Uhr. Rambaud trat ins Schlafzimmer. Sie ging ihm mit ausgestreckten Händen entgegen:

»Ich danke Ihnen für Ihren Antrag, lieber Freund, und bin Ihnen sehr zu Dank verpflichtet. Bloß« – sie schaute ihm ruhig ins Gesicht und hielt seine große Hand in der ihrigen – »ich bitte um Bedenkzeit, und ... ich werde vielleicht viel Zeit dazu brauchen.«

Er zitterte und wagte nicht, aufzuschauen.

»Oh! soviel Sie wollen!« stotterte Rambaud mit gesenktem Blick, »ein halbes, ein ganzes Jahr, noch mehr, wenn Sie wollen!«

Helene lächelte matt.

»Aber ich wünsche, dass wir Freunde bleiben! Sie werden wie bisher kommen... Sie versprechen mir bloß zu warten, bis ich selbst wieder davon reden werde – sind wir einig?«

Rambaud hatte seine Hand aus der ihrigen gelöst und suchte nach seinem Hute. Erst als er den Fuß aus der Türe setzen wollte, fand er Worte.

»Hören Sie!« sagte er leise, »Sie wissen jetzt, dass ich da bin, nicht wahr? Nun! sagen Sie, dass ich immer da sein werde, mag kommen, was da will!... In zehn Jahren, wenn Sie wollen. Sie werden nur einen Wink zu geben brauchen...«

Zum letzten Male fasste er Helenes Hand und drückte sie heftig. Auf der Treppe drehten sich nach alter Gewohnheit die Brüder um und sagten:

»Auf nächsten Dienstag.«

»Ja, Dienstag,« gab Helene zurück.

Als sie ins Zimmer zurückkam, hörte sie das Getöse eines neuen Platzregens, der an die Jalousien schlug. War das ein hartnäckiger Regen! Wie nass ihre armen Freunde würden! Sie öffnete das Fenster und warf einen

Blick auf die Straße. Mitten unter den blanken Güssen sah sie den rundlichen Rücken des Herrn Rambaud, der, ohne sich um diese Sintflut zu kümmern, glücklich tänzelnd durch die Finsternis schritt.

## 7

Es war ein Monat von wunderlieblicher Milde. Die Aprilsonne hatte den Garten mit einem matten Grün überkleidet, leicht und zart wie eine Spitze. Gegen das Gitter trieben die losen Zweige der Waldreben ihre feinen Schößlinge, während die Geißblattknospen einen zarten, fast zuckersüßen Duft verströmten. An den Rändern des sorgsam gepflegten Rasens blühten rote Geranien und weiße Vierblattblumen. Im Hintergrunde breitete zwischen den Hintermauern der Nachbarhäuser das grüne Laubdach seine Zweige, deren kleine Blätter beim leisesten Windhauch zitterten.

Während dreier Wochen wölbte sich der Himmel ohne ein einziges Wölkchen. Es war ein wahres Frühlingswunder, das die zurückkehrende Jugend feierte, die Helenes Herz durchbebte. An jedem Nachmittage stieg sie mit Jeanne in den Garten. Ihr Platz war neben der ersten Ulme. Ein Stuhl erwartete sie, und am andern Morgen fand sie auf dem Kiespfade noch die Fadenenden ihrer Näharbeit vom gestrigen Abend.

»Sie sind hier zu Hause,« sagte an jedem Abend Frau Deberle, die für Helene eine jener Passionen fühlte, die ein halbes Jahr anzuhalten pflegten. »Auf Wiedersehen, morgen früh kommen Sie doch bitte ein wenig früher!«

Und Helene fühlte sich wirklich zu Hause. Sie gewöhnte sich an diesen Laubwinkel. Sie wartete mit der Ungeduld eines Kindes auf die Stunde, hinunterzugehen. Was sie an diesem bürgerlichen Garten entzückte, war vor allem die Gepflegtheit von Rasen und Bäumen. Kein verstreuter Halm störte im Laub. Die alle Morgen geharkten Gänge waren weich wie ein Teppich. Helene lebte dort ruhig und in sich gekehrt. Unter dem dichten Schatten der Ulmen, in diesem verschwiegenen Parterre, welches die Gegenwart der Frau Deberle mit einem diskreten Parfüm schwängerte, konnte sie meinen, in einem Salon zu sein. Der ungehinderte Blick auf den Himmel ließ sie die Luft freier ein- und ausatmen.

Als sich Helene eines Abends verabschiedete, sagte Juliette:

»Ich muss leider morgen ausgehen. Aber lassen Sie sich nicht hindern, herunterzukommen. Warten Sie auf mich! Ich werde nicht lange fortbleiben.«

So verlebte Helene einen köstlichen Nachmittag allein im Garten. Über ihr hörte sie nichts als das Flattern der Sperlinge in den Bäumen. Der ganze Liebreiz dieses kleinen Sonnenwinkels nahm sie gefangen. Und von diesem Nachmittage an waren ihre köstlichsten Stunden die, in denen die Freundin sie allein ließ.

Ihre Beziehungen zur Familie Deberle knüpften sich immer enger. Sie aß bei ihnen zu Tisch, als Freundin, die man in dem Augenblick, da man zu Tische gehen will, zum Bleiben nötigt. Wenn sie sich unter den Ulmen länger aufhielt und Pierre von der Treppe aus meldete, dass das Essen aufgetragen sei, nötigte Juliette die Freundin, und manchmal willigte sie ein. Es waren Familienmahlzeiten, aufgeheitert durch die Lustigkeit der Kinder. Der Doktor Deberle und Helene schienen gute Freunde zu sein, deren ausgeglichene, etwas kühle Temperamente miteinander harmonierten.

Der Doktor kehrte jeden Nachmittag um sechs Uhr von seinen Krankenbesuchen heim. Er fand dann die beiden Damen im Garten und setzte sich zu ihnen. In der ersten Zeit hatte sich Helene schnell zurückziehen wollen, um das Ehepaar allein zu lassen. Aber Juliette war über diesen plötzlichen Aufbruch stets unwillig gewesen. Wenn der Gatte kam, reichte ihm seine Frau die Wange zum Kusse. Wenn Lucien ihm an den Beinen hinaufkletterte, half er nach und hielt ihn plaudernd auf den Knien. Helene schaute lächelnd zu und ließ einen Augenblick die Arbeit ruhen, um mit ruhigem Blick das Familienglück zu betrachten. Der Kuss des Gatten berührte sie nicht, die Streiche Luciens stimmten sie zärtlich. Es war, als ob sie im glücklichen Frieden dieses Ehepaares Ruhe fände.

Eines Tages traf der Doktor Helene allein unter den Ulmen. Juliette ging fast jeden Nachmittag aus.

»Ei!« rief er, »ist meine Frau nicht da?«

»Nein,« antwortete sie lachend, »sie lässt mich sitzen. Sie kommen heute auch zeitiger nach Hause als sonst.«

Die Kinder spielten am andern Ende des Gartens. Er setzte sich neben sie. Ihr Beisammensein unter vier Augen gab ihnen nicht zu denken. Eine Stunde plauderten sie von tausend Dingen, ohne auch nur einen Augenblick das ihr Herz schwellende zärtliche Gefühl zu zeigen. Wozu davon reden? Man brauchte sich kein Geständnis zu machen. Ihnen genügte die Freude, beisammen zu sein, sich in allem zu verstehen. Ohne Störung kosteten sie das Alleinsein am nämlichen Orte, wo er jeden Abend seine Frau in ihrer Gegenwart umarmte.

Heute scherzte Deberle über Helenes Arbeitseifer.

»Sie wissen doch,« sagte er, »dass ich nicht einmal die Farbe Ihrer Augen kenne; Sie halten sie immerzu auf Ihre Nadel geheftet.«

Sie hob den Kopf und sah ihm voll ins Gesicht.

»Ei! sollten Sie mich hänseln wollen?« fragte sie sanft.

»Ah! Sie sind grau ... grau mit blauem Widerschein, nicht wahr?«

Mehr zu reden wagten sie nicht. Aber diese Worte, die erste Annäherung waren von einer unendlichen Anmut. Von diesem Tage an fand er sie oft im Dämmer allein. Ohne ihren Willen, ohne dass sie es wussten, wuchs ihre Vertrautheit von Tag zu Tag.

Sie sprachen mit veränderter Stimme, mit lockender Tonfärbung. Und doch konnten sie, wenn Juliette kam und in geschwätziger Hast von ihren Gängen durch Paris berichtete, die begonnene Unterhaltung fortsetzen, ohne befangen zu sein. Es schien, als ließe dieser schöne Frühling, dieser Garten, wo die Holunder blühten, das erste Entzücken ihrer Leidenschaft nicht enden.

Gegen das Ende des Monats wurde Frau Deberle von einem großen Vorhaben in Aufregung versetzt. Sie hatte plötzlich den Einfall, einen Kinderball zu geben. Die Jahreszeit war schon vorgerückt, aber dieser Gedanke füllte ihren Hohlkopf so aus, dass sie sich alsbald mit ihrem lärmenden Tätigkeitsdrang in die Vorbereitungen stürzte. Sie wollte etwas Apartes. Es sollte ein Kostümball werden.

Nun schwatzte sie von nichts anderem als von ihrem Balle, zu Hause, bei anderen, überall. Der schöne Malignon fand den Plan ein bisschen kindlich, geruhte aber doch, sich dafür zu interessieren. Er versprach, einen Komiker aus seiner Bekanntschaft für den Abend zu engagieren.

Als eines Nachmittags die ganze Gesellschaft unter den Bäumen versammelt saß, warf Juliette die schwerwiegende Frage der Kostüme für Lucien und Jeanne auf.

»Ich überlege noch immer. Ich habe an einen Bajazzo in weißem Atlas gedacht.«

»Oh! das ist gewöhnlich!« erklärte Malignon, »Bajazzos werden Sie mindestens ein halbes Dutzend auf Ihrem Balle haben. Warten Sie! wir müssen uns etwas anderes ausdenken.«

Und er versenkte sich in tiefes Sinnen, während er am Knopf seines Spazierstocks lutschte.

»Ich habe Lust, mich als Kammerzofe zu verkleiden,« rief Pauline.

»Du?« sagte Frau Deberle erstaunt. »Aber du maskierst dich doch überhaupt nicht! Hältst du dich denn etwa gar für ein Kind, du großes Kalb? Du wirst mir das Vergnügen machen, im weißen Kleide zu erscheinen.«

»Ach, es hätte mir so viel Spaß gemacht!« sagte Pauline enttäuscht, die trotz ihrer siebzehn Jahre und jungfräulicher Formen am liebsten mit kleinen Kindern spielte.

Helene arbeitete unterdessen, von Zeit zu Zeit den Kopf hebend, um dem Doktor und Herrn Rambaud zuzulächeln, die plaudernd vor ihr standen. Herr Rambaud hatte schließlich bei Deberles Familienanschluss gefunden.

»Und Jeanne?« fragte der Doktor. »Als was wird...«

Er wurde durch einen Ausruf Malignons unterbrochen:

»Ich hab's – als Marquis Ludwigs des Fünfzehnten!«

Er schwenkte triumphierend seinen Stock. Als man aber von solchem Geistesblitz nicht sonderlich begeistert war, tat er erstaunt.

»Wie! Sie verstehen mich nicht? Ei! Lucien empfängt doch seine kleinen Gäste, nicht wahr? Sie stellen ihn also an die Tür als Marquis mit einem großen Rosenstrauß, und er macht den Damen sein Kompliment.«

»Aber,« warf Juliette ein, »Marquis werden wir wenigstens ein Dutzend haben.«

»Was schadet das?« antwortete Malignon ruhig. »Je mehr, desto spaßiger wird es sein. Ich sage Ihnen, wir haben das Richtige gefunden. Der Herr des Hauses muss als Marquis erscheinen, sonst ist der Ball einfach lächerlich.«

Er schien dermaßen überzeugt, dass sich schließlich auch Juliette dafür erwärmte. In der Tat, ein Kostüm als Marquis Pompadour in weißem Atlas, mit kleinen Rüschen besetzt, musste köstlich sein.

»Und Jeanne?« beharrte der Doktor.

Das kleine Mädchen hatte sich schmeichelnd an die Schulter ihrer Mutter gelehnt, eine Pose, die sie liebte. Als Helene die Lippen öffnen wollte, flüsterte sie:

»O Mama! Du weißt, was du mir versprochen hast!«

»Was denn?« fragte man in der Runde.

Helene antwortete lächelnd:

»Jeanne will nicht, dass ich ihr Kostüm verrate.«

»Aber, das ist doch richtig!« rief das Kind. »Es gibt doch keine Überraschung, wenn man vorher alles verrät.«

Man lachte über diese Gefallsucht. Herr Rambaud neckte sie und drohte, das Kostüm zu beschreiben. Da wurde Jeanne blass. Ihr sanftes Gesicht mit dem leidenden Zug wandelte sich in trotzige Härte, auf der Stirn bildeten sich zwei steile Falten und das Kinn reckte sich.

»Du!« stotterte sie drohend. »Du wirst nichts sagen!«

Und als Rambaud noch immer tat, als ob er sprechen wollte, stürzte sie sich auf ihn:

»Still! Ich will, dass du schweigst! Ich will's!«

Helene hatte nicht die Zeit gehabt, dem Zornesausbruch vorzubeugen, der das Kind oft so schrecklich schüttelte.

»Jeanne, Jeanne! Du machst mir viel Kummer!« verwies sie die Tochter.

Da wandte das Kind den Kopf zur Seite. Und als es seine Mutter mit untröstlichem Gesicht und tränenvollen Augen sah, brach es in Schluchzen aus und warf sich ihr an den Hals.

»Nein, Mama ... nein, Mama ...«

Helene strich ihr übers Gesicht, sie am Weinen zu hindern. Da setzte sich das Kind wenige Schritte seitwärts auf eine Bank und schluchzte stärker. Herr Rambaud und der Doktor hatten sich genähert. Der erstere fragte sanft:

»Sprich doch, mein Liebling! Weshalb hast du dich geärgert? was hab' ich dir denn getan?«

»Oh!« sagte das Kind, die Hände fortnehmend und sein verstörtes Gesicht zeigend, »du hast mir meine Mama nehmen wollen!«

Der Doktor begann zu lachen. Herr Rambaud verstand nicht gleich.

»Was redest du da?!

»Jawohl, am letzten Dienstag! Oh! Du weißt schon, du hast mich gefragt, was ich dazu sagen würde, wenn du ganz bei uns bliebst!«

»Aber du sagtest doch, dass wir dann immer zusammen spielen würden.«

»Nein, nein!« rief das Kind heftig, »ich will nicht, verstehst du? Sprich nie mehr davon, nie mehr, und wir werden wieder Freunde sein.«

Helene, die mit ihrer Näharbeit aufgestanden war, hatte die letzten Worte aufgefangen.

»Komm, wir wollen hinaufgehen, Jeanne. Wenn man weint, ärgert man bloß die Leute.«

Sie grüßte, die Kleine vor sich her schiebend. Der Doktor war sehr blass und sah sie fest an. Herr Rambaud war betreten. Frau Deberle und Pauline hatten mit Malignon Lucien in die Mitte genommen und drehten sich im Kreise, über die Schultern des Buben hinweg das Marquis-Kostüm erörternd.

Am andern Tage saß Helene allein unter den Ulmen. Frau Deberle war in Angelegenheiten ihres Ballfestes ausgegangen und hatte Lucien und Jeanne mitgenommen. Als der Doktor früher als gewöhnlich nach Hause kam, ging er rasch die Treppe hinunter. Aber er setzte sich nicht, sondern umkreiste die junge Frau, Rindenstückchen von den Bäumen bröckelnd. Helene sah beunruhigt über seine Erregung auf, dann führte sie wieder mit unsicherer Hand die Nadel.

»Jetzt wird das Wetter ungünstig,« sagte sie verlegen. »Heute Nachmittag ist's beinahe kalt.«

»Wir sind auch erst im April,« sagte er leise und zwang seine Stimme zur Ruhe.

Er schien sich entfernen zu wollen. Aber dann kam er nochmals zurück und fragte geradezu:

»Sie heiraten also?«

Die offene Frage überraschte Helene, dass sie die Nadel fallen ließ. Sie war leichenblass. Nur mit äußerster Willensanstrengung behielt sie die Fassung, die Augen waren weit geöffnet. Sie antwortete nicht, und der Doktor redete eindringlich weiter:

»Oh! ich bitte Sie! ein Wort, ein einziges! Sie heiraten?«

»Vielleicht; was kümmert das Sie?« antwortete sie endlich eisig.

Er machte eine heftige Geste.

»Aber das ist nicht möglich!«

»Warum?« fragte sie, ohne die Augen von ihm zu lassen.

Unter diesem Blick, der ihm die Worte auf die Lippen nagelte, musste er schweigen. Einen Augenblick noch blieb er, die Hände an die Schläfen führend. Dann entfernte er sich, während sie so tat, als nehme sie ihre Arbeit wieder auf. Der Reiz dieser süßen Nachmittage war zerstört. Es änderte nichts, dass er sich andern Tages zartfühlend und zurückhaltend zeigte. Helene schien es unbehaglich, sobald sie mit ihm allein war. Es war nicht mehr jene gute Vertraulichkeit, jenes hohe Vertrauen, welches ihnen das Beisammensein ohne Verlegenheit, nur mit der lauteren Freude sich zu sehen, gestattete. Trotz der Sorgfalt, mit der er sich hütete, sie zu erschrecken, sah er sie manchmal rot werdend an. Zorn und Sehnsucht schienen in ihm geweckt. Auch Helene hatte ihre Ruhe verloren; sie bebte innerlich und hielt die Hände oft müde und unbeschäftigt im Schoß.

Es kam dahin, dass sie Jeanne nicht mehr fortzugehen erlaubte. Der Doktor fand ständig zwischen ihr und sich diesen Zeugen, der ihn mit seinen großen schimmernden Augen überwachte. Aber worunter Helene besonders litt, war die Verlegenheit, die sie jetzt plötzlich Frau Deberle gegenüber fühlte.

8

Im Treppenhause der kleinen Villa stand Peter in Frack und weißer Halsbinde und öffnete bei jedem Wagengeräusch die Tür. Ein Strom feuchter Luft drang herein, ein gelber Schein des regnerischen Aprilnachmittags erhellte das rege, mit Portieren und grünen Pflanzen gefüllte Treppenhaus. Es war zwei Uhr; der Tag verfinsterte sich wie an einem trüben Wintertage.

Sobald der Diener die Tür zum ersten Salon aufstieß, blendete die Gäste festliche Helle. Man hatte die Jalousien geschlossen und sorgsam die Vorhänge zugezogen. Kein Licht vom fahlen Himmel drang hindurch, und die auf die Möbel gestellten Lampen, die im Kronleuchter brennenden Kerzen und die Kristalllämpchen erleuchteten dort eine feurige Kapelle.

Unterdessen begannen die Kinder zu erscheinen, während Pauline geschäftig vor der Türe zum Esszimmer Stuhlreihen aufstellen ließ. Man hatte die Tür ausgehoben und durch einen roten Vorhang ersetzt.

»Papa!« rief sie, »hilf doch ein wenig mit; wir werden ja im Leben nicht fertig.«

Herr Letellier, der, die Hände auf dem Rücken verschränkt, den Kronleuchter musterte, beeilte sich. Pauline selbst trug Stühle herbei. Sie war ihrer Schwester zu Willen gewesen und hatte ein weißes Kleid angelegt. Bloß ihr Mieder war viereckig ausgeschnitten und ließ den Hals frei.

»So! nun sind wir so weit,« schwatzte sie wieder, »nun können die Herrschaften kommen. Aber was denkt sich denn Juliette? Sie wird mit Luciens Anzug nicht fertig!«

Jetzt führte Frau Deberle den kleinen Marquis herein. Alle Anwesenden ließen bewundernde Rufe hören. Ach! war das ein netter, kleiner Herr im mit Blumensträußchen besteckten weißen Atlasfrack, mit der großen goldgestickten Weste und den kirschroten Seidenhöschen! Sein zartes Kinn und die kleinen Händchen versanken schier in der Spitzenflut. Ein Spielzeugdegen mit einer großen rosa Schleife schlug ihm um die Beine.

»Vorwärts, begrüß deine Gäste!« mahnte die Mutter und führte ihn ins erste Zimmer.

Seit acht Uhr wiederholte Lucien seine Aufgabe. Nun stellte er sich kavaliermäßig in Positur, drückte die Waden heraus, warf den gepuderten Kopf zurück und schob den Dreimaster unter den linken Arm. Jeder eintretenden kleinen Dame machte er eine Verbeugung, bot ihr den Arm, verneigte sich und trat zurück. Man lachte über solchen Ernst, dem ein wenig Keckheit beigemischt war. So führte er Marguerite Tissot, ein Mädchen von fünf Jahren, die das köstliche Kostüm eines Milchmädchens trug, und der am Gürtel ein Milchkrug baumelte; die beiden kleinen Berthier, Blanche und Sophie, waren als Theaterdamen erschienen. Er wagte sich sogar an Valentine de Chermette, einen stattlichen Backfisch von vierzehn Jahren, die von ihrer Mutter immer als Spanierin gekleidet wurde. Aber seine Verlegenheit stieg angesichts der aus fünf Fräulein bestehenden Familie Levasseur, die sich der Größe nach vorstellten. Die jüngste war kaum zwei, die älteste zehn. Alle waren als Rotkäppchen gekleidet. Tapfer entschied sich Lucien, warf seinen Hut fort, nahm die beiden größten an den rechten und den linken Arm und schritt, gefolgt von den anderen, in den Salon. Als er seine Mutter sah, fragte er, sich in die Höhe reckend:

»Und Jeanne?«

»Sie wird kommen, Liebling! Gib nur recht acht, dass du nicht fällst... Beeile dich; o sieh! da kommt sie – ach! sie sieht wunderhübsch aus!«

Ein Flüstern war durch den Saal gegangen, Köpfe reckten sich. Jeanne war auf der Schwelle des ersten Salons stehengeblieben, während ihre Mutter noch im Treppenhause den Mantel ablegte. Das Kind trug ein wunderbares exotisches Japan-Kostüm. Das mit Blumen und fremdartigen Vögeln bestickte Kleid fiel bis auf die Füßchen, während unter dem breiten Gürtel die fächerartig abstehenden Schöße einen Rock von grünlicher mit Gelb moirierter Seide sehen ließen.

Von fremdartigem Reiz war ihr feines Gesicht unter dem hohen, mit langen Nadeln gehaltenen Haarschopf, mit dem länglichen Kinn und den schmalen, leuchtenden Ziegenaugen.

Alles dies trug dazu bei, Jeanne das Aussehen einer echten Tochter Nippons zu geben, die in einem Wohlgeruch von Benzoe und Tee einherwandelt. Und zaudernd mit der Sehnsucht einer exotischen Blume, die von ihrem Heimatlande träumt, blieb sie stehen.

Hinter ihr erschien Helene. Da sie plötzlich aus dem fahlen Tageslicht der Straße in diesen hellen Kerzenschein traten, blinzelten beide. Der warme Dunst und der im Salon vorherrschende Veilchenduft wirkten beklemmend und röteten ihre frischen Wangen. Jeder eintretende Gast zeigte die nämliche Miene des Erstaunens und Zauderns. »Nun, Lucien?« mahnte Frau Deberle.

Der Junge hatte Jeanne nicht bemerkt. Jetzt beeilte er sich, reichte der Freundin den Arm, vergaß aber seine Verbeugung. Beide waren so zart und sanft, der kleine Marquis mit seinem Frack voll Sträußchen und die Japanerin mit ihrem gestickten Purpurgewand, dass man sie für lebende Porzellanfiguren halten konnte.

»Du weißt doch, ich habe auf dich gewartet,« sagte Lucien leise. »Das ewige Arm geben macht mich ganz dumm – nicht wahr? Wir bleiben doch zusammen?«

Und damit setzte er sich mit ihr auf die erste Stuhlreihe. Seine Pflichten als Hausherr hatte er ganz und gar vergessen.

»Wirklich, ich war schon voll Unruhe,« sagte Juliette zu Helene. »Ich fürchtete schon, dass Jeanne krank wäre.«

Helene entschuldigte sich, mit Kindern sei kein Fertigwerden. Sie stand noch inmitten einer Gruppe von Damen, als sie spürte, dass der Doktor hinter sie trat. Er war soeben gekommen. Er hatte den roten Vorhang gehoben, um noch eine Anweisung zu geben.

Plötzlich blieb er stehen. Auch er erriet die junge Frau, die sich nicht einmal umgewandt hatte. In einer schwarzen Grenadierrobe wäre sie ihm niemals königlicher erschienen.

Deberle sog den Duft der Frische ein, die sie von draußen hereingebracht und die von ihren Schultern und ihren nackten Armen unter dem durchsichtigen Stoffe zu atmen schien,

»Henri sieht niemand,« sagte Pauline lachend. »Ei, guten Tag, Henri!«

Der Doktor begrüßte die Damen. Fräulein Aurélie hielt ihn einen Augenblick fest, ihm einen Neffen vorzustellen, den sie mitgebracht hatte. Er blieb gefällig, wie immer, stehen. Helene reichte ihm wortlos ihre mit schwarzem Handschuh bekleidete Hand, die er nur zart zu berühren wagte.

»Wie! da bist du!« rief Frau Deberle. »Ich suche dich überall; es ist beinahe drei Uhr ... man sollte endlich anfangen.«

Der Saal hatte sich gefüllt. Rings an der Wand bildeten unter dem hellen Lichte eines Leuchters die Eltern mit ihren Stadttoiletten einen ersten Rand. In der Mitte des Raumes bewegte sich die kleine lärmende Gesellschaft. Es waren fast fünfzig Kinder, in der buntscheckigen Heiterkeit ihrer hellen Kostüme, unter denen Blau und Rosa vorherrschten. Manchmal wandte sich in dem Gewirr von Bändern und Spitzen, von Samt und Seide ein Gesicht, ein rosiges Näschen, zwei blaue Augen, ein lachender oder schmollender Mund. Da waren auch die Kleinen, nicht größer als ein Schaftstiefel, die sich zwischen zehnjährige Burschen mengten und von den Müttern aus der Ferne vergeblich gesucht wurden. Manche Knaben blieben linkisch neben Mädchen stehen, die sich mit dem Rauschen ihrer Gewänder vergnügten. Andere zeigten sich schon sehr unternehmend, stießen Nachbarinnen, die sie nicht kannten, mit den Ellenbogen und lachten ihnen aufmunternd ins Gesicht. Aber die kleinen Mädchen blieben die Königinnen. In Gruppen zu drei oder vier Freundinnen rumorten sie auf den Stühlen herum und plapperten so laut, dass man sein eigenes Wort nicht verstehen konnte. Aller Augen waren auf den roten Vorhang gerichtet.

»Achtung!« rief der Doktor, dreimal an die Türe des Esszimmers klopfend.

Der Vorhang öffnete sich langsam, und im Türrahmen erschien ein Puppentheater. Stille herrschte. Plötzlich sprang Hanswurst hinter der Kulisse mit einem lauten »Quiek« hervor, so wild und unbändig, dass einer der kleinen Jungen mit einem erschreckten Ruf antwortete. Es war eins jener grässlichen Stücke, in welchen Hanswurst, nachdem er den Polizisten genasführt hat, den Schutzmann umbringt und in toller Lustigkeit alle göttlichen und menschlichen Gesetze mit Füßen tritt. Bei jedem Stockhieb, der die hölzernen Köpfe spaltete, stieß das unerbittliche Publikum helles Gelächter aus. Die Mädchen klatschten und die Jungen lachten mit offenem Munde.

»Das macht ihnen Spaß!« flüsterte der Doktor.

Er hatte seinen Platz neben Helene gewählt, die nicht minder lustig als die Kinder war. Und er, hinter ihr sitzend, berauschte sich an dem Dufte ihres Haares. Bei einem Stockschlage, der besonders kräftig und laut ausfiel, drehte er sich herum und sagte:

»Das ist wirklich gar zu drollig!«

Jetzt mischten sich die aufgeregten Kinder in das Stück. Sie gaben den Schauspielern Antworten. Ein Mädchen, welches das Stück kennen mochte, erklärte, was nun an die Reihe kommen würde ... »Jetzt wird er seine Frau totmachen ... jetzt wird man ihn aufhängen ...« Die kleine Levasseur, die jüngste, die kaum zwei Jahre war, rief plötzlich:

»Mama! man sollte ihm bloß trocken Brot zu essen geben!«

Und dann hagelte es gute Ratschläge. Unterdessen suchte Helene unter den Kindern.

»Ich sehe Jeanne nicht. Ob sie sich amüsiert?«

Da neigte sich der Doktor, legte den Kopf neben den ihren und flüsterte:

»Dort unten steht sie, zwischen dem Harlekin und der Normannin – sehen Sie die Nadeln ihrer Frisur? Sie lacht aus vollem Herzen.«

So blieb er gebeugt und fühlte die laue Wärme von Helenes Gesicht an seiner Wange. Bis zu diesem Augenblick war ihnen kein Geständnis entschlüpft; dies Stillschweigen beließ sie in jener Vertraulichkeit, die durch eine unbestimmte Verwirrung seit einiger Zeit getrübt war. Aber inmitten dieses reizenden Lachens, angesichts dieser Buben und Mädchen, wurde Helene wieder zum Kinde und ließ sich gehen, während der Atem Henris ihren Nacken fächelte. Die dumpfen Stockschläge des Hanswursts ließen sie wohlig erschauern, und sie wandte sich mit leuchtenden Augen um.

»Ach Gott! wie drollig das ist! Ei! wie sie zuschlagen!«

Er antwortete leise:

»Oh! die haben auch entsprechend dicke Holzköpfe.«

Das war alles, was ihr Herz fand. Sie wurden beide wieder zu Kindern. Das wenig vorbildliche Leben Hanswursts ermüdete. Und bei der Lösung des Dramas, als der Teufel erschien und es eine gewaltige Prügelei und ein allgemeines Abwürgen setzte, drückte Helene die auf der Lehne ihres Stuhles ruhende Hand Henris, während das schreiende und in die Hände klatschende Kinderparterre in Ekstase die Stühle bearbeitete.

Der Vorhang war gefallen. Da meldete Pauline mitten im Getöse Herrn Malignon mit der ihr zur Gewohnheit gewordenen Redensart:

»Da ist der schöne Malignon!«

Er kam außer Atem, die Stühle über den Haufen rennend.

»Nein! ist das eine Idee, alles zugeschlossen zu halten!« rief er erstaunt stehenbleibend. »... Man könnte meinen, man käme in ein Totenhaus.«

Und sich nach Frau Deberle umwendend:

»Sie können sich rühmen, mich in Trab gebracht zu haben! Vom frühen Morgen an suche ich Perdiguet, meinen Komiker. Sie wissen doch ... Nun, da ich seiner nicht habe habhaft werden können, bringe ich Ihnen den langen Morigot ...«

Der lange Morigot war ein Dilettant, der die Salons mit Taschenspielerkünsten unterhielt. Man wies ihm ein Tischchen an; er brachte seine hübschesten Nummern, konnte aber seine kleinen Zuschauer nicht fesseln. Die Kleinen langweilten sich bald; Hosenmätze schliefen, an den Fingern lutschend, ein. Andere, größere, drehten den Kopf, lächelten den Eltern zu, die selbst mit Zurückhaltung gähnten. So wurde es allgemein als Erleichterung empfunden, als der lange Morigot sich endlich entschloss, seine Siebensachen zu packen.

»Oh! er ist in seinem Fache sehr tüchtig,« flüsterte Malignon Frau Deberle zu.

Der rote Vorhang hatte sich von neuem geteilt, und ein magisches Schauspiel hatte alle Kinder auf die Beine gebracht.

Unter dem hellen Licht der Krone und der beiden zehnarmigen Leuchter dehnte sich der Esssaal mit seinem langen, wie für ein großes Essen gedeckten und geschmückten Tische. Es lagen fünfzig Gedecke auf. In der Mitte und an beiden Enden entfalteten sich in niedrigen Körben Blumensträuße, durch hohe Fruchtschüsseln geschieden, auf denen allerlei Überraschungen lagen, die in ihren goldenen und buntbemalten Papieren weithin glitzerten. Dann standen da Baumkuchen, Pyramiden von überzuckerten Früchten, Berge belegter Brötchen und weiter unten viele Schüsseln voll Zuckerwerk und Backwaren; die Torten, Mohrenköpfe und Sahnerollen wechselten mit Biskuits, Knackmandeln und Teegebäck. Fruchtsäfte leuchteten in kristallenen Vasen. Schlagsahne füllte Porzellanschüsseln. Und die handhohen Champagnerflaschen, der Größe der kleinen Gäste angepasst, blitzten um den Tisch mit ihren silbernen Hälsen. Es war, als sähe man eins jener Riesenleckermahle, das die Kinder im Traume sehen ...

»Nun vorwärts! den Damen den Arm gereicht!« sagte Madame Deberle und amüsierte sich über die Verzückung der Kinder.

Aber das Defilee wollte nicht zustande kommen. Lucien hatte triumphierend Jeannes Arm genommen und nahm die Tete. Die nächsten hinter ihm kamen schon ein wenig ins Gedränge. Die Mamas mussten sie anstellen. Und sie blieben zur Aufsicht, besonders hinter den kleinen Schlingeln. In Wahrheit schienen die Gäste zuerst verlegen. Man sah sich an, wagte nicht, all diese guten Sachen anzufassen, beunruhigt von dieser verkehrten Welt, in welcher die Kinder am Tische saßen und die Eltern standen. Endlich fassten die größeren Mut und langten zu. Als dann die Mütter sich dazwischen mengten, die Baumkuchen zerschneidend und was ihnen nahe saß, bedienend, kam Leben in die kleinen Gäste, und die Schmauserei wurde bald sehr geräuschvoll. Das schöne Ebenmaß der Tafel war wie durch einen Wirbelwind weggefegt. Alles kreiste zur gleichen Zeit inmitten ausgestreckter Arme, die die Schüsseln beim Vorüberwandern leerten. Die beiden kleinen Fräulein Berthier, Blanche und Sophie, lachten selig ihre Teller an, auf denen alles zu finden war, Backwerk, Schlagsahne, Zuckerwerk und Früchte. Die fünf Fräulein Levasseur ließen sich in einem Winkel allerhand Leckereien schmecken, während Valentine, stolz auf ihre vierzehn Jahre, die verständige Dame spielte und sich mit ihrem Nachbarn beschäftigte. Lucien, um sich galant zu zeigen, entkorkte eine Champagnerflasche so ungeschickt, dass er den Inhalt fast auf seine kirschseidene Hose verschüttete. Das gab neuen Lärm.

»Willst du wohl die Flasche in Ruhe lassen!«

»Ich entkorke den Champagner,« rief Pauline, die sich auf eigene Rechnung amüsierte. Sobald der Diener kam, riss sie ihm die Schokoladenkanne aus der Hand und fand ihr Vergnügen daran, die Tassen zu füllen – was sie übrigens mit der Geschicklichkeit und Geschwindigkeit eines Kellners tat. Dann trug sie Eis und Fruchtsäfte auf, ließ alles im Stich, um eine der kleinen Damen vollzustopfen, die man übergangen hatte, und wandte sich mit Fragen bald an die eine, bald an die andere.

»Was möchtest du denn gern, mein Dicker? He? Ein Sahnetörtchen? Warte, mein Lieber, ich will dir Apfelsinen zuschanzen. – Esst doch, ihr Dummerchen! Spielen könnt ihr doch nachher!«

Frau Deberle mahnte wiederholt, man solle die Kleinen in Ruhe lassen. Sie würden sich schon nehmen und kämen allein ganz gut zurecht. In einer Ecke des Raumes standen Helene und einige Damen und amüsierten sich über die Schwelgerei.

All diese rosigen Mäulchen kauten und knabberten, dass man die weißen Zähne blitzen sah. Und nichts war possierlicher, als die Manieren von wohlerzogenen Kindern zu beobachten, die sich mit der Unerzogenheit von jungen Wilden gehen ließen. Sie nahmen ihre Gläser in beide Hände, um sie bis auf die Neige zu leeren, und besudelten ihre Kleider. Das Lärmen schwoll an.

Man plünderte die letzten Schüsseln. Als sie die Töne einer Quadrille im Salon hörte, tanzte Jeanne auf ihrem Stuhle, und als ihr die Mutter Vorhaltungen machte, jauchzte sie:

»Oh! Mama! Ich fühle mich heute so schrecklich wohl!«

Die Musik hatte auch andere Kinder auf die Beine gebracht. Nach und nach leerte sich die Tafel, und bald saß nur noch ein einzelner dicker Knirps daran, der sich über das Klavier und dessen Töne zu mokieren schien. Eine Serviette um den Hals, mit dem Kinn auf der Schüssel, so klein er war, öffnete er die großen Kulleraugen und schob den Mund vor, sobald ihm die Mutter Schokolade ein löffelte. Die Tasse wurde leer und noch immer schmatzend und die Augen weit aufreißend ließ er sich die Lippen wischen.

»Sapperlot! ein Goldjunge! Dem geht's gut! das lass ich mir gefallen!« sagte Malignon, der ihm träumerisch zusah.

Dann kam die Verteilung der »Überraschungen« an die Reihe. Jedes Kind nahm, sobald es die Tafel verließ, eine der großen vergoldeten Papiertüten an sich. Allerhand Spielzeug, drollige Kopfbedeckungen, Vögel und Schmetterlinge kamen daraus zum Vorschein. Jede Überraschung enthielt eine Knallpille, die von den erfreuten Knaben tapfer abgeschossen wurde, während die Mädchen die Augen schlossen, und wiederholt ansetzen mussten.

Man hörte einen Augenblick nur das dünne Geknatter dieser Kanonade. Und inmitten solchen Getöses gingen die Kinder in den Saal zurück, wo das Piano unablässig die verschiedenen Quadrillefiguren spielte.

»Ich könnte wohl noch ein Törtchen vertragen,« sagte Fräulein Aurélie leise und nahm an der Tafel Platz.

Nun setzten sich mehrere Damen an die frei gewordene, noch immer mit dem Durcheinander dieses gewaltigen Nachtisches bedeckte Tafel. Ein Dutzend war so klug gewesen, mit dem Essen zu warten. Da sie keines Dieners habhaft werden konnten, übernahm Malignon diensteifrig dieses Amt. Er leerte die Schokoladenkanne, prüfte den Inhalt der Flaschen, ja es gelang ihm, noch einiges Eis aufzutreiben. Aber während er den Galanten spielte, kam er immer wieder auf die »seltsame Schrulle« zurück, die Jalousien geschlossen zu halten.

»Wahrhaftig,« sagte er immer wieder, »man sitzt hier wie in einem Keller.«

Helene plauderte mit Frau Deberle, die indessen bald in den Salon zurückkehrte. Da fühlte sie sich leise an den Schultern berührt. Der Doktor stand lächelnd hinter ihr.

»Sie langen ja gar nicht zu?« fragte er.

Und in diese Allerweltsfrage legte er eine so lebendige Bitte, dass sie eine große Verwirrung überkam. Aufregung bemächtigte sich ihrer inmitten der Fröhlichkeit dieser hüpfenden und schreienden kleinen Welt. Mit rosigen Wangen, leuchtenden Augen lehnte sie zuerst ab.

»Nein, danke, nichts von allem!«

Als er aber auf seiner Bitte bestand, sagte sie, um ihn loszuwerden:

»Nun, dann meinethalben eine Tasse Tee!«

Er lief und brachte die Tasse; seine Hände zitterten, als er sie reichte. Und während sie trank, näherte er sich ihr mit dürstenden Lippen. Da wich sie zurück, reichte ihm die leere Tasse und eilte davon, ihn im Esszimmer mit Fräulein Aurélie allein lassend, die langsam ihren Kuchen kaute und planmäßig die Schüsseln untersuchte.

Das Klavier hämmerte im Hintergrunde des Saales. Und von einem Ende zum andern wogte der Ball in einer wunderhübschen Possierlichkeit. Man scharte sich um die Quadrille, in welcher Jeanne und Lucien tanzten. Der kleine Marquis verhedderte ein bisschen seine Figuren. Es ging erst gut, wenn er Jeanne anfassen musste. Dann legte er den Arm um sie und schwenkte sie herum. Jeanne schaukelte sich wie eine große Dame. Erst war sie ärgerlich, dass er ihr Kleid zerdrückte, dann aber riss auch sie das Vergnügen mit fort. Sie umfasste ihrerseits den kleinen Marquis und hob ihn vom Boden. Und der sträußchenbestickte Atlasfrack mengte sich mit der mit Blumen und seltsamen Vögeln geschmückten Robe. Die beiden Porzellanfigürchen zeigten jetzt Anmut und Besonderheit einer Glasschranknippessache.

Nach der Quadrille rief Helene Jeanne zu sich, ihr Kleid wieder zurechtzuzupfen.

»Lucien ist's gewesen!« schmollte die Kleine, »er drückt mich so fest – ach! er ist unausstehlich.«

Die Eltern im Saale lächelten. Als sich das Klavier wieder hören ließ, fingen alle Knirpse an, umherzuspringen. Sobald sie aber sahen, dass man sie beobachtete, wurden sie verlegen und stellten die Hopserei ein. Manche verstanden zu tanzen; die Mehrzahl trampelte in Unkenntnis der Figuren ungelenk herum.

Pauline mengte sich dazwischen.

»Ich muss mich ihrer annehmen,« sagte sie. »O diese schwerfälligen Bengels!«

Sie sprang mitten in die Quadrille hinein und griff zwei der kleinen Tänzer bei den Händen. Den einen links, den andern rechts, gab sie dem Tanz einen solchen Schwung, dass das Parkett krachte. Man hörte nur noch das wüste Hacken der kleinen Füße und das taktmäßige Hämmern des Klaviers. Einige der Großen mischten sich ebenfalls ein. Frau Deberle und Helene führten ein paar schüchterne kleine Mädchen, die nicht zu tanzen wagten, ins dichteste Gedränge. Sie leiteten die Figuren, stießen die Tänzer zurecht und bildeten die Runden. Die Mütter schoben ihnen die kleinsten Knirpse zu, damit auch sie das Vergnügen hätten, ein paar Augenblicke im Saale herumzuhüpfen. Der Ball erreichte den Höhepunkt. Die Tänzer machten ihrer Freude Luft, lachten und schubsten sich wie in einer Schulklasse, die plötzlich in Abwesenheit des Lehrers von toller Freude gepackt wird. Es war wirklich der Galaabend eines Feenmärchens ...

»Man erstickt hier,« sagte Malignon, »ich muss an die frische Luft.«

Er ging, die Tür des Salons weit öffnend, hinaus. Das volle Tageslicht drang mit blassem Lichtschimmer, der den Glanz der Lampen und Kerzen trübte, von der Straße herein. Und alle Viertelstunden riss nun Malignon die Türen auf.

Das Klavier setzte nicht aus. Die kleine Guiraud mit ihrer schwarzen Elsassschleife auf dem blonden Haar tanzte am Arm eines Harlekin, der zwei Kopf größer war als sie selbst. Ein Schotte schwenkte Marguerite Tissot so geschwind herum, dass sie ihre Milchkanne verlor. Die beiden unzertrennlichen Fräulein Berthier, Blanche und Sophie, hüpften zusammen umher, während ihre Schellen lustig klingelten. Und immer sah man im Trubel ein Fräulein Levasseur; die Rotkäppchen schienen sich zu vervielfältigen; überall sah man Federbüsche und roten Atlas mit schwarzen Samtstreifen.

»Ich kann nicht mehr,« keuchte Helene, die sich eben an die Tür des Esszimmers gelehnt hatte.

Sie wehte sich, vom Tanze inmitten des kleinen Volks erhitzt, mit dem Fächer Kühlung zu. Und auf ihren Schultern verspürte sie den Atem Henris, der immer noch hinter ihr stand. Da wusste sie, dass er sprechen wollte, hatte aber nicht mehr die Kraft, seinem Geständnis zu entschlüpfen. Er näherte sich – er flüsterte leise, sehr leise in ihr Haar hinein:

»Ich liebe Sie! Oh! ich liebe Sie!«

Es war wie ein Gluthauch, der sie vom Kopf bis zu den Füßen versengte. Gott im Himmel! Henri hatte gesprochen. Nun würde sie nicht mehr den süßen Frieden der Unwissenheit heucheln können. Sie verbarg ihr blutübergossenes Gesicht hinter dem Fächer. Die Kinder klappten in der letzten Quadrille stärker mit den Hacken. Silberhelles Lachen erklang. Vogelstimmchen ließen Jauchzer hören. Frische entstieg dieser Engelsrunde, die in einen Galopp kleiner Teufelchen überging.

»Ich liebe Sie! oh, ich liebe Sie!« wiederholte Henri.

Sie bebte noch immer, wollte nichts mehr hören. Verwirrt flüchtete sie ins Esszimmer. Aber der Raum war leer; bloß Herr Letellier schlummerte friedlich in einem Sessel. Henri war ihr gefolgt und wagte auf die Gefahr eines öffentlichen Skandals hin ihre Handgelenke zu fassen. Sein Gesicht war verzerrt und zuckte in Leidenschaft.

»Ich liebe Sie ... ich liebe Sie ...«

»Lassen Sie mich gehen,« flüsterte sie schwach, »... lassen Sie mich! Sie sind von Sinnen!«

Man hörte nebenan die Schellen von Blanche Berthier, die die gedämpften Töne des Klaviers begleiteten, und Frau Deberle und Pauline klatschten mit den Händen den Takt dazu. Es war eine Polka. Helene konnte sehen, wie Jeanne und Lucien sich lustig lachend umschlungen hielten.

Da machte sie sich mit einer heftigen Bewegung los und flüchtete in die vom hellen Tageslicht erfüllte Küche. Die plötzliche Helle blendete sie. Sie hatte Furcht, war außerstande, in den Saal zurückzukehren. Sie fühlte, dass die Leidenschaft auf ihrem Gesichte zu lesen war.

Und quer durch den Garten laufend, verfolgt vom Lärm des Festes, rannte sie die Treppen in ihre Wohnung hinauf.

# 9

An einem Maimorgen war's, als Rosalie aus ihrer Küche gerannt kam, ohne den Feuerspan, den sie in der Hand hielt, fortzulegen. Mit der Vertraulichkeit des verwöhnten Dienstboten rief sie:

»Oh! Madame! kommen Sie geschwind ... Der Herr Abbé ist unten im Garten des Doktors und gräbt Erde um ...«

Helene rührte sich nicht. Aber Jeanne war schon ans Fenster gesprungen.

»Ist die Rosalie dumm! Er gräbt gar nicht die Erde um. Er steht beim Gärtner, der Pflanzen in einen kleinen Wagen hebt. Frau Deberle pflückt alle ihre Rosen ab.«

»Das mag für die Kirche sein,« sagte Helene ruhig, emsig mit einer Stickerei beschäftigt.

Ein paar Minuten später klingelte es plötzlich, und der Abbé Jouve erschien. Er sagte an, dass man am kommenden Dienstag nicht auf ihn rechnen dürfe. Seine Abende wären durch die Feierlichkeiten des Marienmonats besetzt. Der Pfarrer hatte es übernommen, die Kirche zu schmücken. Es würde prächtig werden. Alle Damen stifteten Blumen. Er erwartete zwei Palmen von drei Meter Höhe, um sie rechts und links vom Altar aufzustellen.

»Oh! Mama! Mama!« flüsterte Jeanne begeistert.

»Nun denn, lieber Freund!« lächelte Helene, »da Sie nicht kommen können, werden wir Sie besuchen. Sie haben Jeanne mit Ihren Blumen das Köpfchen verdreht.«

Helene war nicht eben fromm, wohnte auch niemals der Messe bei. Die Gesundheit ihres Töchterchens lasse es nicht zu, denn Jeanne käme immer zitternd und bebend aus der Kirche. Der alte Priester vermied es, mit ihr über Religion zu sprechen. Er pflegte nur mit leutseliger Toleranz zu erklären, dass sich die schönen Seelen ihr Heil durch ihre Weisheit und ihre Barmherzigkeit allein schaffen. Gott würde sie schon eines Tages zu finden wissen.

Bis zum andern Morgen dachte Jeanne an nichts anderes als an den Marienmonat. Sie fragte ihre Mutter aus und träumte von der mit weißen Rosen, mit Tausenden von Kerzen, mit himmlischen Stimmen und lieblichen Düften erfüllten Kirche. Und sie wollte neben dem Altare stehen, das Spitzengewand der Heiligen Jungfrau besser zu sehen. Dies Gewand sei ein Vermögen wert, hatte der Abbé gesagt. Helene beruhigte das Kind und drohte, sie nicht mitzunehmen, wenn sie sich im Voraus krank mache.

Endlich gingen sie nach dem Abendessen fort. Die Nächte waren noch kühl. Als sie in die Rue de l'Annonciation kamen, wo sich die Notre-Dame-de-Grâce befindet, fröstelte das Kind.

»Die Kirche ist geheizt,« sagte die Mutter; »wir werden uns neben ein Heizrohr setzen.«

Als sie die gepolsterte Tür aufgestoßen hatte, die sanft in ihr Schloss zurückfiel, empfingen sie angenehme Wärme, helles Licht und Gesang. Die Liturgie hatte begonnen. Als sie das Mittelschiff schon besetzt sahen, wollte Helene an einer der Seitenwände entlang gehen. Aber sie konnte dem Altare kaum näher kommen. Sie hielt Jeanne an der Hand und schob sich geduldig vorwärts. Dann aber, als sie erkannte, dass sie nicht bis nach vorn würde vordringen können, setzten sie sich schließlich auf die ersten besten freien Stühle. Eine Säule verstellte ihnen den Blick auf den Chor.

»Ich sehe nichts, Mama,« flüsterte die Kleine bekümmert. »Wir haben einen schlechten Platz.«

Helene hieß sie still sein. Das Kind begann zu quengeln. Sie sah vor sich nichts als den breiten Rücken einer alten Dame. Als Helene sich umwandte, hatte sich Jeanne auf ihren Stuhl gestellt.

»Willst du wohl da herunter!« sagte sie leise. »Du bist unausstehlich.«

Aber Jeanne setzte ihren Kopf auf.

»Höre doch, da ist Frau Deberle. Sie sitzt dort unten in der Mitte. Sie macht uns Zeichen.«

Verdrießlich schüttelte Helene die Kleine, die sich nicht setzen wollte. Seit dem Balle hatte sie drei Tage unter tausenderlei Vorwänden das Doktorhaus gemieden.

»Mama!« fing Jeanne mit der Hartnäckigkeit des Kindes wieder an, »sie sieht dich, sie wünscht dir guten Tag.«

Da musste Helene endlich grüßen. Die beiden Frauen nickten einander zu. Frau Deberle in engstreifigem, mit weißen Spitzen besetztem Seidenkleide saß in der Mitte des Kirchenschiffs, zwei Schritte vom Chor, sehr frisch, sehr blendend. Sie hatte ihre Schwester Pauline mitgenommen, die lebhaft winkte. Die Liturgie nahm ihren Fortgang.

»Sie wollen, dass du kommen sollst, du siehst es doch,« fuhr Jeanne triumphierend fort.

»Wir sitzen hier ganz gut ...«

»O Mama! wir wollen hingehen – sie haben zwei Stühle frei.«

»Nein, steige herunter – setz dich!«

Die Damen drüben kümmerten sich nicht im mindesten um die Störung, die sie verursachten. Es schien ihnen vielmehr zu gefallen, dass die Leute sich nach ihnen umdrehten. Endlich musste sich Helene fügen. Sie schob Jeanne, die sich mächtig freute, vor sich her und versuchte, sich mit vor verhaltenem Ärger zitternden Händen Durchgang zu schaffen. Die Andächtigen wieder wollten sich nicht stören lassen und maßen sie mit wütenden Blicken und offenen Mundes, ohne ihren Gesang zu unterbrechen. Helene arbeitete mitten im Sturm der anschwellenden Stimmen. Wenn Jeanne nicht vorbeikommen konnte, sah sie in all die leeren und schwarzen Münder und presste sich dicht an die Mutter. Endlich erreichten sie den vor dem Chore freigelassenen Raum.

»Kommen Sie doch!« flüsterte Frau Deberle. »Der Abbé hatte mir gesagt, Sie würden kommen ... ich habe Ihnen zwei Stühle frei gehalten.«

Helene dankte nur kurz und blätterte sogleich in ihrem Gebetbüchlein. Juliette bewahrte durchaus weltlich ihre Anmut. Sie saß hier, reizend und schwatzhaft wie in ihrem Salon. Sie beugte sich behaglich vor und plauderte weiter:

»Man sieht Sie ja gar nicht mehr. Ich wäre längst zu Ihnen heraufgekommen ... Sie sind doch wenigstens nicht krank gewesen?«

»Nein, danke ... Hatte allerlei zu tun ...«

»Hören Sie! morgen müssen Sie unser Tischgast sein ... Wir sind ganz unter uns ...«

»Sie sind zu gütig – wir werden sehen.«

Damit schien sich Helene dem Gebet zu widmen und dem Gesange zu folgen, entschlossen, keine Antwort mehr zu geben. Pauline hatte Jeanne neben sich gezogen, um ihr Anteil am Heizrohr abzutreten, auf dem sie behaglich schmorte. In der flimmernden Luft, die der Röhre entstieg, reckten beide neugierig die Köpfe.

»Hm! ist's dir warm?« fragte Pauline. »Ist doch wirklich hübsch hier, gelt?«

Jeanne betrachtete verzückt die heilige Jungfrau inmitten des Blumenmeers. Ein Schauer überrieselte sie. Sie fürchtete, nicht mehr artig zu sein, senkte die Augen und versuchte dem Schwarz-Weiß-Muster der Fliesen Interesse abzugewinnen, um nicht aufzuweinen.

Helene wandte sich mit auf ihr Gebetbuch gesenktem Gesicht stets zur Seite, sobald Juliette sie mit ihren Spitzen streifte. Sie war auf dieses Zusammentreffen ganz und gar nicht vorbereitet.

Trotz des Gelübdes, Henri nur Liebe zu widmen, ohne ihm jemals anzugehören, empfand Helene Unbehagen. Verriet sie nicht diese Frau, die so vertrauensvoll und vergnügt an ihrer Seite saß?

Nein, zu diesem Mittagessen im engsten Kreise würde sie nicht gehen! Sie suchte nach Mitteln und Wegen, wie sie allmählich diesen Verkehr abbrechen könnte, der ihr Gefühl für Sauberkeit verletzte. Aber die wenige Schritte von ihr jubelnden Stimmen der Chorknaben ließen sie nicht zum Nachdenken kommen. Sie überließ sich dem einschläfernden Gesang und genoss ein frommes Wohlbehagen, welches sie bisher niemals in einer Kirche empfunden hatte.

Ein Priester hatte die Kanzel bestiegen. Ein Beben durchflog den heiligen Raum. Dann sprach er ... Nein! Helene nahm sich vor, nicht zum Essen zu gehen ...

Die Augen auf den Priester gerichtet, malte sie sich eine solche erste Zusammenkunft mit Henri aus, die sie seit drei Tagen fürchtete. Sie sah ihn zornesbleich, wie er ihr Vorwürfe machte, dass sie sich in ihre vier Wände eingekapselt hielte. Würde sie ihm gegenüber auch standhaft bleiben?

Über ihrer Träumerei war der Priester verschwunden. Sie erhaschte nur noch Sätze einer durchdringenden Stimme von oben:

»Es war ein unbeschreiblicher Augenblick ... der, in welchem die Jungfrau, den Kopf neigend, antwortete: Ich bin eine Magd des Herrn ...«

Oh! sie wollte tapfer sein. Die ruhige Überlegung war ihr zurückgekehrt. Sie würde die Freude genießen, geliebt zu werden; würde ihre Liebe niemals bekennen. Das sollte ihr Preis für den Frieden sein.

Und wie innig sie lieben würde! An einem einzigen Worte Henris, an einem aus der Ferne getauschten Blicke wollte sie sich genügen lassen. Es war ein Traum, der sie mit Gedanken an die Ewigkeit füllte! Der Kirchenraum schien ihr freundschaftlich und mild.

Der Priester predigte:

»Der Engel verschwand. Maria versenkte sich in die Betrachtung des göttlichen Geheimnisses, das sich in ihr vollzog, umwallt von Licht und Liebe ...«

»Er spricht sehr gut,« flüsterte Frau Deberle. »Und ist noch ganz jung, kaum dreißig ...«

Frau Deberle war gerührt. Die Religion war ihr ein angenehmer Kitzel guten Geschmacks. Den Kirchen Blumen stiften, kleine Geschäftchen mit den Priestern, diesen höflichen, verschwiegenen und parfümduftenden Leuten, führen; geputzt in der Kirche sitzen – all das verschaffte ihr besondere Freude. Ihr Mann ging nicht in die Kirche, und so hatten ihre frommen Übungen obendrein den Geschmack der verbotenen Frucht.

Helene antwortete ihr mit einem Nicken. Beider Antlitz strahlte beglückt. Ein polterndes Rücken von Stühlen wurde laut. Der Priester verließ die Kanzel, nachdem er den Hörern die Mahnung mitgegeben hatte:

»Oh! mehret eure Liebe, ihr frommen christlichen Seelen – Gott hat sich euch geschenkt, euer Herz ist voll seiner Gegenwart, eure Seele fließt über von seiner Huld!«

Die Orgel setzte ein. Die Litanei der Jungfrau mit ihren Anrufen heißer Zärtlichkeit nahm ihren Fortgang. Ein Hauch strich über die Gläubigen hin und verlängerte die steilen Flammen der Kerzen, während in ihrem großen Rosenstrauß, inmitten der dahinwelkenden, letzten Duft verströmenden Blumen die göttliche Mutter den Kopf zu neigen schien, um ihrem Jesus zuzulächeln.

Helene wandte sich, von einer plötzlichen Unruhe ergriffen, um:

»Du bist doch nicht krank, Jeanne?«

Das Kind war leichenblass, seine Augen waren verschwommen. Jeanne schien im Liebesstrom der Litanei dahinzutreiben und betrachtete verzückt den Altar, sah die Rosen sich vervielfältigen und als Regen herniederfallen.

»O nein! o nein! Mama! ich versichere dich, ich bin zufrieden, sehr zufrieden,« flüsterte sie. »Wo ist denn dein Freund?«

Sie meinte den Abbé. Pauline bemerkte ihn; er stand in der Chornische. Sie musste Jeanne in die Höhe heben.

»Ah! ich sehe ihn, er sieht uns auch.«

Helene wechselte mit ihm ein freundschaftliches Nicken. Es war für sie wie eine Gewissheit des Friedens, und in duldsamer Glückseligkeit dämmerte sie dahin. Weihrauchgefäße wurden vor dem Altare geschwenkt, leichter Rauch stieg auf, und die Segnung der tief sich neigenden Gläubigen beendete die Andacht. Helene blieb in einer glücklichen Betäubung auf den Knien, als sie Frau Deberle sagen hörte:

»Es ist vorbei, lass uns gehen.«

Stühle wurden geschoben, ein Geräusch der scharrenden Füße widerhallte am Gewölbe. Pauline hatte Jeannes Hand genommen. Mit dem Kinde vorausgehend, fragte sie die Kleine aus.

»Du bist noch nie im Theater gewesen?«

»Nein! Ist's dort schön?«

Jeanne, deren Herz von schweren Seufzern bedrückt war, schüttelte den Kopf. Es könnte nichts Schöneres geben. Aber Pauline gab keine Antwort; sie hatte sich vor einen Priester gestellt, der im Chorrock vorbeiging, und als er wenige Schritte vorüber war, sagte sie laut, so dass zwei Büßerinnen sich umwandten:

»Oh! ein schöner Kopf!«

Helene schritt unterdessen an der Seite Juliettes durch die sich nur langsam zerteilende Menge. Voller Zärtlichkeit, müde und kraftlos, empfand sie es nicht mehr als unangenehm, so dicht neben der Frau Henris zu gehen. Einen Augenblick streiften sich ihre bloßen Handgelenke, und sie lachte.

»Es ist also abgemacht, nicht wahr?« fragte Frau Deberle, »morgen Abend dürfen wir auf Sie rechnen?«

Helene fand nicht die Kraft nein zu sagen. Auf der Straße würde man weiter sehen. Endlich traten sie als die letzten aus der Kirche. Pauline und Jeanne warteten schon auf dem Bürgersteig gegenüber. Eine weinerliche Stimme hielt sie auf.

»Ach, meine liebe gute Dame! wie lange ist's doch her, dass ich nicht das Glück gehabt habe, Sie zu sehen.«

Mutter Fetu bettelte an der Kirchentür. Sie vertrat Helene den Weg, als ob sie ihr aufgepasst hätte.

»Ach! ich bin sehr krank gewesen ... noch immer da im Bauche ... Sie wissen ja ... Jetzt ist's ganz so wie Hammerschläge ... Und nichts, nichts, meine liebe Dame ... Ich habe mich nicht getraut, es Ihnen sagen zu lassen ... Möge der liebe Gott es Ihnen vergelten!«

Helene hatte ihr ein Geldstück in die Hand gedrückt und versprach, an sie zu denken.

»Ei!« sagte Frau Deberle stehenbleibend, »da spricht ja jemand mit Pauline und Jeanne ... Aber das ist ja Henri!«

»Ja, ja,« antwortete die Mutter Fetu, die mit zusammengekniffenen Augen auf die beiden Damen sah, »es ist der gute Doktor! Ich habe ihn während des ganzen Gottesdienstes gesehen, er ist nicht vom Trottoir gewichen. Er hat gewiss auf Sie gewartet ... Oh! das ist ein heiliger Mann! Ich sage das, weil es die Wahrheit vor Gott ist, der uns hört ... Oh! ich kenne Sie, gnädige Frau, Sie haben einen Gatten, der verdient glücklich zu sein ... Möge der Himmel Ihre Wünsche erhören! Mögen all seine Segnungen über Sie kommen! Im Namen des Vaters und des Sohnes und des Heiligen Geistes!«

Und unter den tausend Furchen ihres Gesichtes, das verschrumpelt war wie ein alter Apfel, wanderten ihre Rattenaugen unruhig und boshaft zwischen Juliette und Helene hin und her, ohne dass man wissen konnte, an wen sie sich eigentlich wandte, wenn sie von dem »heiligen Mann« sprach.

Helene war durch Henris Zurückhaltung überrascht und gerührt. Er wagte es kaum, sie anzusehen. Nachdem ihn seine Frau wegen seiner religiösen Anschauungen, die ihn hinderten, in eine Kirche zu gehen, geneckt hatte, äußerte er einfach, er sei, eine Zigarre rauchend, gekommen, die Damen abzuholen. Helene wusste, dass er sie hatte sehen wollen, um ihr zu zeigen, dass er noch ganz der Alte sei. Ohne Zweifel hatte auch er sich gelobt, vernünftig zu sein. Sie prüfte nicht, ob er ernst gegen sich selbst sein könnte. Als sie in der Rue Vineuse das Ehepaar Deberle verließ, entschloss sich Helene fröhlich:

»Also! abgemacht; morgen Abend um sieben.«

Und so knüpften sich die Beziehungen enger und enger. Ein reizendes Leben nahm seinen Anfang. Helene war es, als ob Henri sich nie vergessen hätte. Sie hatte es wohl nur geträumt. Sie liebten sich, aber sie würden es sich nicht mehr sagen, sie würden sich genügen lassen, es zu wissen.

Abend für Abend gingen jetzt die beiden Frauen zur Kirche. Frau Deberle war über die neue Zerstreuung entzückt, die in die Ball-, Konzert- und Theaterabende ein wenig Abwechslung brachte. Neue Zerstreuungen schätzte Frau Deberle außerordentlich; man sah sie jetzt nur noch mit frommen Schwestern und Priestern. Und Helene, ohne jede fromme Erziehung aufgewachsen, überließ sich dem Reiz der Andachten des Marienmonats, glücklich über die Freude, die auch Jeanne darüber zu empfinden schien. Man aß früher zu Tisch, brachte Rosalie aus aller Ordnung, um nicht zu spät zu kommen und einen schlechten Platz zu finden. Im Vorbeigehen holte man Juliette ab. Eines Tages war Lucien mit in der Kirche. Er hatte sich aber so schlecht aufgeführt, dass er künftig zu Hause bleiben musste. Beim Eintritt in die warme, von Kerzen funkelnde Kirche hatte man die Empfindung weicher Gelöstheit, die Helene allmählich nicht mehr missen mochte. Wenn sie tagsüber Zweifel hatte, wenn sie beim Gedanken an Henri eine unbestimmte Angst befiel – die Kirche schläferte sie abends wieder ein. Der Gesang schwoll an mit dem Überschäumen göttlicher Passion. Die frischgeschnittenen Blumen verdickten mit ihrem Dufte die heiße Luft unter dem Gewölbe. Hier atmete sie die erste Trunkenheit des Frühlings, die Verehrung des bis zur Vergöttlichung erhöhten Weibes, und berauschte sich angesichts der mit weißen Rosen gekrönten Jungfrau und Mutter Maria an diesem Mysterium der Liebe und Reinheit. Mit jedem Tage blieb sie länger auf den Knien. Und wenn die Feier vorüber war, folgte die Süßigkeit des Heimweges. Henri wartete an der Tür, die Abende wurden milder. Man ging durch die schwarzen, schweigenden Straßen von Passy, während man nur selten ein Wort wechselte.

»Sie werden ja fromm, meine Liebe,« sagte Frau Deberle eines Abends lachend.

Wirklich. Helene ließ die Frömmigkeit in ihr weit geöffnetes Herz einziehen. Niemals hätte sie geglaubt, dass es so herrlich wäre, zu lieben und geliebt zu werden. Sie ging dorthin, wie an eine Stätte der Zärtlichkeit, wo es erlaubt war, die Augen feucht zu haben und versunken in stumme Anbetung zu verweilen. Sie hatte das Bedürfnis, zu glauben, und war verzückt in der göttlichen Barmherzigkeit.

Juliette neckte nicht bloß Helene, sie behauptete, dass auch Henri es plötzlich mit dem Frommsein habe. Käme er doch jetzt sogar in die Kirche, um auf sie zu warten! Er, ein Atheist, welcher erklärte, die Seele an der Spitze seines Seziermessers gesucht und nicht gefunden zu haben! Sobald sie ihn hinter der Kanzel, an die Rückseite einer Säule gelehnt, gewahrte, stieß Juliette Helene am Ellbogen.

»Sehen Sie doch, da ist er schon ... Sie wissen doch, dass er nicht einmal hat beichten wollen, hervor wir zum Altar traten. Er hat ein unbezahlbares Gesicht, er sieht uns so urdrollig an. Schauen Sie doch nur!«

Die Feier ging dem Ende zu, der Weihrauch dampfte, und die Orgel sandte ihre lieblichsten Klänge durchs Kirchenschiff.

»Ja, ja, ich sehe ihn,« stotterte Helene, ohne die Augen hinzuwenden.

Sie hatte ihn beim brausenden Hosianna erraten. Henris Atem schien ihr auf den Flügeln des Gesanges bis zu ihrem Nacken zu dringen. Sie glaubte, hinter sich seine Blicke zu fühlen, die den Kirchenraum erhellten und sie mit goldenen Strahlen umhüllten. Da betete sie mit einer so starken Inbrunst, dass ihr die Worte mangelten. Der Doktor aber wahrte die ernste, strenge Würde eines Ehemanns, der zwei Damen beim lieben Gott abholte, gerade so, als wenn er sie im Theaterfoyer erwartete.

Nach vierzehn Tagen war Frau Deberle der Sache überdrüssig. Jetzt widmete sie sich den Wohltätigkeitsbasars. Sie stieg an die sechzig Treppen, um bei bekannten Malern Bilder zu betteln, und abends mit der Klingel in der Hand wohltätigen Damen zu präsidieren. So traf es sich, dass Helene und ihr Töchterchen sich eines Abends allein in der Kirche fanden. Als nach der Predigt die Sänger das Magnifikat anstimmten, wandte die junge Frau, durch ein Klopfen ihres Herzens gemahnt, den Kopf. Henri war an seinem gewohnten Platze. Da blieb sie in der Erwartung der Heimkehr bis zum Ende der Feierlichkeit auf den Knien.

»Ach! ist das reizend, dass Sie gekommen sind!« rief Jeanne am Ausgange mit kindlicher Vertrautheit. »Ich würde mich in diesen dunklen Straßen gefürchtet haben.«

Henri spielte den Überraschten. Er gab vor, seine Frau hier treffen zu wollen. Helene ließ die Kleine antworten; sie folgte den beiden ohne zu sprechen. Als sie unter das Kirchportal traten, klagte eine Stimme:

»Ein Almosen, Gott wird's Ihnen lohnen.«

Allabendlich ließ Jeanne ein Zehnsoustück in die Hand der Mutter Fetu gleiten. Als die Alte heute den Doktor mit Helene allein sah, schüttelte sie bloß verständnisinnig den Kopf, anstatt wie gewöhnlich geräuschvolle Dankesworte zu leiern. Als die Kirche sich geleert hätte, schickte sie sich mit ihren schweren Beinen an, ihnen, dumpfe Worte murmelnd, zu folgen. Anstatt durch die Rue de Passy zurückzukehren, wählten die Damen, wenn die Nacht schön war, wohl auch den Weg durch die Rue Raynouard, um so den Weg um ein paar Minuten zu verlängern. An diesem Abend nahm Helene die Rue Raynouard. Begierig nach Schatten und Schweigen, folgte sie dem Reiz dieser langen, einsamen Straße, die in weiten Abständen von einer Gasflamme erleuchtet war, ohne dass sich der Schatten eines Wanderers auf dem Pflaster bewegte.

In diesem abgelegenen Winkel schlief Passy bereits mit dem geruhsamen Atem einer Provinzstadt. Zu beiden Seiten des Bürgersteigs zogen sich Häuser hin; Mädchenpensionate, schwarz und düster, Gast- und Speisehäuser, aus deren Küchen noch Licht drang. Diese Einsamkeit war für Helene und Henri eine große Freude. Er hatte sich nicht einmal getraut, ihr den Arm anzubieten. Jeanne ging zwischen ihnen mitten auf der wie eine Allee mit Kies beschütteten Straße. Die Häuser hörten auf, Mauern dehnten sich, von denen Mäntel wilder Reben und blühende Holunderbüsche herabhingen.

Der Schritt der Mutter Fetu hinter ihnen schien das Echo der ihrigen zu sein. Sie kam näher; man hörte das unaufhörliche Murmeln des Ave Maria, gratia plena. Mutter Fetu betete auf dem Nachhauseweg ihren Rosenkranz.

»Ich habe noch ein Geldstück; darf ich's ihr geben?« fragte Jeanne.

Und ohne die Erlaubnis abzuwarten, entschlüpfte sie und lief der alten Frau nach, die eben in die Passage des Eaux einbiegen wollte. Die Fetu nahm das Geld, alle Heiligen des Himmels herabflehend. Aber dann, sie hatte schon die Hand des Kindes erfasst, fragte sie mit veränderter Stimme:

»Ist denn die andere Dame krank?«

»Nein!« antwortete Jeanne verwundert.

»Ach! möge der Himmel sie bewahren! Möge er sie überschütten mit Segnungen, sie und ihren Mann! ... Nicht so eilig, mein liebes, kleines Fräulein. Lassen Sie mich ein Ave für Ihre Mama beten und antworten Sie mit Amen ... Mama erlaubt es Ihnen ... Sie werden sie schnell einholen!«

Helene und Henri waren indes, zitternd, sich so plötzlich allein zu finden, im Schatten einer Kastanienreihe stehengeblieben. Sie taten langsam ein paar Schritte; die Kastanien hatten einen Regen ihrer kleinen Blüten abgeschüttelt, und auf diesem rosigen Teppich schritt das Paar dahin. Dann blieben sie stehen; ihr Herz war zu voll.

»Verzeihen Sie mir!« sagte Henri schlicht.

»Ja, ja,« stammelte Helene. »Ich bitte Sie bloß, schweigen Sie!«

Sie hatte seine Hand gefühlt, die die ihrige streifte, und wich zurück. Jetzt kam Jeanne herbeigelaufen.

»Mama, Mama! sie hat mich ein Ave beten lassen, auf dass dir Glück und Segen blühe!«

Alle drei bogen in die Rue Vineuse, während Mutter Fetu die Treppe der Passage des Eaux hinunterstieg und ihren Rosenkranz zu Ende betete.

Der Monat verging. Frau Deberle kam noch ein paarmal zu den Exerzitien. An einem Sonntage, dem letzten, wagte Henri noch einmal auf Helene und Jeanne zu warten. Die Heimkehr war köstlich. Dieser Mai war in ungewöhnlicher Süße dahingegangen. Die kleine Kirche schien eigens dazu gebaut, Leidenschaften zu sänftigen. Helene hatte sich zuerst beruhigt, glücklich über diesen Zufluchtsort des Glaubens, wo sie ohne Scham leben konnte. Henri blieb zurückhaltend, aber sie sah gar wohl die Flamme und fürchtete irgendeinen Ausbruch der wahnwitzigen Begierde. Von heftigen Fieberanfällen geschüttelt, machte sie sich selber Furcht. Als sie eines Nachmittags vom Spaziergang mit Jeanne heimkehrte, bog sie in die Rue de l'Annonciation und trat in die Kirche. Jeanne klagte über große Müdigkeit.

Bis zum letzten Tage hatte es das Kind nicht wahrhaben wollen, dass die abendliche Feier sie angriffe. Aber ihre Wangen hatten eine wachsbleiche Farbe angenommen, und der Doktor gab den Rat, das Kind weite Spaziergänge machen zu lassen.

»Setze dich dahin,« sagte die Mutter. »Du sollst dich ausruhen. Wir wollen nur zehn Minuten bleiben.«

Helene hatte Jeanne neben eine Säule gesetzt. Sie selbst kniete ein paar Stühle entfernt nieder. Arbeiter nahmen im Kirchenschiff die Vorhänge ab und entfernten die Blumentöpfe. Der Rausch des Marienmonats war zu Ende.

Helene, das Gesicht in die Hände vergraben, sah und hörte nichts. Sie fragte sich angsterfüllt, ob sie die schreckliche Krise, welche sie durchlebte, dem Abbé Jouve beichten solle. Er allein würde ihr raten, würde ihr die verlorene Ruhe wiedergeben. Aber im Grunde ihres Herzens entstieg ihrer Seelenangst überschäumende Freude. Sie hätschelte ihr Weh und zitterte davor, dass der Priester ihr vielleicht keine Heilung schaffen möchte.

Die zehn Minuten verstrichen, eine Stunde verging. Helene versank im Kampf ihres Herzens.

Und als sie endlich mit in Tränen schwimmenden Augen den Kopf hob, erblickte sie neben sich den Abbé Jouve, der sie mit bekümmerter Miene betrachtete.

»Was fehlt Ihnen, mein Kind?« fragte er Helene, die sich rasch aufrichtete und die Tränen wischte.

Sie fand nicht gleich eine Antwort; fürchtete, wieder schluchzend in die Knie zu sinken. Der Priester trat näher.

»Ich mag nicht in Sie dringen. Warum vertrauen Sie sich nicht dem Priester, nicht mehr dem Freunde an?«

»Später ... später ... ich verspreche es Ihnen,« stammelte Helene.

Unterdes hatte Jeanne artig gewartet und sich die Zeit mit der Betrachtung der Glasfenster, der Heiligenstatuen am Haupteingang, und Kreuzstationen, den Szenen aus dem Kreuzigungswege vertrieben, die in kleinen Reliefs an den Seitenschiffen angebracht waren. Allmählich hatte sich die Kühle der Kirche auf das Kind wie ein Schweißtuch gelegt. Müdigkeit, die sie am Denken hinderte, überkam Jeanne in der frommen Stille der Kapellen. Der Widerhall der geringsten Geräusche an dieser heiligen Stätte, wo sie ans Sterben denken musste, schuf ihr Missbehagen. Ihr hauptsächlicher Kummer war, dass die Blumen entfernt Wurden. Die großen Rosensträucher verschwanden, der Altar wurde kahl und kalt. Dieser Marmor ohne Kerze und Weihrauchwolke ließ sie frösteln. Einen Augenblick lang schwankte die spitzenbekleidete Jungfrau, dann sank sie rücklings in die Arme der beiden Arbeiter. Da schrie Jeanne auf. Ihre Arme breiteten sich aus und wurden steif, der Anfall, schon seit Tagen im Anzuge, war da.

Und als Helene, außer sich, mit Hilfe des untröstlichen Priesters, sie in einer Droschke fortschaffen konnte, wandte sie sich mit ausgestreckten, bebenden Händen dem Portale zu.

»Diese Kirche ist schuld! Die Kirche ist schuld!« rief sie mit einer Heftigkeit, aus der doch Bedauern und Bitterkeit über den frommen Zärtlichkeitsmonat herausklang, der ihr dort zuteil geworden war.

## 10

Am Abend ging es Jeanne besser. Sie konnte aufstehen, und um die Mutter zu beruhigen, schleppte sie sich ins Esszimmer, wo sie sich vor ihre leere Schüssel setzte.

»Es wird nichts sein,« tröstete sie und versuchte ein Lächeln. »Du weißt ja, dass ich nicht tapfer bin ... Iss du doch, Mama! Bitte, iss!«

Und als sie sah, dass ihre Mutter blass wurde und fröstelte, nicht imstande, einen Bissen herunter zu würgen, täuschte sie selbst Appetit vor. Sie möchte ein bisschen Backwerk essen, beteuerte sie. Da nahm sich Helene zusammen und aß. Das Kind schaute sie ständig lächelnd mit nervösem Kopfschütteln bewundernd an. Beim Nachtisch wenigstens wollte Jeanne ihr Versprechen halten, aber ihre Augen füllten sich mit Tränen.

»Es geht nicht, du siehst's doch,« sagte sie matt, »du darfst mich nicht schelten ...«

Jeanne verspürte bleierne Müdigkeit. Ihre Beine erschienen ihr wie tot, und eine Eisenfaust presste ihr die Schultern zusammen. Aber sie stellte sich tapfer und unterdrückte ihre Schmerzen.

Im Halse rissen die Schmerzen, und der Kopf wurde ihr schwer. Und als Helene das Töchterchen so mager, schwach und doch so tapfer sah, war sie nicht mehr imstande, die Birnen zu essen, die sie sich hatte aufnötigen lassen. Schluchzen würgte sie. Sie ließ ihre Serviette fallen und schloss Jeanne in die Arme.

»Mein Kind, mein Kind!« stammelte Helene. Das Herz wollte ihr brechen in diesem Esszimmer, wo die Kleine sie so oft mit ihrem Leckermäulchen erheitert hatte.

Jeanne versuchte wieder ihr Lächeln.

»Quäle dich nicht! Es wird nichts sein. Jetzt kannst du mich wieder zu Bett bringen. Ich wollte dich am Tisch sehen, weil ich dich kenne – du hättest sonst gar nichts gegessen.«

Helene trug sie fort. Sie hatte das Bettchen neben das ihrige in die Kammer gerollt. Als Jeanne sich ausgestreckt und bis ans Kinn zugedeckt hatte, fühlte sie sich weit besser und klagte nur noch über dumpfen Schmerz im Hinterkopf. Dann wurde sie zärtlich. Seit sie litt, schien ihre leidenschaftliche Liebe zu wachsen. Helene musste sie umarmen, musste geloben, sie recht zu lieben, und ihr versprechen, sie noch einmal in den Arm zu nehmen, wenn sie sich zu Bett legen würde.

»Wenn ich auch schlafe,« versicherte Jeanne, »ich fühle dich trotzdem.«

Sie schloss die Augen und schlummerte ein. Helene blieb bei ihr. Als Rosalie auf den Fußspitzen kam und fragte, ob sie zu Bett gehen dürfe, antwortete sie nur mit einem Nicken.

Es schlug elf, als Helene ein leises Klopfen an der Flurtür zu hören meinte. Sie nahm die Lampe und ging verwundert auf den Korridor.

»Wer ist da?«

»Ich! Öffnen Sie!« kam eine gedämpfte Stimme.

Es war Henri. Helene öffnete arglos. Ohne Zweifel hatte der Doktor von Jeannes neuerlichem Anfall gehört und kam nun selbst, wenn ihn auch Helene nicht hatte rufen lassen. Aber Henri ließ ihr nicht Zeit zum Reden. Er war ihr zitternd mit gerötetem Antlitz in die Essstube gefolgt.

»Bitte, verzeihen Sie mir!« stammelte der Arzt, ihre Hand fassend. »Drei Tage lang habe ich Sie nicht gesehen. ich konnte es nicht länger aushalten.«

Helene hatte ihre Hand frei gemacht. Sie hatte ihn mit schweigender Strenge angehört, die ihn quälte.

»Oh! weshalb spielen wir diese schreckliche Komödie?« rief Henri, »ich kann nicht mehr; mein Herz droht zu zerspringen. Ich werde noch eine neue Tollheit begehen. Ich möchte Sie umfassen, vor aller Augen entführen.«

In magischem Zwang streckte er die Arme nach ihr aus.

Er hatte sich wieder genähert, er küsste ihr Gewand ... seine fieberheißen Hände irrten umher. Sie blieb kalt und starr wie ein Marmorbild.

»Also wissen Sie noch nichts?« fragte Helene.

Und da er ihr Handgelenk gefasst hatte und es mit Küssen bedeckte, wehrte sie endlich voll Ungeduld ab.

»Lassen Sie mich doch endlich! Sie sehen ja, dass ich Sie nicht einmal anhöre. Denke ich wohl an solche Dinge!«

Helene beruhigte sich und fragte noch einmal:

»Sie wissen also nichts? ... Nun, meine Tochter ist krank ... ich freue mich, dass Sie gekommen sind ... Sie können mich beruhigen ...«

Die Lampe fassend ging sie voran. Auf der Schwelle wandte sie sich um und sagte hart:

»Ich verbiete Ihnen, hier noch einmal anzufangen ... Niemals! Niemals!«

Ihre hellen Augen glitzerten.

Deberle trat hinter ihr ein und fasste noch immer nicht, was sie ihm sagte. In diesem Zimmer, zur gleichen Nachtstunde, inmitten der verstreuten Linnen- und Kleidungsstücke atmete er wieder jenen Verbenenduft, der ihn am ersten Abend verwirrt; als er Helene mit losem Haar und von den Schultern geglittenem Schal gesehen hatte. Wieder hier zu sein und niederzuknien, all diesen Liebesduft einzuschlürfen, den Tag in Anbetung zu erwarten und sich zu Vergessen... ein Traum! Seine Schläfen pochten, er stützte sich auf die eiserne Bettstatt des Kindes.

»Sie ist eingeschlafen,« sagte Helene leise. »Sehen Sie das Kind an!«

Er hörte sie nicht, die Leidenschaft wollte nicht zum Schweigen kommen. Sie hatte sich über das schlafende Kind gebeugt, und er hatte ihren goldenen Nacken mit den sich kräuselnden feinen Haaren gesehen. Er schloss die Augen, um nicht dem Zwange zu unterliegen, einen Kuss darauf zu drücken.

»Doktor, sehen Sie doch, die Kleine glüht... Es hat nichts auf sich? Sprechen Sie doch!«

In dem tollen Verlangen, das ihm das Hirn zerhämmerte, fühlte er berufsmäßig mechanisch nach dem Puls des Kindes. Aber der Kampf in seinem Innern war zu stark. Er verweilte einen Augenblick reglos, ohne zu wissen, dass er die arme kleine Hand in der seinigen hielt.

»Sagen Sie, Doktor, hat sie starkes Fieber?«

»Starkes Fieber?« echote er geistesabwesend.

Die kleine Hand brannte in der seinigen. Wieder Stillschweigen. Endlich erwachte der Arzt in ihm. Er zählte die Pulsschläge. In seinen Augen erlosch eine Flamme. Sein Gesicht überzog sich mit fahler Blässe, und er bückte sich voll Unruhe, Jeanne aufmerksam betrachtend.

»Der Anfall ist sehr heftig, Sie haben recht.... mein Gott, das arme Kind!«

Sein Begehren war tot, er fühlte nur noch triebhaft den Wunsch, ihr dienstbar zu sein. Er hatte sich gesetzt und befragte die Mutter über die Symptome, die dem Anfall vorausgegangen waren.

Da erwachte das Kind mit einem Seufzer. Jeanne klagte über starkes Kopfweh. Die Schmerzen in Hals und Schultern waren so heftig geworden, dass sie sich ohne zu stöhnen kaum rühren konnte.

Helene, die an der anderen Seite des Bettchens kniete, sprach ihr Mut zu und lächelte, während ihr das Herz vor Jammer zu springen drohte.

»Ist da jemand, Mama?« Das Kind wandte sich suchend um und sah den Arzt.

»Es ist ein Freund, du kennst ihn.«

Die Kranke musterte den Doktor nachdenklich und zögernd, dann verklärte sich ihr Gesicht. »0 ja, ja, ich kenne ihn. Ich liebe ihn sehr.«

Und dann schmeichelnd:

»Er muss mich gesund machen, der Herr Doktor, nicht wahr? Mama soll wieder froh werden. Ich will auch alles trinken, was Sie verordnen, ganz gewiss!«

Der Doktor hatte wieder nach dem Puls gegriffen, während Helene die andere Hand hielt. So schaute Jeanne mit einem leichten nervösen Schütteln ihres Köpfchens die beiden aufmerksam an, als hätte sie sie noch niemals gesehen. Dann fröstelte sie, und die kleinen Hände krallten sich.

»Geht nicht fort, nicht fort ... Ich fürchte mich ... Helft mir, helft mir! Lasst nicht die vielen Leute zu mir herein ... Ich will bloß euch, bloß euch beide, ganz nahe ... Ganz nahe zu mir her, ihr alle beide ... zusammen.«

Jeanne zog sie krampfhaft an sich und murmelte: »Zusammen, zusammen ...«

Die Fieberkrämpfe wiederholten sich. In lichten Augenblicken dämmerte Jeanne in einen trägen Schlummer hinüber. Der Atem ging unhörbar, und sie lag wie tot. Wenn sie dann wieder jäh auffuhr, lag es vor ihren Augen wie weißer Nebel. Sie sah und hörte nichts mehr. Der Doktor hatte einen Teil der Nachtwache übernommen. Es wurde eine sehr schlimme Nacht. Nur einmal war er hinuntergegangen, sich selbst etwas zu trinken zu holen. Als er gegen Morgen fortging, begleitete ihn Helene angstvoll ins Vorzimmer.

»Nun?«

»Die Sache ist sehr ernst. Aber bitte, ängstigen Sie sich nicht. Bauen Sie auf mich... Ich werde gegen zehn Uhr wiederkommen...«

Helene fand das Kind im Bettchen sitzen. Es suchte mit irren Blicken umher.

»Ihr habt mich allein gelassen! Allein gelassen! Ich fürchte mich, ich will nicht allein bleiben,« jammerte sie.

Die Mutter suchte sie mit einem Kuss zu trösten, aber das Kind wollte sich nicht beruhigen.

»Wo ist er? Oh, sag ihm, dass er nicht fortgeht... Ich will, dass er hierbleibt... ich will...«

»Er wird ja wiederkommen, mein Engel,« sagte Helene weinend. »Er wird uns nicht verlassen, das verspreche ich dir. Er liebt uns beide zu sehr... Komm, sei lieb und leg dich wieder. Ich bleibe bei dir und warte, bis er wiederkommt.«

»Wirklich? Wirklich?« flüsterte das Kind, schon wieder in tiefen Schlummer sinkend.

Es folgten schreckliche Tage, drei angstvolle, fürchterliche Wochen. Das Fieber setzte nicht eine Stunde aus. Jeanne hatte nur ein wenig Ruhe, wenn der Arzt da war und sie seine und der Mutter Hand in den ihren fühlte. Die Krankheit hatte Sinne und Empfindungen des Kindes geschärft. Jeanne fühlte, dass nur noch ein Wunder seiner Liebe sie retten konnte. Durch viele Stunden schaute sie mit ernsten, nachdenklichen Augen auf das an ihrem Bette sitzende Paar. Alles menschliche Leiden trat in diesen Blick der Todkranken. Sie sprach nicht, sagte alles nur mit dem warmen Druck ihrer Hände. Es war die flehentliche Bitte, sie nicht allein zu lassen. Wenn der Arzt nach kurzer Abwesenheit wieder hereinkam, geriet sie in helles Entzücken. Ihre Augen, die den Blick nicht von der Tür gelassen hatten, füllten sich mit Freude. Dann schlief sie ruhig ein und konnte hören, wie der Arzt und die Mutter sich um sie zu schaffen machten und leise flüsterten.

Am Morgen nach dem Anfall hatte sich Doktor Bodin eingestellt. Jeanne hatte nur schmollend den Kopf gewendet und auf die Fragen des alten Hausarztes jede Auskunft verweigert.

»Ihn nicht, Mama! Nicht ihn, ich bitte dich,« sagte sie leise.

Als Doktor Bodin am andern Tage wiederkam, musste ihm Helene vom Widerwillen des Kindes sprechen. So trat denn der alte Arzt nicht mehr ans Krankenbett selbst, sondern erkundigte sich täglich einmal und besprach sich zuweilen mit seinem Kollegen Doktor Deberle, der dem alten Herrn gegenüber große Ehrerbietung zeigte. Auch der Priester und Herr Rambaud kamen jeden Abend und verbrachten in bangem Schweigen eine Stunde bei der Freundin. Doch auch von ihnen wollte das Kind nichts wissen. Die Brüder mochten sich noch so sehr in eine Ecke drücken, Jeanne fühlte sofort ihre Anwesenheit. Dann warf sie sich ungeduldig herum und lallte:

»Oh, Mama! Mir ist schlecht... ich ersticke vor Hitze... schick doch die Leute fort... bitte gleich...«

Helene gab dann den Freunden schonend zu verstehen, dass die Kleine schlafen wolle, und sie gingen mit gesenkten Köpfen weg. Dann tat Jeanne einen tiefen Atemzug, schaute im Zimmer umher und heftete dann ihre Augen mit unsagbarer Zärtlichkeit auf Mutter und Arzt.

»Guten Abend... jetzt ist's mir wohl... bleibt bei mir!«

Drei Wochen fesselte die Krankheit das Kind ans Bett. Zu Anfang war Henri täglich zweimal gekommen, brachte dann bald die ganzen Abende dort zu und widmete dem Kinde alle Stunden, über die er verfügen konnte. Zuerst hatte er an ein typhusähnliches Fieber geglaubt, aber bald hatten sich so widersprechende Merkmale gezeigt, dass sich der Arzt nicht mehr auskannte. Es handelte sich zweifellos um die Anzeichen einer Bleichsucht, die so schwer feststellbar ist und deren Komplikationen im Pubertätsalter oft sehr bedenklich werden können. Deberle fürchtete, dass das Herz und auch die Lunge angegriffen sei. Was ihm zu schaffen machte, war die nervöse Aufgeregtheit der kleinen Patientin, die er nicht zu beruhigen vermochte, und vor allem jenes heftige hartnäckige Fieber, das der ärztlichen Behandlung energischen Widerstand entgegensetzte. Er widmete diesem seltsamen Fall all sein Können mit dem einzigen Gedanken, dass er sein Glück, sein eigenes Leben behandele. Ein großes Schweigen, getragen von einer feierlichen Erwartung, war in ihm. Nicht ein einziges Mal erwachte in diesen Wochen der Angst seine Leidenschaft. Es erregte ihn nicht, wenn Helenes Atem ihn streifte. Wenn ihre Blicke sich begegneten, sprachen sie von der freundschaftlichen Trauer zweier Menschen, die ein gemeinsames Unglück bedroht.

Eines Abends erriet Helene, dass Henri ihr etwas verheimliche. Seit Minuten schon beobachtete er Jeanne prüfend, ohne ein Wort zu sprechen. Die Kleine klagte über unerträglichen Durst. Sie würgte, und ihre ausgedörrte Kehle ließ ein ständiges Pfeifen hören. Das Gesicht war tief gerötet, und eine dumpfe, schwere Müdigkeit umfing sie, so dass sie nicht einmal die Augen zu öffnen vermochte. Sie lag matt und bewegungslos, nur das Röcheln verriet ihr Leben.

»Es geht ihr sehr schlecht, nicht wahr?« fragte Helene stockend.

Nein, aber es sei noch keine Änderung eingetreten. Henri war sehr blass, sein Unvermögen drückte ihn schwer. Da sank Helene trotz aller Selbstbeherrschung auf ihrem Stuhle zusammen.

»Sagen Sie mir alles. Sie haben versprochen, mir die Wahrheit zu sagen. Geht es zu Ende?« Und als er schwieg, drängte sie mit Heftigkeit:

»Sie sehen ja, dass ich stark bin. Weine ich etwa? Verzweifle ich denn? Sprechen Sie! Die Wahrheit will ich wissen!«

Henri sah sie fest an.

»Nun denn! Die Krise ist da. Wenn sie nicht binnen einer Stunde diese Schläfrigkeit überwunden hat, ist es vorüber.«

Helene gab keinen Laut von sich. Eiseskälte kroch an ihrem Körper hinauf, und das Entsetzen trieb ihr das Haar zu Berge. Ihre Augen senkten sich auf Jeanne. Sie fiel auf die Knie und nahm das Kind schützend in die Arme, wie um es an ihrer Schulter zu hüten. Während einer bangen Minute brachte sie ihr Gesicht dicht an das des Kindes und tränkte es mit ihren Blicken, wollte ihm den eigenen Atem, das eigene Leben leihen. Das Röcheln der Kranken wurde schwächer und schwächer.

»Ist denn gar nichts zu machen?« fragte sie verzweifelt. »Warum sitzen Sie da müßig herum? ... Tun Sie doch irgendetwas ... Tun Sie doch etwas ... Was soll ich denn tun? Sie werden sie doch nicht sterben lassen ...«

»Ich werde alles tun,« sagte der Doktor schlicht.

Deberle hatte sich erhoben. Er wollte den Kampf aufnehmen. All seine Kaltblütigkeit und Entschlossenheit raffte er zusammen. Hatte er bisher noch nicht die Anwendung schärfster Mittel aus Furcht, den schwachen Körper noch mehr zu entkräften, gewagt, jetzt zögerte der Arzt nicht länger. Er schickte Rosalie zur Apotheke und ließ ein Dutzend Blutegel holen. Er verheimlichte auch der Mutter nicht, dass es bei diesem letzten verzweifelten Versuch um Leben und Tod ginge. Als die Blutegel gebracht waren, sah er ihr den Ekel an.

»O Gott! O Gott! Wenn Jeanne nun stirbt ...«

Er musste ihr das Einverständnis mit dieser Behandlung abringen.

»Nun denn, setzen Sie sie an! Aber möge der Himmel Ihnen Hilfe leihen!« Helene hatte das Kind nicht aus den Armen gelassen. Sie weigerte sich auch, aufzustehen, denn sie wollte den Kopf der Kleinen an ihrer Schulter fühlen. Deberle sprach kein Wort. Sein Gesicht zeigte einen letzten gespannten Ausdruck, und sein Geist war ganz Konzentration. Zuerst wollten die Blutegel nicht fassen. Minuten verstrichen. Der Pendel der Standuhr in dem großen, schattengetränkten Raume hackte sein unerbittliches hartnäckiges Ticktack in die Stille. Jede Sekunde trug eine Hoffnung hinweg. Unter dem gelben Lichtkreis der Hängelampe hatte der bloße Körper des Kindes zwischen den zurückgeworfenen Betttüchern eine wächserne Blässe angenommen. Helene sah trocknen Auges, vom Schmerz zermartert, auf die kleinen, absterbenden Glieder. Um einen Tropfen vom Blute ihres Kindes zu sehen, hätte sie gern das eigene dahingegeben. Endlich zeigte sich ein roter Tropfen. Die Egel hatten gefasst. Einer nach dem andern saugte sich fest. Das Leben des Kindes entschied sich. Es waren fürchterliche Minuten voll peitschender Erregung. War dies schon der letzte Hauch, der Seufzer des Todes, mit dem Jeannes Leben entfloh? Oder war es des Lebens Wiederkehr? Helene fühlte, wie das Kind erstarrte. Rasende Lust packte sie, die gierig schlürfenden Tiere wegzureißen. Aber eine höhere Gewalt ließ ihre Hände sinken, mit offenem Munde erstarrte sie zu Eis. Der Pendel hackte weiter sein grausames Ticktack, und das halbdunkle Gemach schien angstvoll zu warten.

Jetzt bewegte sich das Kind. Langsam hoben sich die Lider, dann sanken sie wieder, verwundert und müde. Ein leichtes Zittern, gleich einem Hauche, glitt über das totenblasse Gesicht. Jeanne bewegte die Lippen. Helene beugte sich gierig gespannt in heftiger Erwartung vor.

»Mama, Mama!« flüsterte Jeanne.

Da trat Henri ans Kopfende des Bettes neben die junge Frau.

»Sie ist gerettet!«

»Sie ist gerettet... sie ist gerettet... gerettet!« Helene stammelte es von Freude übermannt. Sie war neben dem Bette zu Boden geglitten und schaute mit irrem Blick bald auf die Kranke, bald auf den Arzt.

Mit einer plötzlichen Bewegung sprang sie auf und warf sich dem Retter an den Hals.

»Ah! Ich liebe dich!«

Sie küsste ihn, umschlang ihn. Das war ihr Geständnis, ihr so lange zurückgedrängtes Geständnis! Endlich war es ihr in dieser Herzenskrise entschlüpft. Die Mutter und das liebende Weib wurden eins. Helene bot ihre Liebe dankerfüllt dar.

»Ich weine. Du siehst, ich kann noch weinen. Ach Gott! Wie ich dich liebe. Wie glücklich werden wir sein.«

Die Glückliche hatte zum vertrauten Du gefunden und schluchzte. Der Quell ihrer Tränen, der seit Wochen versiegt war, rieselte über ihre Wangen. Sie blieb in seinen Armen, vertraulich und kosend wie ein Kind, fortgerissen von diesem Aufwallen ihrer Zärtlichkeit. Dann sank sie auf die Knie. Sie hob Jeanne wieder auf den Arm, sie an ihrer Schulter einzuschläfern, und während das Kind in Schlaf fiel, sandte sie Henri einen liebeverheißenden Blick.

Es wurde eine glückselige Nacht. Der Doktor blieb sehr lange. Jeanne lag ausgestreckt in ihrem Bettchen, bis zum Kinn zugedeckt. Das feine braune Köpfchen war in den Kissen vergraben. Jeanne schloss erleichtert und ermattet die Augen, ohne zu schlafen. Die Lampe auf dem Ecktischchen neben dem Kamin erhellte nur eine Ecke des Zimmers und ließ Henri und Helene, die zu beiden Seiten des schmalen Bettes saßen, in einem undeutlichen Schatten.

Das Kind trennte sie nicht, brachte sie vielmehr mit seiner Unschuld an diesem ersten Liebesabend einander näher. Sie atmeten tiefen Frieden nach den langen Tagen der Angst, die sie durchlebt hatten. Endlich fanden sie sich Seite an Seite mit weit offenen Herzen. Sie fühlten, dass sie sich nach den gemeinsam bestandenen Schrecken und Freuden nur noch stärker liebten.

Das Krankenzimmer wurde zum Mitschuldigen; es war so heimelig, so erfüllt mit jenem Frommsein, das als bewegtes Schweigen um ein Krankenbett lagert. Zuweilen stand Helene auf und ging auf den Fußspitzen, einen Trank zu holen, die Lampe heraufzuschrauben oder Rosalie eine Anweisung zu geben. Dann winkte ihr der Doktor, leise aufzutreten. Wenn Helene ihren Platz wieder einnahm, tauschten sie ein vertrautes Lächeln. Es fiel kein Wort. Jeanne allein nahm ihr Denken und Sinnen in Anspruch, Jeanne gehörte ihnen beiden wie ihre Liebe. Zuweilen aber, wenn sie sich um die kleine Kranke zu tun machten, etwa das Deckbett in die Höhe zogen oder ihr den Kopf höher rückten, fanden sich ihre Hände. Es war die einzige Zärtlichkeit, unabsichtlich und verstohlen, die sie einander vergönnten.

»Ich schlafe nicht, ich weiß ja, dass ihr da seid,« flüsterte Jeanne.

Dann freuten sich beide, das Kind sprechen zu hören. Wunschlos trennten sich ihre Hände, das Kind gab ihnen Ruhe und Frieden.

»Bist du munter, mein Liebes?« fragte Helene, wenn sie nur sah, dass die Kranke sich bewegte.

Jeanne antwortete nicht sogleich. Sie sprach wie im Traume.

»Oh! Ja, ich fühle mich gar nicht mehr schlecht ... Ich höre euch, und das freut mich.«

Dann schloss sie wieder die Augen und lächelte glücklich.

Als sich am andern Morgen der Priester und Herr Rambaud einfanden, ließ sich Helene die Ungeduld anmerken. Die Besucher störten sie in ihrem glücklichen Winkel. Und als sie teilnehmend fragten und man den Gesichtern die Angst vor schlimmen Nachrichten ansah, war sie so grausam, zu sagen, dass es Jeanne noch immer nicht besser ginge. So unüberlegt hatte sie allein aus der Selbstsucht heraus geantwortet, die Freude über die Rettung des Kindes für sich und Henri allein zu behalten. Warum wollte man ihr Glück teilen? Es gehörte ihnen beiden – unteilbar. Nein, kein Fremder sollte zwischen ihre Liebe treten.

Der Priester war ans Bett getreten.

»Jeanne! Deine guten Freunde sind da ... Du erkennst uns wohl nicht!«

Das Kind schüttelte ernst den Kopf. Jeanne wollte nicht plaudern, wechselte nur nachdenklich einen Blick des Einverständnisses mit ihrer Mutter. Die beiden Getreuen gingen wieder, und noch größer war ihr Schmerz.

Nach drei Tagen erlaubte Henri der Kranken das erste Ei. Es war ein großes Ereignis. Jeanne wollte die Kostbarkeit durchaus allein mit Mutter und Doktor bei verschlossenen Türen verspeisen. Da Herr Rambaud gerade zugegen war, flüsterte ihr die Mutter, die schon eine Serviette über die Bettdecke gebreitet hatte, ins Ohr:

»Warte, bis er fort ist.«

Als sich Rambaud bald darauf verabschiedete, rief Jeanne:

»Schnell, schnell ... das ist viel schöner, wenn nicht so viele Leute da sind.«

Helene hatte das Kind aufgesetzt, und Henri schob ihr zwei Kissen in den Rücken. So wartete Jeanne mit glückstrahlenden Augen, den Teller auf den Knien, auf ihre Mahlzeit.

»Soll ich dir das Ei aufschlagen?«

»Ja, so ist es recht, Mama.«

»Und ich will dir auch drei recht feine Schnittchen fertigmachen,« sagte der Doktor.

»0 nein ... ich will vier Schnittchen essen. Da staunst du, gelt?«

Jeanne hatte den Doktor zum ersten Male geduzt. Als er ihr das erste Schnittchen gab, haschte sie nach seiner Hand und küsste sie mit leidenschaftlicher Zuneigung.

»Nun sei recht lieb,« sprach ihr Helene zu und konnte kaum die Tränen zurückhalten. »Iss nun schön dein Ei, mein Kind! Du machst uns eine große Freude.«

Jeanne aber war noch so schwach, dass sie schon beim zweiten Schnittchen wieder Müdigkeit fühlte. Sie lächelte tapfer bei jedem Bissen und sagte, sie habe zu weiche Zähne. Henri sprach ihr Mut zu, und Helene kamen die Freudentränen. Dem Himmel Dank! Sie sah das Kind essen! Dieser Anblick rührte sie tief. Plötzlich kam ihr der Gedanke, dass ihre kleine Jeanne starr und tot unter einem Grabtuch läge ... und nun aß das Kind! Es aß so lieb und zierlich mit langsamen Gesten, ein wenig zögernd, – endlich eine Genesende!

»Du bist doch nicht böse, Mama? Ich tue, was ich kann. Ich bin schon beim dritten Schnittchen. Bist du nun zufrieden?«

»Ja, ganz zufrieden, mein Liebling. Ich freue mich ja so schrecklich!«

Und in dem Übermaß des Glückes, das ihr das Herz sprengen wollte, vergaß sie sich und lehnte sich an Henris Schulter. So lächelten beide dem Kinde zu. Dann aber schien Jeanne unwillig zu werden. Sie schaute die beiden verstohlen an und senkte den Kopf, während Schatten von

Zorn und Misstrauen sich auf das schmale Gesichtchen legten. Sie aß nicht mehr.

## 11

Die Genesung zog sich durch Monate hin. Noch im August hütete Jeanne das Bett. Gegen Abend durfte sie ein oder zwei Stunden aufstehen. Nur mühsam konnte sie sich bis ans Fenster schleppen, wo sie in einem Lehnstuhl ruhte, das Gesicht der untergehenden Sonne zugekehrt, deren Strahlen Paris in Flammen setzten. Die schwachen Beine verweigerten den Dienst. Man müsse eben warten, bis sie recht viel Suppe äße, scherzte sie wohl mit mattem Lächeln. Man schnitt ihr rohes Fleisch in die Kraftbrühe. Sie aß es tapfer, weil sie gar zu gern in den Garten zum Spielen gegangen wäre.

So verstrichen Wochen und Monate in Eintönigkeit, ohne dass Helene die Tage zählte. Sie ging nicht mehr aus und vergaß über Jeanne Welt und Leben. Keine Nachricht drang von draußen bis zu ihr. Das Kind war gerettet, aber die Unruhe wollte sie nicht loslassen, öfter und öfter sah Helene jenen Schatten wiederkehren, der Jeannes Gesicht misstrauisch und böse verfinsterte. Warum solcher Wechsel inmitten der Freude? Litt das Kind neue Schmerzen?

»Was du nur hast, mein Liebling! Eben noch lachtest du, und jetzt bist du traurig. Hast du Schmerzen?«

Jeanne wandte heftig den Kopf und vergrub das Gesicht in den Kissen.

»Mir ist nichts. Ich bitte dich, lass mich,« sagte sie unwillig.

Auch der Arzt wusste sich keinen Rat. Stets, wenn er da war, wiederholten sich die Anfälle, und er schob es auf die Nervosität der Kranken. Man dürfe ihr vor allem nicht widersprechen.

Eines Nachmittags schlief Jeanne. Henri, der die Patientin recht munter und wohlauf gefunden hatte, war noch eine Weile geblieben und plauderte mit Helene, die wieder mit der gewohnten Näharbeit am Fenster saß. Seit jener schrecklichen Nacht, in der ihm die Geliebte aus der Fülle ihres Herzens die Leidenschaft bekannt hatte, ließen sie sich an jenem süßen Wissen genügen, dass sie einander in Liebe zugetan waren, unbekümmert um das Morgen, unbesorgt um die Welt.

Neben Jeannes Krankenbett, in diesem noch vom Todeskampfe erschütterten Gemache, schützte sie eine herbe Keuschheit vor dem plötzlichen Überfall ihrer Sinne. Das Atmen des unschuldigen Kindes hielt Helene im seelischen Gleichgewicht, doch je mehr die Kranke gesundete, desto stärker wuchs auch ihre Liebe. An diesem Tage waren sie sehr zärtlich zueinander.

»Ich versichere Sie, dass es nun schnell bergauf gehen wird,« sagte der Doktor. »Keine vierzehn Tage mehr, und unsere Jeanne wird im Garten spielen können ...«

Während Helene eilig die Nadel führte, flüsterte sie:

»Gestern ist sie noch sehr traurig gewesen. Aber heute Morgen hat sie gelacht und mir versprochen, besonders artig zu sein.«

Ein langes Stillschweigen folgte. Das Kind schlief noch, und sein Schlummer hüllte es in den tiefen Frieden der Genesung. Wenn sie ruhte, fühlten sich beide erleichtert und einander zugehörig.

»Sie haben unsern Garten lange nicht mehr gesehen, er ist jetzt ein Blumenmeer.«

»Die Margeriten blühen schon, nicht wahr?«

»Ja, das Beet ist ganz herrlich. Die Waldreben sind bis in die Ulmen hinaufgerankt, ein richtiges Blätternest ...«

Wieder stand das Schweigen um sie. Helene legte die Näharbeit beiseite und blickte lächelnd auf. Gemeinsam gingen sie in Gedanken in einer tiefen Schattenallee, in die es Rosen regnete.

Henri sog den leichten Verbenenduft ein, der ihrem Hauskleide entströmte. Die Schlafende rührte sich.

»Sie wacht auf,« sagte Helene, den Kopf hebend.

Henri war zur Seite getreten. Jeanne hatte das Kopfkissen zwischen die Arme genommen und ihnen den Kopf zugewandt. Aber die Augen waren geschlossen, und sie schien wieder einzuschlafen. Langsam und regelmäßig gingen die Atemzüge.

»Sind Sie immer so fleißig?« fragte er und trat wieder neben Helene.

»Ich kann nicht müßig sitzen. Die Arbeit lenkt mich nicht ab. Dann denke ich stundenlang über das gleiche nach ...«

Er schwieg und folgte der Nadel, die mit leisem taktmäßigem Geräusch den Kattun durchstach. Es schien ihm, als ob diese Nadel Teilchen um Teilchen ihrer Seelen verknüpfte. Die Geliebte hätte stundenlang nähen können, er wäre geblieben, nur um der Sprache der Nadel zu lauschen ... Oh, diese köstliche Stille, dieses Schweigen, in dem nur ihre Herzen sprachen. Unendliche Süße, die sie mit Liebe und Ewigkeit erfüllte.

»Sie sind gut, o wie gut Sie sind,« flüsterte Henri, die große Freude ließ ihn kein anderes Wort finden.

Wieder hatte Helene den Kopf gehoben und sah Henris Gesicht neben dem ihren.

»Lassen Sie mich arbeiten,« flüsterte sie. »Ich werde ja sonst niemals fertig.«

Plötzliche Unruhe zwang sie, den Kopf zu wenden. Da lag Jeanne. Mit todblassem Gesicht hatte Jeanne die tiefschwarzen Augen glühend auf sie gerichtet. Noch immer hielt sie das Kissen zwischen die mageren Arme gepresst.

»Jeanne! Was hast du? Bist du krank? Brauchst du etwas?«

Das Kind gab keine Antwort, rührte sich nicht und schloss nicht einmal die Lider über die weitgeöffneten Augen, aus denen Flammen sprühten. Wieder hatte sich der Schatten auf ihre Stirn gesenkt, die Wangen entfärbten und höhlten sich. Schon krümmten sich ihre Handgelenke, ein neuer Anfall stand bevor. Helene stand rasch auf und bat sie, zu sprechen, aber in starrem Eigensinn warf sie der Mutter nur finstere Blicke zu. Helene errötete und stammelte:

»Doktor, sehen Sie doch! ...«

Der Arzt näherte sich dem Bett und wollte die kleinen Hände fassen, die noch immer das Kopfkissen umkrampft hielten. Bei der ersten Berührung drehte sich Jeanne mit heftigem Ruck zur Wand.

»Lasst mich, ihr! ... Ihr tut mir weh.«

Sie hatte sich unter die Decke vergraben. Vergeblich versuchte man, sie zu beruhigen. Da endlich hob sich die Kleine in den Kissen und rief mit gefalteten Händen flehend:

»Ich bitte euch, lasst mich ... Ihr tut mir weh. Lasst mich!«

Helene nahm betroffen ihren Fensterplatz wieder ein, aber Henri setzte sich nicht wieder neben sie. Endlich hatten sie begriffen: Jeanne war eifersüchtig. Der Doktor ging schweigend auf und nieder und zog sich dann zurück, als er die angstvollen Blicke sah, welche die Mutter auf das Bett warf.

Von diesem Tage an wurde Jeannes Eifersucht schon um ein Wort, um einen Blick wach. Solange sie noch in Gefahr war, hatte ihr das Gefühl gesagt, der beiden Liebe anzunehmen, die so zärtlich um sie besorgt waren und denen sie ihre Rettung zu danken hatte. Jetzt, da sie genas, wollte sie die Liebe der Mutter allein besitzen. Unwillen gegen den Doktor stieg in ihr auf, wuchs und wuchs und wandelte sich in Hass, je kräftiger sie sich fühlte. Der würdige Herr Rambaud war nun wieder der einzige, dem sie vertraute.

Jeanne überhäufte ihn mit übertriebenen Zärtlichkeiten, solange der Doktor im Zimmer war, und ihrer Mutter sandte sie flammende Blicke, nur um zu sehen, ob sie unter der Zuneigung, die sie für einen andern hegte, auch Schmerzen litte.

»Ach! du bist's, lieber Freund,« rief sie, wenn Rambaud eintrat. »Komm, setz dich hier ganz dicht neben mich ... Hast du mir Apfelsinen mitgebracht?«

Jeanne richtete sich auf und durchsuchte lachend seine Taschen, in denen er immer Süßigkeiten stecken hatte. Dann schlang sie die Arme um ihn, und Herr Rambaud strahlte vor Glück, weil ihm sein Liebling nun wieder gut war. Jeanne ließ sich in ihren Launen jetzt immer mehr gehen, nahm die Arznei oder verweigerte sie auch, je nachdem sie dazu Lust hatte. Allein Herr Rambaud konnte mit ihr fertig werden. Helene ging ihm im Vorzimmer entgegen und orientierte ihn rasch. Da schien er plötzlich die Arzneiflasche zu bemerken.

»Ei, sieh da! Du trinkst also Grog?«

Jeanne schmollte.

»Nein, nein! Das ist schlechtes Zeug! Das stinkt ja...«

»Nanu! Das willst du nicht trinken?« fragte Herr Rambaud lustig. »Ich wette, dass das sehr gut schmeckt. Du bist doch nicht böse, wenn ich einmal koste?«

Damit schüttete er sich einen großen Löffel voll und schluckte es, feinschmeckerisch schmatzend, hinunter.

»Oh, famos, famos! ... Du hast dich aber gewaltig geirrt. Komm, koste doch auch einmal, nur ein kleines bisschen!«

Jeanne machte es Spaß, wenn der Freund seine Grimassen schnitt. Sie wehrte sich nicht mehr und wollte von allem trinken, was Herr Rambaud gekostet hatte. Aufmerksam folgte sie seiner Hantierung und wollte die Wirkung der Arznei von seinem Gesicht ablesen. So würgte der Brave vier Wochen lang alle nur mögliche Medizin hinunter. Wenn ihm Helene danken wollte, zuckte er die Achseln...

Trotz ausdrücklicher Bitte Helenes stellte sich eines Abends der Doktor ein. Seit acht Tagen hatten sie, von der Kranken stets eifersüchtig überwacht, kein Wort mehr wechseln können.

Helene weigerte sich, Henri einzulassen. Er aber drängte sie sanft ins Krankenzimmer, wo beide sicher zu sein glaubten. Jeanne schlief fest. Sie setzten sich an ihren großen Fensterplatz, fern von der Lampe in den tiefen Schatten.

So plauderten sie zwei Stunden, ihre Gesichter nähernd, um so leise zu sprechen, dass das große im Schlafe ruhende Zimmer nicht aus seiner Stille geweckt wurde. Zuweilen wandten sie den Kopf, das feine Gesicht der Kranken betrachtend, deren kleine Hände auf der Bettdecke gefaltet lagen. Schließlich vergaßen sie das Kind, und ihre Unterhaltung wurde lauter.

Plötzlich erwachte Helene und machte ihre Hände frei, die unter Henris Küssen brannten ...

»Mama, Mama!« lallte Jeanne, wie von einem Alpdruck beschwert, unruhig bemüht, sich aufzurichten.

»Verstecken Sie sich, bitte verstecken Sie sich um Himmelswillen! Sie töten sie, wenn Sie hier bleiben,« flehte Helene voll Herzensangst.

Henri trat hinter den blauen Samtvorhang in die Fensternische.

Das Kind jammerte:

»Mama, Mama, o wie muss ich leiden!«

»Ich bin ja bei dir, mein Liebling. Wo hast du Schmerzen?«

»Ich weiß nicht ... da tut's weh, siehst du, da brennt's.«

Die Kleine hatte mit verkrampftem Gesicht die Augen groß aufgeschlagen und stemmte die Fäuste gegen die Brust.

»Hier hat's mich irgendwo plötzlich gepackt ... habe ich denn geschlafen? Oh! Ich habe es gefühlt, es war ein heftiges Feuer.«

»Aber das ist nun vorbei. Und jetzt? Fühlst du jetzt nichts mehr?«

»O ja, o ja, noch immer brennt's,« wimmerte die Kleine.

Unruhig ließ sie die Blicke durchs Zimmer wandern. Jetzt schien sie völlig wach, der böse Schatten senkte sich und machte ihre Wangen bleich.

»Du bist allein, Mama?«

»Aber ja doch, mein Liebling!«

Jeanne schüttelte suchend den Kopf und zeigte wachsende Erregung.

»Nein, nein, ich weiß es recht gut ... es ist jemand da ... ich fürchte mich so, Mama, ich fürchte mich! Du bist nicht allein...«

Eine nervöse Krise kündigte sich an. Schluchzend sank das Kind zurück und versteckte sich unter der Decke, als wolle es einer Gefahr entgehen.

Helene wies gänzlich von Sinnen Henri sofort aus dem Zimmer. Er wollte bleiben, als Arzt. Sie drängte ihn hinaus. Dann nahm sie Jeanne wieder in die Arme, die in großen Schmerzen laut jammerte.

»Du liebst mich nicht mehr! Du liebst mich nicht mehr!«

»Schweig doch, mein Engel, wie kannst du nur so reden! Ich hab dich mehr lieb als alles in der Welt. Du wirst schon sehen, ob ich dich liebe!«

Helene blieb bis zum Morgen am Krankenbett, entschlossen, für ihr Kind das Herzblut zu opfern, im Innersten erschrocken, dass ihre eigene Liebe in diesem teuren Wesen so schmerzvollen Widerhall fand. Durchlebte hier nicht die Tochter der Mutter eigene Liebe?

Am nächsten Morgen wünschte sie eine Beratung der Ärzte. Doktor Bodin war zufällig gekommen und hatte die Kranke untersucht. Dann hatte er eine lange Unterredung mit Doktor Deberle, der sich im Nebenzimmer aufhielt. Beide Ärzte waren der Ansicht, dass bei dem gegenwärtigen Zustand keine ernstliche Gefahr vorläge, befürchteten aber Komplikationen. Es handelte sich hier offenbar um Symptome, die in der Familie erblich sind und die die Wissenschaft vor manches Rätsel stellen. Helene musste ihnen noch einmal berichten: ihre Großmutter sei im Irrenhause von Tulettes, wenige Kilometer von Plassans – ihre Mütter plötzlich an einer akuten Lungenerkrankung nach einem an nervösen Anfällen überreichen Leben gestorben. Sie, Helene, gliche dem Vater in Temperament und Statur. Jeanne dagegen sei ganz das Ebenbild der Großmutter, nur schwächlicher. Die beiden Ärzte empfahlen nochmals größte Schonung für die Kranke. Man könne bei diesen Zuständen von Bleichsucht und Blutarmut, die der Nährboden so vieler grausamer Erkrankungen sind, nicht genug Vorsicht üben.

Henri hatte dem alten Doktor Bodin mit einer Unterwürfigkeit zugehört, die ihm sonst im Umgang mit Kollegen nicht eigen war. Er zog jenen mit der Miene eines Schülers, der an sich selbst zweifelt, zu Rate. Die Wahrheit war, dass er vor diesem Kinde Furcht empfand. Jeanne entschlüpfte seiner Wissenschaft. Er fürchtete sie zu töten und so auch die Mutter zu verlieren. Eine Woche verstrich. Helene hatte Deberle nicht mehr im Krankenzimmer geduldet. Da stellte er, ins Mark getroffen, seine Besuche ein...

Ende August konnte Jeanne aufstehen und im Zimmer umhergehen. Seit vierzehn Tagen hatte sie keinen Anfall mehr gehabt und lachte in leiser Fröhlichkeit. Die Mutter war ja bei ihr geblieben und hatte die Genesung beschleunigt. Noch immer blieb das Kind misstrauisch, verlangte vorm Einschlafen die Hand der Mutter und hielt sie noch im Schlafe fest. Als sie später sah, dass niemand mehr hereinkam und die Mutter allein an ihrem Bett saß, kehrte ihr Vertrauen zurück. Sie war es zufrieden, dass das trauliche Leben von einst, als sie noch beisammen am Fenster saßen, nun wiedergekehrt war. Von Tag zu Tag röteten sich ihre Wangen, und Rosalie meinte, dass sie zusehends aufblühe.

## 12

In diesem August war der Garten des Doktors Deberle ein grünes Blättermeer. Am Zaungitter verschlangen Holunder und Eiben ihre Zweige. Efeu, Geißblatt und Waldreben ließen nach allen Seiten ihre langen Triebe klettern. Der Garten war so winzig, dass ihn das kleinste Schattenfeld verdeckte. Nur in die Mitte des Rondells, zwischen den beiden Blumenrabatten, warf die Mittagssonne einen einzigen gelben Kringel. Zur Treppe hin glühte ein mächtiger Rosenstrauch neben herrlichen Teerosen, die zu Hunderten in Blüte standen. Wenn des Abends die Hitze niedersank, verströmten sie einen durchdringenden Wohlgeruch, und heißer Rosenduft waberte zwischen den Blumen. Wahrhaftig, ein balsamischer einsamer Erdenwinkel.

»Madame,« sagte Rosalie jeden Tag, »darf denn unser Fräulein nicht einmal in den Garten hinunter?«

Wenn Rosalie einen guten Gedanken zu haben glaubte, konnte sie sehr hartnäckig sein. Madame glaube zu Unrecht, dass Schatten schädlich sei. Madame habe bloß Angst, Leute zu belästigen. Aber auch das gelte nicht, denn niemals sei jemand im Garten; der Herr ließe sich nicht mehr sehen und die gnädige Frau wolle bis Mitte September im Seebad bleiben. Die Pförtnerin hätte Zephyrin gebeten, den Garten zu harken. Sie, Rosalie und Zephyrin, seien am letzten Sonntagnachmittag einmal hineingegangen. Oh, wundervoll, unglaublich wundervoll! Helene wollte sich nicht erweichen lassen. Jeanne selbst schien große Lust zu haben, in den Garten zu gehen, von dem sie während der Krankheit so oft gesprochen hatte. Aber eine seltsame Verlegenheit schien ihr eine Bitte bei der Mutter unmöglich zu machen. Am nächsten Sonntag kam das Hausmädchen atemlos ins Zimmer gelaufen:

»Es ist niemand unten, Madame, glauben Sie mir! Bloß ich und Zephyrin mit der Harke... Lassen Sie die Kleine mitkommen, kommen Sie selbst ein bisschen, bloß um mal zu sehen...«

Endlich ließ sich Helene überzeugen und gab nach. Sie wickelte Jeanne in einen Schal und sagte Rosalie, sie solle eine große Decke mitnehmen. In stummem Entzücken wollte das Kind unternehmungslustig ohne Hilfe die Treppe hinunter. Hinter ihr breitete die Mutter die Arme aus, bereit, sie zu stützen. Als sie unten ankamen, stießen sie einen Jubelschrei aus. Sie kannten den Garten nicht wieder. Statt des sauberen bürgerlichen Winkels, den sie im Frühling gesehen hatten, umfing sie jetzt undurchdringliches Dickicht. Helene breitete die Decke am Rande eines Kiesweges aus, wohin das Sonnenlicht seine Kringel warf, und hieß Jeanne sich niedersetzen. Sie legte ihr den Schal um die Schultern und ließ sie sich ausstrecken. So hatte das Kind den Kopf im Schatten und die Füße in der Sonne.

»Fühlst du dich wohl, mein Liebling?«

»O ja, Mama. Du siehst ja, mir ist nicht kalt... Wie leicht man hier atmet! Wie wohl das tut!«

Helene lugte unruhig nach den geschlossenen Läden des Doktorhauses und sagte, sie wolle einen Augenblick wieder hinaufgehen. Sie wies Rosalie an, auf den Stand der Sonne achtzugeben und Jeanne höchstens eine halbe Stunde unten zu behalten und sie nicht aus den Augen zu lassen.

»Keine Angst, Mama!« rief die Kleine lachend. »Hier fahren ja schließlich keine Kutschen.«

Heute war das Wetter noch wärmer. Ein Hagel goldener Sonnenpfeile schüttete sich durch die Blätter. Jeanne ging auf den Arm der Mutter gestützt einige Minuten auf und ab. Ermattet kam sie zu ihrer Decke zurück und machte auch Helene ein wenig Platz. Beide lachten belustigt, wie sie so nebeneinander einträchtig auf der Erde saßen. Zephyrin hatte die Harke beiseite gestellt und half nun seiner Rosalie beim Pflücken von Petersilie, die in dicken Büscheln längs der Mauer wuchs.

Plötzlich gab es gewaltiges Lärmen und Rennen im Hause drüben. Als Helene sich schon zur Flucht wenden wollte, erschien auf der Treppe Frau Deberle. Sie war noch im Reisekleid, schwatzte unaufhörlich und tat außerordentlich geschäftig. Als sie Frau Grandjean mit ihrem Töchterchen auf dem Rasen sitzen sah, lief sie eilig die Stufen hinunter und überschüttete sie mit einem Schwall von Worten und Zärtlichkeit.

»Ah, Sie sind's, meine Teure!... Ich bin glücklich, Sie zu begrüßen... Gib mir ein Küsschen, Jeanne! Du bist also recht krank gewesen, mein armes Kätzchen? Aber jetzt geht's doch schon besser? Du hast ja ganz rosige Bäckchen ... Wie oft habe ich an Sie gedacht, teure Freundin. Ich hatte Ihnen geschrieben. Sie haben doch meine Briefe erhalten? Schreckliche Stunden haben Sie durchleben müssen! Nun ist es ja glücklich überstanden... Sie erlauben doch, dass ich Ihnen einen Kuss gebe?«

Helene hatte sich erhoben. Sie musste zwei Küsse hinnehmen und erwidern. Sie stammelte verlegen:

»Sie sind doch nicht etwa böse, dass wir in Ihren Garten eingedrungen sind?«

»Was Sie nur von mir denken,« sagte Juliette temperamentvoll. »Sind Sie denn hier nicht zu Hause?«

Endlich ließ sie ihre Gäste allein, wandte sich wieder zur Treppe und rief durch die weitgeöffneten Türen:

»Pierre! Vergessen Sie nichts! Es sind siebzehn Koffer!«

Sogleich kam Frau Deberle zurück und fing an, des langen und breiten von ihrer Reise zu erzählen.

»Oh! eine wunderbare Saison! Wir waren in Trouville, Sie wissen doch. Am Strand eine Menschenmenge, zum Erdrücken!... Papa ist mit Pauline vierzehn Tage dort gewesen... Man freut sich immerhin, wieder zu Hause zu sein ... Ach, das habe ich Ihnen noch gar nicht gesagt. Aber nein, das muss ich Ihnen später unbedingt erzählen...«

Dann küsste sie Jeanne noch einmal und fragte Helene mit ernsthafter Miene:

»Bin ich sehr braun geworden?«

»Nein, man merkt nichts davon,« musterte Helene Frau Deberle.

Juliette mit ihrem hübschen liebenswürdigen Gesichtchen, den hellen Augen und festen Händen, schien nicht älter geworden. Die Seeluft hatte das unbedeutende Gesicht der Doktorsfrau wirklich nicht angegriffen. Sie schien von einem Spaziergange in Paris zurückgekehrt, von einer Besorgung heimzukommen...

»Aber so warten Sie doch! Sie haben ja meinen Lucien noch nicht gesehen,« unterbrach sie sich plötzlich... »Der ist ein kräftiger Bursche geworden!«

Der kleine Junge, den die Kammerfrau vom Staub der Reise säuberte, wurde herbeigebracht, und die Mutter drehte ihn bewundernd nach allen:: Seiten.. Lucien, dick und rotwangig, sonnenverbrannt vom Spielen am Strande, in der Seeluft gebräunt, strotzte vor Gesundheit. Als er Jeanne bemerkte, zögerte er. Sie schaute ihn mit brennenden Augen aus dem mageren Gesichtchen an. In der Flut ihrer schwarzen Haare, umrahmt von langen Locken, glich es der weißen Leinwand. Ihre schönen großen Augen blickten traurig, und trotz der starken Hitze überlief sie ein Frösteln, während die schwachen Finger sich ballten und streckten wie vor einem großen Feuer.

»Nun, willst du ihr keinen Kuss geben?« ermunterte Juliette.

Lucien schien sich zu fürchten. Endlich spitzte er, den Mund vorsichtig verschiebend, die Lippen, um die Kranke möglichst nicht zu berühren. Geschwind fuhr er zurück. Helene war dem Weinen nahe. Wie dieser Junge gedieh! Wie er sich tummelte! Und ihre Jeanne war so schwach, dass sie kaum den kleinen Weg um das Rasenbeet machen konnte. Es gab doch wirklich noch glückliche Mütter! Juliette fühlte plötzlich ihre Taktlosigkeit und schalt auf Lucien ein. »Ei, was bist du für ein grober Klotz! Nimmt man so junge Damen in den Arm...? Sie glauben gar nicht, meine Teure, der Junge ist in Trouville gänzlich verwildert!«

Frau Deberle hatte sich in Zorn geredet. Zum Glück erschien ihr Gatte. So konnte sie von der misslichen Situation endlich ablenken:

»Ach, da kommt ja Henri!«

Der Doktor hatte seine Frau erst am Abend zurückerwartet, doch sie hatte einen früheren Zug benutzt. Und nun gab es lange Auseinandersetzungen über das Warum und Weshalb, ohne dass es zu einer endgültigen Klarstellung kam. Der Doktor hörte ihr lächelnd zu.

»Na, nun seid ihr ja endlich glücklich da,« meinte er trocken.

Er hatte Helene nur mit stummer Verbeugung begrüßt, dann fiel sein Blick für einen Augenblick auf Jeanne, und er sah verlegen zur Seite. Die Kleine hatte diesen Blick fest ausgehalten, fasste das Kleid der Mutter und zog sie an sich.

»Sieh da, dieser Schlingel,« rief der Doktor, »geht auf wie ein Hefekloß.« Damit hatte er Lucien auf den Arm genommen und ihn auf die Backen geküsst.

»Nun! Und ich? Mich vergisst du wohl ganz?« schmollte Juliette.

Sie bot ihm den Mund, aber ihr Gatte behielt Lucien auf dem Arm und beugte sich nur vor, um seiner Frau einen Kuss zu geben. Alle drei lächelten einander zu. Helene war sehr blass und wollte sich entschuldigen. Jeanne aber weigerte sich, mit hinaufzugehen. Sie hatte ihre dunklen Blicke noch immer auf das Ehepaar Deberle gerichtet, dann wandte sie sich langsam der Mutter zu. Als nun Juliette ihres Gatten Kuss empfangen hatte, war in die Augen des Kindes eine Flamme geschossen.

»Das Kerlchen ist mir zu schwer,« sagte der Doktor und stellte Lucien wieder auf die Füße. »Also die Saison ist gut gewesen? Ich habe gestern Malignon getroffen. Er hat mir erzählt, wie es euch ergangen ist... Du hast ihn also früher abreisen lassen?«

»Ach, er ist unausstehlich,« erwiderte Juliette verlegen. »Er hat uns die ganze Zeit bloß Verdruss gemacht.«

»Dein Vater hoffte doch für Pauline... Hat er sich nicht erklärt?« »Wer? Er? Malignon?« rief sie erstaunt und tat beleidigt. Dann machte sie eine wegwerfende Handbewegung: »Ach, lass doch, er ist und bleibt ein dummer Junge!... Wie glücklich bin ich, wieder zu Hause zu sein!«

Dann wandte sich Juliette verabschiedend an Helene:

»Ich hoffe, wir werden uns noch recht oft wiedersehen ... wenn es Jeanne hier gefällt, soll sie nur jeden Nachmittag herunterkommen.«

Helene hatte schon nach einer guten Ausrede gesucht und entschuldigte sich damit, man dürfe das Kind noch nicht allzu sehr anstrengen. Jeanne fiel ihr lebhaft ins Wort:

»Nein, nein, die Sonne scheint hier gar zu schön... Mama und ich werden gern kommen, liebe Frau Doktor... Sie werden mir doch ein Plätzchen aufheben?«

Der Doktor suchte sich hinter seiner Frau zu verstecken, während das Kind ihm zulächelte.

»Herr Doktor! Sagen Sie es doch der Mama, dass mir die Luft nicht schädlich ist.«

Deberle stieg ein leichtes Rot in die Wangen. Er freute sich sichtlich, von diesem Kinde so freundschaftlich angesprochen zu werden.

»Ganz gewiss! Die frische Luft wird der Genesung unserer kleinen Jeanne nur zuträglich sein, gnädige Frau.«

»Du siehst also, Mütterchen, wir werden schon kommen müssen,« schmeichelte sie mit tränenerstickter Stimme.

Jetzt zeigte sich Pierre auf der Treppe. Er hatte die siebzehn Koffer der Gnädigen verstaut. Juliette, gefolgt von ihrem Gatten und Lucien, eilte davon. Sie müssten sich jetzt schleunigst vom Reisestaub säubern und ein Bad nehmen. Als Helene endlich allein war, kniete sie sich zu dem

Kinde auf die Decke, tat, als wolle sie ihr den Schal fester knüpfen, und fragte leise:

»Du bist also nicht mehr auf den Doktor böse?«

Das Kind schüttelte den Kopf.

Helene schien mit ungeschickten Händen den Schal nicht knüpfen zu können. Da flüsterte Jeanne:

»Warum liebt er denn andere? ... Ich will das nicht...«

Ihr Blick wurde hart und finster, während die kleinen Hände die Mutter streichelten. Helene fürchtete sich vor den Worten, die ihr jetzt auf die Lippen kommen könnten.

Seitdem bestand Jeanne hartnäckig darauf, in den Garten zu gehen, wenn sie Frau Deberle unten hörte.

Begierig lauschte sie dem Schwatzen Rosalies über das Doktorhaus, alles im Privatleben dort drüben wurde ihr interessant. Oft schlüpfte sie aus dem Zimmer und spionierte sogar aus dem Küchenfenster. Von ihrem Lehnstühlchen aus schien Jeanne die ganze Familie Deberle zu überwachen. Gegen Lucien war sie zurückhaltend und über seine Spiele und Fragen ungeduldig, wenn der Doktor dabei war. Für Helene waren diese Nachmittage unerträglich. Wenn Henri auf das Haar seiner Frau einen Kuss drückte, gab es ihr stets einen Stich ins Herz.

Wenn sie in solchen Augenblicken der Verlegenheit sich mit Jeanne zu schaffen machte, fand sie das Kind blasser als zuvor, mit großen, weitoffenen Augen, das Gesicht in verhaltenem Zorn verzerrt.

An solchen Tagen war Helene am Ende ihrer Kraft. Jeanne blieb finster und abgespannt, man musste sie hinauftragen und zu Bett legen. Sie konnte den Doktor nicht mehr neben seiner Frau sehen, ohne jeder seiner Bewegungen mit dem Zorne des verletzten Weibes zu folgen...

»Ich huste morgens. Sie müssen wieder heraufkommen und nach mir sehen, Herr Doktor!«

Eine längere Regenzeit setzte ein, und Jeanne bestand darauf, dass der Doktor endlich mit seinen Besuchen begönne, obwohl es ihr schon weit besser ging. Um das Kind zufriedenzustellen, hatte Helene mehrmals die Einladung der Frau Deberle zum Mittagessen angenommen. Das Kind schien sich zu beruhigen, als es endlich gänzlich gesundet war.

»Bist du jetzt glücklich, meine liebe süße Mama?«

»Ja, mein Liebling, ich bin sehr, sehr glücklich.«

Jeanne strahlte vor Seligkeit.

## 13

Die Nacht kam. Vom fahlen Himmel, an dem die ersten Sterne funkelten, schien eine feine Asche über die Stadt Paris zu regnen und sie langsam zu begraben.

Am Horizont stieg eine pechschwarze Wolkenwand auf, verzehrte das letzte Tageslicht und löschte die säumigen Lichter, die sich gen Westen verloren. Wo Passy liegen musste, konnte man noch wenige Dächer erkennen. Dann hatte die Wolkenwand alles verschlungen und in tiefe Finsternis getaucht.

»Ein schwüler Abend,« sagte Helene leise. Erschlafft vom warmen Brodem, der Paris entstieg, saß sie am Fenster.

»Die Nacht der armen Leute,« sagte der Priester. »Wir werden einen milden Herbst haben.«

An diesem Dienstag war Jeanne über ihrem Nachtisch eingeschlummert, und Helene hatte sie zu Bett gebracht.

Das Kind schlief bereits, während Herr Rambaud sich noch mühte, ein Spielzeug wieder zurecht zu basteln. Es war eine mechanische Puppe, die sprechen und sogar laufen konnte. Es war sein eigenes Geschenk an Jeanne. Helene hatte in der Hitze des September die Fenster weit geöffnet, und die ungeheure schwarze Fläche, die sich draußen breitete, schaffte ihr Erleichterung. Sie hatte einen Stuhl ans Fenster geschoben, um mit ihren Gedanken allein zu sein. Nun war sie erstaunt, den Priester sprechen zu hören.

»Haben Sie die Kleine gut zugedeckt? In dieser Höhe ist die Luft schon recht frisch.«

Helene fühlte das Bedürfnis zu schweigen und antwortete nicht. Sie genoss den Reiz des schwindenden Lichtes, dieses letzte Hinsterben aller Gegenstände, das Abebben und Verklingen aller Geräusche.

»Welch schöner Sternenhimmel,« flüsterte der Priester. »Dort oben funkeln sie zu Tausenden.«

Er hatte einen Stuhl herangeschoben und sich neben sein Beichtkind gesetzt. Da hob auch sie die Augen. Die Sternbilder schlugen ihre goldenen Nägel in den Samt des Himmels. Über den Rand des Horizontes leuchtete ein Planet gleich einem Karfunkelstein, während eine Staubwolke fast unsichtbarer Sterne das Gewölbe mit Funkensand überstreute. Das Sternbild des Wagens drehte langsam seine Achse.

Jetzt sagte Helene: »Sehen Sie den kleinen blauen Stern dort? Ich finde ihn alle Abende wieder... In jeder Nacht zieht er seine Bahn und verschwindet.«

Die Anwesenheit des Priesters störte Helene nicht, denn von ihm ging Ruhe aus. Sie tauschten manches gute Wort, dann wieder schwiegen sie lange. Helene fragte nach den Namen einzelner Sterne, schon immer hatte sie der Anblick des nächtlichen Himmels beunruhigt. Er aber zögerte mit der Antwort, er kannte die Sterne nicht.

»Sehen Sie jenen schönen Stern dort, der so hell glänzt?«

»Links, nicht wahr, dort neben dem kleineren, der so grünlich schimmert... Ach, es sind zu viele – ich habe die Namen vergessen.«

Wieder schwiegen sie, die Augen emporgerichtet, von ehrfürchtigem Schauer vor diesem ständig wachsenden Gewimmel von Sternen erfasst. Tausende und Abertausende schienen ohne Unterlass aus der unendlichen Tiefe des Himmels aufzutauchen. Schon breitete die Milchstraße ihre Atome, so zahlreich und fern, dass sie am Gewölbe des Himmels nur einem Bande aus Licht glichen.

»Ich habe Angst,« sagte Helene leise.

Sie senkte den Kopf und schaute in die gähnende Leere zurück, in der irgendwo Paris liegen musste. Noch immer war dort kein Licht sichtbar, noch immer herrschte tiefes Dunkel.

»Sie weinen?« fragte der Priester, als er neben sich ein Schluchzen hörte.

»Ja,« sagte Helene schlicht.

Sie konnten einander nicht sehen. So weinte sie lautlos mit einem Flüstern ihres ganzen Seins. Hinter ihnen schlief Jeanne ihren unschuldigen Kinderschlaf, während Herr Rambaud seinen grauen Kopf noch immer über die Puppe gebeugt hielt, deren Glieder er abgenommen hatte.

»Warum weinen Sie, meine Tochter?« fragte der Abbé wieder. »Kann ich Ihnen nicht irgendwie helfen?«

Helene war außerstande zu antworten. Schon einmal hatte sie an der gleichen Stelle ein Tränenkrampf geschüttelt. Damals hatte sie sich ausweinen können. Aber jetzt, seit das Kind gerettet war, hatte sie keinen Kummer. Wieder umfing sie das eintönige und doch so willkommene Gleichmaß ihres Alltags. Nun plötzlich hatte sie an ihrem Herzen das stechende Gefühl eines ungeheuren Schmerzes. In ihr war eine uner-gründliche Leere, die sie niemals ausfüllen würde, eine grenzenlose Ver-zweiflung, in die sie mit allem versank, was ihr lieb und teuer war. Und doch hätte sie nicht zu sagen gewusst, welches Unheil ihr drohte. Sie war einfach ohne Hoffnung und weinte... Schon während des Marienmonats waren in der blumendurchdufteten Kirche solche Erregungen über sie gekommen. Der weite Horizont von Paris in seinem Dämmerlichte stimmte sie zu frommer Ehrfurcht. Die Ebene schien sich zu weiten und deckte das trübselige Dasein zweier Millionen schlagender Herzen barmherzig zu. Und wenn dann die Dunkelheit einfiel und die Stadt langsam versank, machte Helene ihrem gepressten Herzen Luft, und ih-re Tränen flossen im Angesicht dieses erhabenen Friedens.

Nach langem Schweigen begann Abbé Jouve von neuem:

»Meine Tochter! Sie müssen sich mir anvertrauen, warum zögern Sie?«

Helene weinte noch immer, aber es war nur noch ein kindliches Wei-nen, müde und kraftlos.

»Die heilige Kirche erschreckt Sie,« sprach die Stimme weiter. »Manchmal habe ich geglaubt, Sie seien für Gott gewonnen, aber nun ist es anders gekommen. Der Himmel hat seine Absichten. Nun, wenn Sie mir als dem Priester misstrauen, wollen Sie dem Freunde noch länger eine Aussprache weigern?«

»Sie haben recht,« stammelte Helene. »Ja, ich bin traurig und habe Sie nötig. Ich muss Ihnen beichten. Als ich noch klein war, ging ich nicht gern in die Kirche. Heute erschüttert mich jeder Gottesdienst. Und sehen Sie was mich soeben zum Weinen brachte... es ist diese Stimme von Pa-ris, die dem Brausen und Tönen einer Orgel gleicht... es ist die Uner-messlichkeit der Nacht, es ist dieser sternenbesäte Himmel... Ach! ich möchte glauben... Helfen Sie mir dazu! Unterweisen Sie mich!«

Der Priester legte seine Hand leicht auf die ihre.

»Sagen Sie mir alles,« antwortete er schlicht. Sie wehrte angsterfüllt ab.

»Sie müssen es mir glauben, ich habe nichts zu beichten, ich verheimli-che nichts... Ich weine ohne Grund, weil mir zum Ersticken heiß ist, weil mir die Tränen von selbst kommen... Sie kennen mein Leben. Ich könnte in dieser Stunde weder eine Schuld noch eine Gewissensqual finden ... Und ich weiß nicht... ich weiß nicht...«

Ihre Stimme erlosch.

»Sie lieben, meine Tochter!« Langsam tropften die Worte in den Raum.

Helene bebte und wagte nicht zu widersprechen. Wieder das Schweigen der Stille. In das Meer von Finsternis, das vor ihnen schlummerte, trat ein Lichtfunke.

Weit draußen irgendwo im Abgrund zu ihren Füßen musste es sein, wenn man auch den genauen Ort nicht bezeichnen konnte. Und dann erschienen neue Funken, mehr und immer mehr. Sie entstanden in der Nacht mit einem jähen Sprung und blieben starr und funkelnd.

Ein neuer Sternenhimmel schien auf der Oberfläche eines düsteren Sees aufzugehen. Noch immer sprach Helene nicht. Sie folgte mit den Blicken diesem Funkenmeer, dessen Lichter irgendwo am Rande des Horizonts im Unendlichen den himmlischen Sternen begegneten.

Mit jener eintönig sanften Stimme, die ihm vom Beichtstuhl her Gewohnheit war, flüsterte der Priester ihr lange ins Ohr. Hatte er ihr nicht eines Abends gesagt, dass sie nicht für die Einsamkeit geschaffen sei? Man stelle sich nicht ungestraft in den Schmollwinkel. Seit sie sich der Welt verschlossen, habe sie gefährlichen Träumereien Tür und Tor geöffnet.

»Ich bin nun sehr alt, meine Tochter. Ich habe oft Frauen gesehen, die mit Tränen zu uns kamen, die glauben und niederknien wollten ... Heute kann mich das kaum noch täuschen. Diese Frauen, die Gott so fieberhaft suchen, sind nur arme, von Leidenschaft verwirrte Herzen. Ein Mann ist's, den sie in unseren Kirchen verehren ...«

In der verzweifelten Anstrengung, ihren Gedanken endlich Klarheit zu schaffen, entschlüpfte ihr das Geständnis:

»Nun denn, ja, ich liebe ... Das ist alles. Weiter weiß ich nichts, weiß ich nichts mehr ...«

Der Priester unterbrach sie nicht. Sie sprach in kurzen abgerissenen Sätzen wie im Fieber. Sie empfand bittere Freude, ihre Liebe, die sie schon seit so langer Zeit zu ersticken drohte, zu beichten, mit dem Greise ihr Geheimnis zu teilen.

»Ich schwöre Ihnen, ich kenne mich selbst nicht mehr ... Alles ist gekommen ohne mein Zutun ... Vielleicht ganz plötzlich ... Warum soll ich Stärke heucheln, wo ich schwach bin? Ich habe nicht zu fliehen gesucht, ich war zu glücklich. Heute kann ich es weniger denn je ... Sehen Sie, mein Töchterchen ist krank gewesen ... Ich war nahe daran, es zu verlieren. Nun! Meine Liebe war so tief wie mein Schmerz ... Nach diesem schrecklichen Tage ist sie allmächtig geworden ... er besitzt mich, und ich fühle mich fortgetragen.«

Zitternd rang Helene um Atem.

»Ich bin am Ende meiner Kraft. Sie hatten recht, mein Freund! Es erleichtert mich, Ihnen das alles anzuvertrauen ... Sagen Sie mir, o sagen Sie mir: Was geht in meinem Herzen vor? Ich war so ruhig, so glücklich. Der Blitz hat in mein Leben geschlagen. Warum musste er gerade mich treffen? Warum nicht eine andere? Ich hatte ja nichts dazu getan ... Ich glaubte mich wohl behütet ... Und wenn Sie wüssten! Ich kenne mich nicht wieder... Helfen Sie mir! Retten Sie mich...«

»Der Name? Nennen Sie mir den Namen!« richtete der Priester mit der Freiheit des Beichtigers die Frage an sie.

Helene zögerte. Ihr Blick streifte Herrn Rambaud, der sich noch immer an der Puppe zu schaffen machte und nun mit vertrauensvollem Lächeln herübersah. Jeanne schlief noch immer.

Da beugte sich Helene zu ihrem Beichtiger und flüsterte ihm einen Namen ins Ohr. Der Priester verharrte unbeweglich. Im Schatten war sein Gesicht nicht zu erkennen. Endlich sagte er:

»Ich wusste es, aber ich wollte das Geständnis aus Ihrem Munde hören. Meine Tochter, Sie müssen sehr viel leiden.«

Helene, in sich zusammengesunken, vom Mitleid des Seelsorgers erschüttert, folgte wieder den Funken, die den dunklen Mantel von Paris mit ihrem Golde betupften. Diese Funken vervielfältigten sich ins Unendliche, vom Trocadero bis zum Herzen der Stadt, dann links am Montmartre hinauf, endlich nach rechts hinter dem Invalidendom und den Seiten des Pantheon.

»Sie erinnern sich unseres Gesprächs,« begann der Abbé bedächtig, »ich habe meine Meinung nicht geändert. Sie müssen wieder heiraten, meine Tochter!«

»Ich?« rief Helene verzweifelt. »Aber ich habe Ihnen doch eben gebeichtet! Sie müssen doch wissen, dass ich nicht kann!«

»Sie müssen heiraten,« wiederholte der Priester mit Nachdruck. »Sie werden einen ehrenhaften Mann heiraten.«

Er schien in seiner alten Soutane zu wachsen. Er hob den mächtigen Kopf mit den halbgeschlossenen Augen, dann wurden seine Blicke so groß und hell, dass man sie durchs Dunkel leuchten sah.

»Sie werden einen ehrenhaften Mann heiraten! Der wird Ihrer Jeanne ein guter Vater sein und Ihnen Ihre Ehrbarkeit zurückgeben!«

»Aber ich liebe ihn nicht... ach Gott! ich liebe ihn doch nicht...«

»Sie werden ihn lieben, meine Tochter. Er liebt Sie und ist ein gütiger Mensch...«

Helene wehrte sich und hatte die Stimme gesenkt, so dass man das leise Hantieren Rambauds im Zimmer hören konnte. Er war so geduldig und stark in seiner Hoffnung, dass er sie seit einem halben Jahre nicht ein einziges Mal mit seiner Liebe behelligt hatte. So wartete er vertrauensvoll in entsagender Ruhe.

Der Priester machte eine Bewegung zum Zimmer hin.

»Wollen Sie, dass ich ihm alles sage? Mein Bruder wird Ihnen die Hand reichen, er wird Sie retten. Und Sie werden ihn mit unermesslicher Freude überschütten.«

Helene hielt ihn zurück, ihr Herz lehnte sich auf. Diese so friedsamen und zartfühlenden Männer mit ihrer eiskalten Vernunft erschreckten sie.

Der Priester machte eine weite umfassende Gebärde.

»Meine Tochter, sehen Sie diese herrliche Nacht, diesen erhabenen Frieden? Warum weigern Sie sich, glücklich zu sein?«

Helene war der Gebärde des Priesters gefolgt, und wieder ruhte ihr Blick auf dem Lichtermeer Paris'. Auch dort kannte sie den Namen der Sterne nicht. Gern hätte sie gefragt, was das für ein lebhaftes Blinken wäre, das sie dort unten zur Linken Abend für Abend sah. Da waren noch mehr Lichter, die sie interessierten, die einen liebte sie, andere wieder ließen sie gleichgültig oder bereiteten ihr Unruhe.

»Mein Vater,« sagte sie und brauchte zum ersten Male diese Anrede der Liebe und Achtung. »Mein Vater, lassen Sie mich weiterleben, – die Schönheit der Nacht ist's, die mich erregt. Sie haben sich getäuscht. Sie würden mir zu dieser Stunde keinen Trost geben können, denn... Sie werden mich nie verstehen.«

Der Priester öffnete die Arme, dann ließ er sie ergeben wieder sinken. Endlich sagte er leise:

»Gewiss, es musste so kommen... Sie rufen um Hilfe und nehmen doch das Heil nicht an. Wie viel verzweifelte Bekenntnisse habe ich gesammelt, und wie viele Tränen habe ich nicht hindern können! ... Hören Sie, meine Tochter, versprechen Sie mir dies eine: Wenn das Leben für Sie jemals zu schwer wird, denken Sie daran, – ein ehrenhafter Mann wartet auf Sie ... Sie brauchen Ihre Hand nur in die seine zu legen und werden Ihre Ruhe wiederfinden.«

»Das will ich Ihnen gern versprechen,« antwortete Helene fest. Und als sie diesen Schwur tat, hörte man ein schwaches Lachen durchs Zimmer. Jeanne war soeben aufgewacht und freute sich über ihre Puppe, die auf dem Tische lief. Herr Rambaud, stolz auf sein Werk, schützte sie mit den hohlen Händen vor einem Unfall. Aber die Puppe blieb standfest. Sie setzte die kleinen Hacken fest auf und plapperte wie ein Papagei bei jedem Schritt, den sie tat, das gleiche.

»Oh! Das ist herrlich!« rief Jeanne noch schlaftrunken. »Was hast du denn mit ihr gemacht? Sie war kaputt, und nun ist sie wieder, lebendig ... Mach doch ein bisschen Platz, lass mich doch sehen! Du bist gar zu lieb, o so lieb ...«

Über dem in Flammen stehenden Paris war eine Lichtwolke aufgestiegen. Es war wie der rote Atem eines Feuerschlotes. Zuerst war es nur eine Blässe im Dunkel, ein kaum merklicher Widerschein. Dann rötete sich die Wolke mehr und mehr, hob sich und schwebte bewegungslos über der großen Stadt. Zusammengeballt aus allen Flammen und allem grollenden Leben, das aus ihr atmete, glich sie jener Blitz- und Feuerwolke, die den Gipfel des Vulkans ständig krönt.

## 14

Man hatte den Nachtisch aufgetragen, und die Damen wischten sich behutsam die Finger. Für einen Augenblick trat an der Tafel Stille ein. Frau Deberle schaute umher, um zu sehen, ob alle fertig wären. Dann erhob sich die Hausfrau, und es gab ein großes Hin- und Herrücken von Stühlen. Ein alter Herr hatte sich als rechter Tischnachbar beeilt, ihr den Arm anzubieten.

»Nein, nein,« wehrte sie höflich ab und geleitete ihn selbst zur Tür. »Wir werden den Kaffee im kleinen Salon nehmen.«

Mehrere Paare folgten ihr. Zuletzt gingen zwei Damen mit ihren Herren in eifriger Unterhaltung, ohne sich der Gesellschaft anzuschließen. Im kleinen Salon war die Etikette gelockert. Der Kaffee stand schon auf dem Tisch und wurde von einem großen lackierten Tablett serviert. Frau Deberle machte mit der Liebenswürdigkeit der Hausherrin die Runde und kümmerte sich persönlich um die verschiedenen Wünsche. In Wirklichkeit war es ihre Schwester Pauline, die es sich lebhaft angelegen sein ließ, die Herren zu bedienen. Es waren an die zwölf Personen zugegen, ungefähr die übliche Zahl, welche die Familie Deberle an jedem Donnerstag bei sich zu Gaste sah. Gegen zehn Uhr kamen noch viele Leute.

Helene hatte den Kaffee zurückgewiesen und sich recht abgespannt abseits in eine Ecke gesetzt. Sie trug ein schwarzes Samtkleid ohne Besatz in strenger Draperie. Man rauchte im Salon. Die Zigarrenkisten standen neben ihr auf einer Konsole. Der Doktor trat heran und bediente sich.

»Ist Jeanne munter?«

»Sehr munter,« antwortete sie. »Wir sind heute im ›Bois‹ gewesen. Sie hat sich gründlich ausgetobt... Und jetzt wird sie wohl schlafen ...«

So plauderten sie mit lächelnder Vertraulichkeit wie Leute, die sich alle Tage sehen. Man hörte die laute Stimme Frau Deberles:

»Ei, Frau Grandjean kann es Ihnen sagen. Nicht wahr? Am zehnten September bin ich von Trouville nach Hause gekommen. Es regnete, und am Strand war es unausstehlich.«

Einige Damen umstanden die Hausherrin, die von ihrem Aufenthalt im Seebad sprach. So musste sich Helene der Gruppe der Plaudernden anschließen.

»Wir waren vier Wochen in Divard,« erzählte Frau de Chermette. »Oh, eine herrliche Gegend und reizende Gesellschaft!«

»Hinter unserer Villa hatten wir einen Garten, und eine Terrasse ging aufs Meer hinaus,« schwatzte Frau Deberle weiter. »Sie wissen doch, ich hatte mich entschlossen, meinen Landauer und den Kutscher mitzunehmen. Das ist für die Spazierfahrten immer so bequem ... Frau Levasseur hat uns besucht.«

»Ja, an einem Sonntag,« bestätigte diese. »Wir waren in Cabourg. Oh! Sie hatten eine herrliche Wohnung, bloß ein bisschen teuer.«

Frau Berthier unterbrach sie und wandte sich an Juliette:

»Ist es wirklich wahr, dass Sie bei Herrn Malignon Schwimmuntericht hatten?«

Helene bemerkte auf Frau Deberles Gesicht ein plötzliches Unbehagen. Sie glaubte schon mehrmals beobachtet zu haben, dass es ihr peinlich war, wenn unvermutet der Name Malignon fiel. Doch schon hatte sich die junge Frau wieder in der Gewalt.«

»Ein prächtiger Schwimmer! Als ob der irgendjemandem Unterricht geben könnte! Übrigens habe ich vor kaltem Wasser schreckliche Angst. Wenn ich bloß jemanden baden sehe, kriege ich schon eine Gänsehaut.«

»Also ist's ein Märchen, das man uns aufgebunden hat?« fragte Frau Guiraud.

»Natürlich. Ich wette, er hat es selbst erfunden. Er verwünscht mich nämlich, seit er mit uns dort unten vier Wochen zusammen gewesen ist.«

Unterdessen war Fräulein Aurélie eingetreten. Sie begann sofort mit einem Lobpreis auf Juliettes Robe aus gepresstem marineblauem Samt, mit schwarzer Seide garniert. Jetzt erst schienen die anwesenden Damen die Robe zu bemerken. Köstlich! Wirklich köstlich! Das Fräulein kam also direkt von Worms, eine Tatsache, die für weitere fünf Minuten Unterhaltungsstoff lieferte. Der Kaffee wurde genommen. Die Gäste hatten die geleerten Tassen aufs Kaffeebrett, auf den Tisch und die Konsolen abgestellt. Warmer Dunst, Kaffeeduft mit den leichten Parfüms der Toiletten vermischt, begann den Salon zu füllen. Frau Deberle hatte ihrem Gatten einen verstohlenen Wink gegeben. Er verstand und öffnete selbst die zum großen Saal führende Tür, und während der Diener das Kaffeebrett davontrug, ging man hinüber. Es war in dem großen Räume fast kühl. Sechs Lampen und ein zehnarmiger Kronleuchter füllten ihn mit grellem weißem Lichte. Einige Damen hatten sich dort schon um den Kamin gruppiert, und ein paar Herren standen zwischen den aufgespreizten Röcken. Durch die offene Tür des Resedasalons hörte man die scharfe Stimme Paulines, die es sich dort mit dem kleinen Tissot gemütlich gemacht hatte.

»Da ich einmal eingegossen habe, müssen Sie auch austrinken. Was soll ich nun damit machen? Pierre hat doch schon das Tablett weggetragen.«

Dann sah man sie ganz in Weiß in einem mit Schwan besetzten Kleide. Mit einem Lächeln, das ihre Zähne zwischen den frischen Lippen zeigte, rief sie:

»Da kommt der schöne Malignon!«

Begrüßung und Händedrücke nahmen kein Ende. Herr Deberle hatte seinen Platz neben der Tür gewählt, und seine Gattin, die unter den Damen auf einem niedrigen Taburett saß, musste sich alle Augenblicke erheben. Als Malignon sich vorstellte, wandte sie den Kopf zur Seite. Malignon war modisch gekleidet und frisiert. Ein tadellos gezogener Scheitel lief bis in den Nacken hinunter. Beim Eintreten hatte er das Einglas ins Auge geklemmt – »außerordentlich schneidig«, bemerkte Pauline – und ließ nun seine Augen wie ein Feldherr durch den Salon wandern. Er drückte dem Doktor nachlässig die Hand und trat dann auf Frau Deberle zu. Er reckte sich, in einen schwarzen Frack gezwängt, zu seiner ganzen Länge auf.

»Ah, Sie sind's!« sagte sie anzüglich. »Es scheint, Sie schwimmen jetzt!«

Malignon verstand zwar nicht, antwortete aber geistesgegenwärtig:

»Aber gewiss, meine Gnädigste ... ich habe doch einmal einen Neufundländer gerettet, der am Ertrinken war.«

Die Damen fanden das reizend, und sogar die Hausherrin gab sich geschlagen.

»Ich glaube Ihnen den Neufundländer gern – aber Sie wissen doch, dass ich nicht ein einziges Mal in Trouville gebadet habe.«

»Ach so, Sie meinen die Schwimmstunde, die ich Ihnen gegeben habe... habe ich Ihnen nicht einmal in Ihrem Esszimmer gesagt, dass man Hände und Beine bewegen müsse?«

Die Damen lachten. Er war kostbar. Juliette zuckte die Achseln. Mit diesem Malignon konnte man wirklich kein ernstes Gespräch führen. So erhob sie sich und trat zu einer Dame, der der Ruf einer vorzüglichen Pianistin vorausging und die zum ersten Male in diesem Kreise hier Gast war. Helene saß neben dem Kamin, sah und hörte sich alles mit unerschütterlicher Ruhe an. Malignon schien sie besonders zu interessieren. Sie hatte gesehen, wie er sich gewandt Frau Deberle näherte, die sie jetzt hinter ihrem Lehnsessel plaudern hörte. Sie lehnte sich ein wenig zurück, um besser zu verstehen.

»Warum sind Sie gestern nicht gekommen? Ich habe bis um sechs auf Sie gewartet.« Das musste Malignons Stimme sein.

»Lassen Sie mich doch in Ruhe. Sind Sie verrückt?« flüsterte Juliette.

Jetzt wurde Malignons Stimme lauter.

»Ha, gnädige Frau! Sie glauben mir die Geschichte mit dem Neufundländer nicht! Ich habe eine Rettungsmedaille bekommen. Darf ich sie Ihnen zeigen?«

Und dann setzte er kaum hörbar hinzu:

»Sie haben es mir doch versprochen ... Besinnen Sie sich doch...«

Eine ganze Familie erschien, und Frau Deberle erging sich von neuem im üblichen Begrüßungsschwall, während Malignon mit dem Einglas im Auge zu den Damen trat.

Helene lehnte sich leichenblass zurück. Das war ein Blitzschlag, etwas Unerwartetes, Ungeheuerliches! Wie konnte diese so glückliche Ehefrau mit so ruhigem Gesicht ihren Gatten hintergehen? Und ausgerechnet mit diesem Malignon!

Plötzlich traten ihr die Nachmittage im Hausgarten wieder vors Auge. Juliette, lächelnd und zärtlich, und der Kuss des Doktors berührte ihr Haar. Sie liebten einander doch! Und plötzlich übermannte Helene ein Zorn, als ob sie persönlich von dieser Doktorsfrau betrogen würde.

Es demütigte sie um Henris willen, und tolle Eifersucht packte sie. Sie musste unbedingt wissen, was Henri in diesem Augenblick tat und sprach. Sie erhob sich, suchte im Saale und fand ihn endlich.

Doktor Deberle plauderte im Stehen mit einem hochgewachsenen Herrn. Er war sehr ruhig, seine Miene zeigte Zufriedenheit, und sein Lächeln hatte den gewohnten Zug höflicher Aufmerksamkeit. Sie hatte unsagbares Mitleid mit ihm, und in ihrer uneingestandenen Beschützerrolle wuchs ihre Liebe zu ihm. Ein unbestimmter Gedanke sagte ihr, dass sie, Helene, den Freund nun für das verlorene Eheglück schadlos halten müsse.

Henri schien sie zu übersehen, hatte sich ihr auch nicht mehr genähert, nur zuweilen lächelte er ihr von weitem zu. Zu Beginn des Abends hatte sie sich erleichtert gefühlt, ihn so vernünftig zu sehen. Aber seit sie nun wusste, wie es um die beiden anderen stand, hätte sie sich nun einen Beweis seiner Zärtlichkeit gewünscht, selbst auf die Gefahr hin, bloßgestellt zu werden. Liebte er sie denn nicht mehr, dass er so kalt blieb? Ach! Wenn sie ihm nur alles hätte sagen, wenn sie ihm die Schmach dieses Weibes, das seinen Namen trug, hätte offenbaren können! Während das Piano drüben lustige Weisen erklingen ließ, wiegte ein Traum sie ein: Henri hatte Juliette verstoßen, und sie, Helene, war mit ihm als seine rechtmäßige Frau in einem fernen Lande, dessen Sprache sie nicht verstanden...

Eine Stimme schreckte sie auf.

»Nehmen Sie denn gar nichts?« Es war Pauline.

Der Salon hatte sich geleert. Man war zum Tee ins Esszimmer gegangen. Helene erhob sich mühsam. Alles kreiste in einem Wirbel. Sie glaubte, dass sie die vorhin belauschten Worte, diesen kaltlächelnd friedlichen Bruch einer bürgerlichen Ehe nur geträumt habe. Wenn das alles wahr wäre, würde Henri bei ihr sein und sie gemeinsam dieses Haus verlassen haben.

»Sie nehmen doch eine Tasse Tee?«

Helene dankte lächelnd Frau Deberle, die ihr am Tische einen Stuhl aufgehoben hatte. Schalen mit Gebäck und Zuckerwerk bedeckten den Tisch, indes ein großer und einige kleinere Kuchen kunstreich auf Tellern aufgebaut waren. Es war recht eng. Die Teetassen, zwischen denen graue Servietten mit langen Fransen lagen, drängten sich aneinander. Nur die Damen konnten Platz finden. Einige hatten sich die Mühe gemacht, die Herren zu bedienen. Diese tranken entlang den Wänden im Stehen und mussten Obacht geben, sich nicht gegenseitig durch unfreiwillige Ellbogenstöße in Gefahr zu bringen. Andere wieder, die in den Salons zurückgeblieben wären, warteten geduldig, bis die Kuchenschale auch zu ihnen gewandert war. Pauline feierte Triumphe. Man plauderte lebhafter, silberhelles Lachen klang auf.

»Reichen Sie mir doch bitte den Kuchen,« bat Fräulein Aurélie, die neben Helene zu sitzen kam. »All dies Zuckerzeug ist nicht das Richtige.«

Sie hätte schon zwei Schalen geleert und sagte, zufrieden mit vollem Munde kauend:

»Ah, die Leute gehen ja ... jetzt wird's endlich gemütlich werden.«

Wirklich begannen einige Damen sich zu verabschieden und drückten Frau Deberle die Hand. Viele hatten sich schon heimlich empfohlen. Der Raum wurde leer, und die Herren setzten sich ihrerseits an den Tisch. Nur Fräulein Aurélie wich und wankte nicht. Sie hätte noch gar zu gern ein Glas Punsch getrunken.

»Ich will Ihnen eins verschaffen,« sagte Helene und erhob sich.

»O nein, danke. Bemühen Sie sich doch meinetwegen nicht.«

Seit einer Weile überwachte Helene den schönen Malignon. Er hatte soeben dem Doktor die Hand gedrückt und grüßte jetzt Juliette in der Tür. Es war ihm nichts anzumerken. Sein Gesicht war blass und ruhig, die Augen klar, und bei seinem konventionellen Lächeln hätte man glauben können, dass er die Gastgeberin soeben zu dem gelungenen Abend beglückwünsche. Als Pierre auf einer Anrichte unfern der Tür den Punsch eingoss, wusste es Helene so einzurichten, dass sie sich hinter der Portiere verbergen konnte. Sie lauschte.

»Ich bitte Sie,« flüsterte Malignon, »kommen Sie am Nachmittag ... Ich werde Sie um drei Uhr erwarten ...«

»Sie glauben das doch wohl nicht im Ernst,« lachte Frau Deberle laut ... »Was reden Sie da für Dummheiten?«

Malignon ließ nicht locker.

»Ich warte also auf Sie ... Kommen Sie am Nachmittag ... Sie wissen doch, wo es ist?«

»Nun ja denn, also am Nachmittag,« flüsterte Juliette hastig.

Malignon verneigte sich und ging. Als Frau de Chermette und Frau Tissot sich gemeinsam empfahlen, geleitete sie Juliette verbindlich lächelnd ins Vorzimmer: »Ich werde Sie am Nachmittag besuchen ... Ich habe morgen eine Unmenge Besuche zu machen ...«

Helene stand noch immer bleich und reglos hinter dem Vorhang. Sie taumelte und ging nach einer Weile in den Salon zurück. Hier ließ sie sich in einen Armsessel sinken, die Lampe gab einen rötlichen Schein, und die niedergebrannten Kerzen des Kronleuchters drohten die Seidenmanschetten in Brand zu setzen. Vom Speisezimmer her hörte man den Aufbruch der letzten Gäste. So war es also doch kein Traum. Juliette wollte zu diesem Manne gehen! Morgen, sie hatte sich den Tag gemerkt... Oh, sie würde jetzt keine Rücksicht mehr kennen! Es war ein Aufschrei ihrer Seele. Dann wieder meinte Helene, sie müsse zuerst mit Juliette reden und sie vor ihrem Fehltritt bewahren. Diesen einzig richtigen Gedanken aber schob sie als unpassend beiseite. Sie starrte in den Kamin, wo ein verlöschender Brand knisterte.

»Ei! Da sind Sie ja, meine Liebe,« rief Juliette näher tretend. »Reizend, dass Sie nicht auch schon gegangen sind. Endlich kann man aufatmen!«

Und als Helene aus ihren Gedanken gerissen sich erheben wollte, rief sie lebhaft:

»Warten Sie doch, wir haben es ja nicht eilig. Henri, gib mir mein Riechfläschchen.«

Einige wenige Vertraute hatten sich verspätet. So setzte man sich vor den Kamin und machte noch ein wenig Konversation. Henri war gegen seine Frau von besonderer Aufmerksamkeit, Er hatte ihr das Riechfläschchen gebracht und fragte nun, ob sie nicht recht müde sei und sich nicht gar sehr angestrengt habe. Freilich, sie fühlte sich ein wenig abgespannt, war aber recht zufrieden, dass der Abend so geglückt war. Sie erzählte, dass sie nach solchen geselligen Empfängen nicht recht einschlafen könne und sich bis in den frühen Morgen im Bett herumwerfe. Henri neckte sie lächelnd. Helene beobachtete Juliette in einem Zustand des Dahindämmerns, der jetzt das ganze Haus einzulullen schien.

Bis auf zwei Personen waren inzwischen alle Gäste gegangen. Pierre hatte eine Droschke geholt. Es schlug ein; Uhr, Helene blieb bis zuletzt. Henri tat sich als Hausherr keinen Zwang mehr an, stand auf und löschte zwei Kerzen des Kronleuchters.

»Oh, ich bringe Sie ja um Ihren Schlaf,« stotterte Helene und erhob sich plötzlich. »Werfen Sie mich doch hinaus!«

Sie war rot geworden, und das Blut drängte ihr zum Herzen. Das Ehepaar geleitete sie ins Vorzimmer. Da es hier fühlbar kalt war, sorgte sich der Doktor um seine Frau.

»Geh hinein! Du bist erhitzt, du wirst dich erkälten.«

»Nun denn, so leben Sie wohl,« rief Juliette und gab Helene spontan einen Kuss. »Besuchen Sie mich doch öfter.«

Henri hatte den Pelzmantel von der Garderobe genommen, um Helene hineinzuhelfen. Er schlug ihr den Kragen in die Höhe, und beide schauten lächelnd in den Spiegel, der eine Wand des Vorzimmers einnahm. Da warf sich Helene plötzlich ihrem Liebhaber nach rückwärts in die Arme. Seit Monaten hatten beide nur einen freundschaftlichen Händedruck gewechselt – sie wollten einander nicht mehr lieben. Sein Lächeln verschwand, und er warf die Maske ab. Henri presste sie, gänzlich von Sinnen, an sich und küsste sie auf den Hals, indes sie den Kopf zurückbeugte, ihm den Kuss zurückzugeben.

Helene verbrachte eine schreckliche Nacht. Sie war mit ihrer Willenskraft am Ende, und unaussprechliche Gedanken marterten ihren Geist. Sie versuchte einzuschlafen, aber im Bett wurden die Qualen unerträglich. Sie wälzte sich im Halbschlummer wie auf einem glühenden Roste. Hirngespinste wuchsen vor ihr auf ins Unendliche und verfolgten sie. Nur einen Gedanken fasste jetzt ihr Hirn. Sie mochte sich wehren, wie sie wollte, dieser Gedanke blieb und schnürte ihr den Hals zu. Die Dämmerung graute. Da erhob sie sich mit dem unerschütterlichen Entschluss einer Nachtwandlerin, entzündete die Lampe und schrieb mit verstellten Schriftzügen ein Billett. Es war eine unbestimmte Denunziation von drei Zeilen. Der Doktor Deberle wurde gebeten, sich noch am gleichen Tage an dem und dem Orte zu der und der Stunde einzufinden. Der Zettel enthielt keine Unterschrift. Helene siegelte den Umschlag und schob den Brief in die Tasche. Dann legte sie sich nieder und fiel sogleich in einen bleischweren Schlaf, der ihr keine Erquickung brachte.

Rosalie konnte den Kaffee erst nach neun Uhr auftragen. Zerschlagen, totenblass vom nächtlichen Alpdruck, hatte sich Helene sehr spät erhoben. Sie suchte in der Tasche ihres Kleides, fühlte den Brief, steckte ihn wieder ein und setzte sich schweigend vor ihr Tischchen ans Fenster. Auch Jeanne hatte Kopfweh, war verdrießlich und unruhig. Sie mochte noch nicht aufstehen und hatte an diesem Morgen zum Spielen keine rechte Lust. Der Himmel war bleigrau, und ein fahles Licht verdüsterte das Zimmer, während jähe Windstöße von Zeit zu Zeit gegen die Scheiben drückten.

»Bist du krank, Jeanne?«

»Nein, Mama, es ist bloß der garstige Himmel.«

Helene versank wieder in ihr Stillschweigen. Sie trank zerstreut ihren Kaffee und starrte ins Kaminfeuer. Dann erhob sie sich. Sie hatte sich zu ihrer Pflicht entschlossen, mit Juliette zu reden und sie zum Verzicht auf das Stelldichein mit Malignon zu bewegen. Über das Wie war sie sich noch nicht klar, nur war ihr die Notwendigkeit dieses Ganges zur Gewissheit geworden.

Als es zehn Uhr schlug, kleidete sie sich an. Jeanne wandte keinen Blick von ihr. Als das Kind sah, dass die Mutter nach dem Hut griff, presste sie die kleinen Finger zusammen, und ein Schatten von Schmerz stand auf ihrem Gesichte. Stets zeigte sich Jeanne auf die Ausgänge der Mütter eifersüchtig.

»Rosalie, sieh zu, dass du recht bald mit den Zimmern in Ordnung kommst... Ich bin gleich wieder da.«

Dann umarmte sie Jeanne flüchtig, ohne ihren Kummer zu sehen. Als sie aus dem Zimmer war, tat das Kind, das sich bisher zusammengenommen hatte, einen tiefen Seufzer.

»Oh, das ist gar nicht schön, Fräulein,« suchte das Dienstmädchen in seiner Art zu trösten. »O weh, o weh, man wird Ihnen die Mama nicht stehlen... Immer können Sie doch nicht an ihren Röcken hängen!«

Helene war in die Rue Vineuse eingebogen und hielt sich an den Hauswänden, sich gegen den Regensturm zu schützen.

Pierre öffnete, schien aber recht verlegen.

»Ist Frau Deberle zu Hause?«

»Ja, Madame, ich weiß bloß nicht recht. ..«

Als Helene in den Salon gehen wollte, erlaubte er sich, ihr in den Weg zu treten.

»Warten Sie, Madame, ich will einmal nachsehen.«

Der Diener öffnete die Tür einen Spalt, und schon hörte man Juliette ärgerlich rufen:

»Wie! Sie haben doch jemand vorgelassen? Ich hatte es doch ausdrücklich verboten! Keine Minute kann man ungestört sein.«

Helene stieß die Tür auf, entschlossen, die Pflicht, die sie vor sich sah, zu erfüllen.

»Ah, Sie sind's... Ich hatte falsch verstanden,« entschuldigte sich Juliette, doch war ihr der Besuch augenscheinlich lästig.

»Störe ich?«

»Nein, nein, Sie werden sogleich alles verstehen, meine Liebe. Wir bereiten eine Überraschung für meinen nächsten Gesellschaftsmittwoch vor. Wir proben nämlich ›Laune‹. Wir hatten gerade diesen Morgen gewählt... oh, bleiben Sie doch nur. Sie werden ja nichts ausplaudern.«

Dann klatschte sie in die Hände und wandte sich an Frau Berthier, die mitten im Salon stand und sich nicht einmal nach der Besucherin umgesehen hatte. Ohne sich weiter um Helene zu kümmern, gab sie ihre Anweisungen:

»Bitte noch einmal! Sie dürfen den Satz ›heimlich sparen, ohne dass der Mann es weiß‹ nicht so stark betonen. Bitte diesen Satz noch einmal!« Helene hatte aufs höchste erstaunt im Hintergrund Platz genommen. Sie hatte eigentlich einen ganz anderen Auftritt erwartet. Sie hatte geglaubt, Juliette nervös, zitternd und zagend bei dem Gedanken an das Stelldichein zu finden. Sie hatte sich selbst schon gesehen, wie sie die Freundin beschwor, alles noch einmal gut zu bedenken, und diese würde sich dann ihr mit ersticktem Schluchzen in die Arme werfen. Dann würden sie zusammen geweint haben und Helene mit dem Gedanken gegangen sein, dass Henri nun endgültig für sie selbst verloren sei, sie aber sein' Eheglück gefestigt habe. Und nun nichts von alledem! Jetzt war sie in eine Theaterprobe, von der sie nichts verstand, hineingeschneit. Juliette war innerlich gänzlich ruhig, wohl ausgeschlafen und konnte sich nun über eine Schauspielergeste mit Frau Berthier herumstreiten.... Diese Gleichgültigkeit, dieser Leichtsinn trafen Helene wie ein kalter Wasserstrahl, sie, die noch soeben glühend vor Leidenschaft dieses Zimmer betreten hatte.

»Wer spielt den Chavigny?« warf sie hin, um etwas zu sagen. Juliette wandte sich verwundert um.

»Natürlich Malignon.... Er hat den Chavigny doch den ganzen letzten Winter gespielt.... Aber man kann den garstigen Kerl ja niemals zu einer Probe herankriegen ... Meine Damen! Ich werde die Rolle Chavignys lesen ... Sonst kommen wir überhaupt nicht weiter.«

Helene hielt hartnäckig an ihrem Entschluss fest und versuchte Juliette beiseite zu ziehen.

»Bloß auf eine Minute. Bloß ein paar Worte...«

»Gänzlich unmöglich, meine Liebe ... Sie sehen doch, dass ich stark engagiert bin ... Vielleicht morgen, wenn's Ihnen passt...«

»Ich wollte nur fragen, ob Sie nicht heute Frau von Chermette einen Besuch machen wollten?«

»Ja, heute Nachmittag.«

»So darf ich mich Ihnen vielleicht anschließen? Ich hatte der Dame schon seit langem einen Besuch versprochen.«

Juliette war verlegen, doch fand sie schnell ihre Geistesgegenwart wieder.

»Gewiss, aber gewiss ... ich würde mich natürlich glücklich schätzen ... Bloß muss ich vorher noch allerlei Lieferanten aufsuchen und weiß wirklich nicht, wann ich bei Frau von Chermette sein werde.«

»Oh; das macht mir gar nichts aus,« blieb Helene hartnäckig. »Ein Spaziergang ist mir nur zuträglich.«

»Nun, so hören Sie. Ich darf ja mit Ihnen offen sein ... Sie würden mir lästig fallen ... Am nächsten Montag habe ich dann mehr Zeit.«

All das brachte Juliette so gänzlich unbefangen mit ruhigem Lächeln heraus, dass Helene in ihrer Verwirrung nichts mehr zu sagen wusste. Sie reichte Juliette, die eilig den Tisch zum Kamin tragen wollte, noch rasch die Hand und wollte sich zurückziehen, während die Probe ihren Fortgang nahm. Plötzlich hörte sie Henri sagen:

»O bitte, meine Damen, lassen Sie sich nicht stören. Ich gehe nur eben durchs Zimmer ...«

Juliette aber wollte die Probe nicht fortsetzen, solange ihr Gatte da bliebe. Männer dürften nicht alles wissen. So zeigte sich der Doktor sehr liebenswürdig, wünschte ihnen Glück und versprach sich eine große Überraschung. Er trug schwarze Handschuhe, und sein Gesicht war glatt rasiert. Er kam offensichtlich von seinen Patienten. Er hatte Helene mit einem leichten Nicken gegrüßt und verabschiedete sich ebenso. Helene hatte geschwiegen und wartete auf irgendetwas Außergewöhnliches. Dies plötzliche Erscheinen des Ehemanns schien ihr bedeutsam. Doch als er nun gegangen war, kam er ihr mit seiner ahnungslosen Höflichkeit durchaus lächerlich, vor. Also auch ihn interessierte dieses dumme Komödienspiel! Plötzlich erschien ihr dies ganze Haus von einer erkältenden Feindlichkeit. Nichts hielt sie jetzt mehr zurück. Sie verabscheute Henri wie Juliette gleicherweise. Auf dem Grund ihrer Tasche fühlte sie den Brief zwischen den Fingern. So stammelte sie nur ein Auf-

Wiedersehn und ging, während sich die Möbel vor ihren Augen zu drehen begannen. Als sie auf der Straße war, riss Helene den Brief heraus und schob ihn mechanisch in den Postkasten. Dann blieb sie eine Weile verblüfft stehen und starrte auf den schmalen Kupferdeckel, der klappernd über den Schlitz zurückgefallen war.

»Das ist besorgt.«

Noch einmal überzeugte sie sich, dass sie niemand beobachtet hatte, dann bog sie um die Ecke und ging wieder in ihre Wohnung hinauf.

»Nun, bist du auch artig gewesen, mein Liebling?« begrüßte sie Jeanne mit einem Kuss.

Die Kleine saß noch immer auf dem gleichen Stuhle und hob ihr schmollendes Gesicht. Wortlos legte sie beide Ärmchen um den Hals der Mutter und seufzte schwer.

## 15

Malignon hatte sich, die Füße nahe dem hell brennenden Kaminfeuer, in einem Lehnstuhl ausgestreckt, und wartete geduldig. Er hatte die Fenstervorhänge geschlossen und die Kerzen angezündet. Das Zimmer, in dem er saß, war durch einen kleinen Kronlüster und zwei Armleuchter erhellt. Im Schlafzimmer nebenan herrschte verschwiegene Dunkelheit, bloß die kristallene Hängelampe gab ein ungewisses Dämmerlicht. Mallignon zog die Uhr.

»Zum Teufel, will sie mich heute am Ende wieder sitzen lassen?«

Er gähnte gelangweilt, wartete er doch schon seit einer Stunde. Wieder stand er auf und prüfte seine Vorbereitungen. Die Anordnung der Sessel gefiel ihm nicht. Er wollte ein Sofa vor dem Kamin haben. Die Kerzen glühten mit rosigem Widerschein in den Kattunvorhängen. Das Zimmer erwärmte sich, während draußen jäher Wind stieß und heulte. Dann musterte er zum letzten Male das Schlafzimmer. Der Raum schien ihm sehr geschmackvoll,»schneidig« von A bis Z. Er war zufrieden.

Plötzlich wurde dreimal rasch hintereinander an die Tür gepocht. Das verabredete Zeichen.

»Endlich!« rief er laut und siegesbewusst.

Juliette trat ein. Sie hatte den Schleier niedergezogen und war in einen Pelzmantel gehüllt. Während Malignon die Tür leise schloss, blieb sie einen Augenblick unbeweglich stehen, und niemand hätte ihr die Erregung ansehen können, die ihr das Wort vom Munde schnitt. Ehe noch der Galan ihre Hand fassen konnte, schlug sie den Schleier hoch und zeigte ihr lächelndes, ein wenig blasses Gesicht.

»Was! Sie haben Licht gemacht!« rief sie spöttisch. »Ich glaubte, Sie könnten Kerzen am helllichten Tage nicht leiden!«

Malignon, der sie soeben mit theatralischer Geste in die Arme schließen wollte, verlor die Fassung. Der Tag sei gar zu hässlich, und seine Fenster hätten keinen schönen Ausblick. Im Übrigen ginge ihm die Nacht über alles ...

»Man weiß nie, wie man mit Ihnen dran ist,« neckte Juliette weiter. »Auf meinem Kinderball damals haben Sie mir eine richtige Szene gemacht: Man säße wie in einem Keller, man könne glauben, zu einem Toten zu kommen ... Geben Sie jetzt wenigstens zu, dass sie Ihren Geschmack geändert haben?«

Juliette schien unbedingt die harmlose Besucherin spielen zu wollen und heuchelte eine Sicherheit, die doch nur ihre Verwirrung bestätigte. Es zuckte nervös um ihren Mund, und sie schluckte, als fühlte sie sich in der Kehle beengt. Ihre Augen blitzten unternehmungslustig, und sie kostete vergnügt von der verbotenen Frucht. Sie dachte an Frau von Chermette, die auch einen Liebhaber hatte. Ach du lieber Gott, das war wirklich gar zu drollig.

»Wollen wir nicht einmal Ihre schlichte Hütte näher besehen?« scherzte sie wieder.

Damit machte sie einen Rundgang durchs Zimmer. Malignon ärgerte sich, dass er sie nicht sogleich in den Arm genommen hatte, und folgte ihr voll Ungeduld. Juliette betrachtete die Möbel, musterte die Wände, hob den Kopf, drehte sich kokett in den Hüften und schwatzte in einem fort.

»Ihrem Kattun kann ich wirklich nichts Schönes abgewinnen ... Diese ordinäre Farbe! ... Wo haben Sie denn dieses grässliche Rosa aufgetrieben? ... Nun, der Stuhl da wäre ja ganz nett, aber das Holz ist vergoldet ... Und kein Bild, keine einzige Nippessache! Bloß diese stiellosen Leuchter ... Freilich, mein Wertester, ausgerechnet Sie haben's nötig, sich über meinen japanischen Pavillon lustig zu machen!«

Juliette lachte und rächte sich so für sein ewiges Kritisieren, das sie ihm nicht vergessen konnte,

»Nun ja doch, Ihr Geschmack ist ja soweit recht nett! ... Aber wissen Sie, meine Pagode ist mir mehr wert als Ihr ganzer Möbelkram hier ...

Ein Ladenschwengel würde sich mit solchem Rosa nicht sehen lassen ... oder wollten Sie etwa Ihre Waschfrau hier wohnen lassen?«

Malignon schwieg verdrießlich und versuchte vergeblich, sie ins Schlafzimmer zu dirigieren. Doch Juliette blieb auf der Schwelle stehen und meinte, sie setze ihren Fuß nicht in Räume, wo es so dunkel sei. Im Übrigen hätte sie genug gesehen. All dieses Gerümpel sei aus dem Faubourg Saint-Autrien zusammengeholt. Die Hängelampe amüsierte sie köstlich. Unbarmherzig ging sie mit ihr ins Gericht und kam unaufhörlich auf »diese Nachtlampe« zurück als auf den Traum kleiner Nähmamsells, die sich nicht selbst möblieren könnten. Solche Hängelampe könne man für sieben Franken fünfzig in allen Basars kaufen.

»Ich hab neunzig Franken dafür bezahlt,« knurrte Malignon ungeduldig. Sie schien über seinen Ärger sehr vergnügt. Endlich hatte er sein inneres Gleichgewicht wiedergefunden und fragte betont höflich: »Wollen Sie nicht ablegen?«

»O ja, recht gern. Es ist gar so heiß bei Ihnen.«

Juliette nahm sogar den Hut ab, und er legte ihn mit dem Mantel zusammen aufs Bett. Als er wieder ins Zimmer trat, fand er sie vor dem Kamin, wie sie noch immer die Einrichtung musterte. Sie hatte wieder zu ihrem früheren Ernste zurückgefunden und wollte Entgegenkommen zeigen.

»Es ist zwar sehr hässlich bei Ihnen, aber immerhin, Sie wohnen nicht schlecht. Die beiden Zimmer hätten sich sehr hübsch einrichten lassen.«

»Oh, für den Zweck, den ich mit ihnen im Auge habe –«< entfuhr es ihm leichtsinnig.

Er bedauerte sogleich die dumme vorschnelle Bemerkung. Noch plumper und ungeschickter konnte man es nicht anfangen. Sie hatte in schmerzvoller Beklemmung den Kopf gesenkt und schien für einen Augenblick den Zweck ihres Hierseins vergessen zu haben.

»Juliette,« flüsterte Malignon an ihrem Ohr.

Sie winkte ihm, sich niederzusetzen.

»Juliette. Juliette,« wiederholte er, und seine Stimme wurde zärtlicher.

»Ach, so gehen Sie doch! Seien Sie doch vernünftig,« sagte sie und griff nach einem chinesischen Fächer, der auf dem Kaminsims lag.

Malignon legte werbend den Arm um ihre Hüfte.

»Nicht doch,« rief sie ärgerlich, »lassen Sie mich sofort los, Sie tun mir ja weh!«

Und als Malignon sie schweigend wieder der Schlafzimmertür zu drängte, machte sie sich mit Gewalt los. Sie gehorchte einem gewissen Etwas, das außerhalb ihrer Wünsche lag. Sie war ärgerlich auf sich selbst und auf ihn. Verwirrt stammelte sie abgerissene Worte. Ach wirklich, er lohnte ihr das Vertrauen schlecht! Was glaubte er denn zu erreichen, dass er sich so brutal zeigte. Sie behandelte ihn als Feigling. Nie in ihrem Leben wollte sie mit diesem Menschen wieder zu tun haben. Er aber ließ sie reden, um sie zu betäuben, und verfolgte sie mit seinem bösen blöden Lachen. Sie nahm hinter einem Sessel Zuflucht und wusste plötzlich, dass sie sein Opfer war, ohne dass er noch die Hände nach ihr ausgestreckt hatte. Es war für Juliette eine der peinlichsten Situationen, die sie je durchlebt hatte.

So standen sie sich nun mit verzerrten Gesichtern beschämt und erregt, Auge in Auge, gegenüber, als plötzlich ein heftiger Lärm losbrach. Zuerst verstanden sie nicht. Eine Tür war aufgerissen worden, Schritte kamen näher, und eine Stimme rief:

»Retten Sie sich, schnell fort ... Man wird Sie gleich überraschen!« Es war Helene. Alle sahen einander verblüfft an. Das Erstaunen der beiden Überraschten war so groß, dass sie die Peinlichkeit der Situation vergaßen. Juliette zeigte keine Spur von Verlegenheit.

»Retten Sie sich,« wiederholte Helene hastig. »Ihr Gatte wird binnen zwei Minuten hier sein!«

»Mein Mann!« stammelte die junge Frau. »Mein Mann? Warum denn? Wozu denn?«

Juliettes Gedanken hatten sich gänzlich verwirrt. Helene wurde ungeduldig:

»Glauben Sie etwa, ich hätte Zeit und Lust, Ihnen das alles auseinanderzusetzen? Er wird kommen! Sie sind gewarnt. Gehen Sie rasch, gehen Sie alle beide!«

Jetzt wurde Juliette vollends kopflos und rannte ziellos im Zimmer umher. »Ach Gott, ach Gott! ... Haben Sie vielen Dank, wo ist mein Mantel? Und ausgerechnet in einem pechfinsteren Zimmer! Reichen Sie mir doch endlich meinen Mantel ... Bringen Sie eine Kerze her, damit ich meinen Mantel finden kann .. Entschuldigen Sie tausendmal, meine Teure, dass ich Ihnen jetzt nicht danken kann. Ich weiß nicht mehr, wie ich in den Ärmel schlüpfen soll ... Nein, ich weiß nicht mehr, ich kann nicht mehr...«

Helene musste ihr in den Mantel helfen. In der Eile setzte sie den Hut verkehrt auf und knüpfte noch einmal die Bänder. Das Schlimmste war, dass sie eine ganze Minute damit verlor, ihren Schleier zu suchen, der unters Bett geraten war.

»Das soll mir eine Lehre sein! Das soll mir eine Lehre sein ... Ha! Jetzt wird hier endgültig Schluss gemacht, bei Gott und allen Heiligen!«

Malignon war sehr blass, und sein Gesicht nicht gerade geistreich. Er trat von einem Fuß auf den andern und fühlte sich lächerlich gemacht. Sein einzig klarer Gedanke war, dass er offenbar wieder einmal Pech hatte. So stellte er bloß die komische Frage:

»Also Sie meinen, dass ich hier auch verschwinden sollte?«

Da niemand von ihm Notiz nahm, griff er nach seinem Spazierstock und mimte Kaltblütigkeit. Es war die höchste Zeit. Zum Glück gab es noch einen zweiten Ausgang, eine kleine kaum benutzte Dienstbotentreppe. Frau Deberles Wagen hielt noch vor dem Portal, und Malignon rief in einem fort:

»Beruhigen Sie sich, meine Damen, so beruhigen Sie sich doch! Es wird schon noch einmal gutgehen... Da, hier ist's ... hier ist's ...«

Er hatte die Tür geöffnet, und man sah eine Reihe von drei kleinen Zimmern, die leer und unsäglich schmutzig waren. Erstickende Feuchtigkeit schlug ihnen entgegen. Juliette musste sich Zwang antun, den Fuß in diese jämmerlichen Räume zu setzen.

»Wie konnte ich bloß hierherkommen ... Wie abscheulich! ... Das werde ich mir nie verzeihen.«

»So beeilen Sie sich doch,« rief Helene, von der allgemeinen Verwirrung angesteckt, und schob Frau Deberle vor sich her.

Da warf sich die junge Frau der Freundin nervös weinend an den Hals. Sie hätte sich verteidigen, hätte erklären mögen, warum man sie bei diesem Herrn gefunden hatte. Dann hob sie in rascher Bewegung den Rocksaum, als müsste sie einen schmutzigen Bach durchwaten. Der vorangehende Malignon stieß mit der Stiefelspitze den Schutt zurück, als er die Dienstbotentreppe betrat. Die Türen hatten sich indessen geschlossen.

Helene war in der Mitte des kleinen Salons, stehengeblieben und lauschte. Um sie stand tiefes Schweigen. Nur die Buchenscheite knisterten im Kamin. Die Ohren brausten ihr, sie hörte nichts. Nach wenigen Minuten, die sie eine Ewigkeit dünkten, rasselte plötzlich ein Wagen. Es war die anfahrende Droschke Juliettes. Helene seufzte erleichtert auf.

Der Gedanke, keine niedrige Handlung begangen zu haben, erfüllte ihr Gewissen mit Ruhe und unbestimmter Dankbarkeit. Nach der fürchterlichen Krise, die sie soeben durchlebt hatte, fühlte sie sich plötzlich schwach und nicht imstande, sich zu entfernen. Ihr einziger Wunsch war, dass jetzt Henri kommen möchte.

Es klopfte, und sie öffnete sogleich. Henri trat ein, noch immer mit jenem verhängnisvollen Billett ohne Unterschrift beschäftigt, das er soeben erhalten hatte. Als er Helenes ansichtig wurde, entfuhr ihm ein Laut der Überraschung.

»Wie! ... Um Gottes willen, Sie waren das also!«

In diesen Worten lag mehr noch als die Freude das Entsetzen. Er hatte nicht allzu sehr auf dies mit so viel Kühnheit gewährte Stelldichein gebaut. Nun überwältigten ihn die Gefühle.

»Sie lieben mich! Sie lieben mich! ... Sie also sind's ... und ich ... oh, ich habe das alles falsch verstanden!«

Er öffnete weit die Arme und wollte sie umfassen. Helene wich leichenblass zurück. Zweifellos erwartete sie ihn. Helene hatte sich gedacht, dass sie nun eine Weile zusammen plaudern würden und sie sich irgendetwas ausdenken könnte. Plötzlich wurde ihr die Situation klar. Henri glaubte also an ein Stelldichein, das sie niemals gewollt hatte ...

»Henri, ich bitte Sie flehentlich ... lassen Sie mich!« Er zog sie langsam an sich, gewillt, sie mit einem einzigen Kusse zu besiegen. Die durch Monate künstlich eingeschläferte Liebe brach jetzt, da er begann, Helene zu vergessen, nur umso gewaltiger durch. Das Blut war ihm in die Wangen gestiegen, und sie wehrte sich angesichts dieses flammenden Antlitzes, das sie kannte und erschreckte.

»Lassen Sie mich, ich habe Angst vor Ihnen. Ich schwöre, alles ist ein Irrtum.«

»Aber Sie haben mir doch geschrieben?« fragte der Doktor befremdet.

Was sollte sie sagen, was ihm antworten?

»Ja!« flüsterte sie endlich. Sie konnte doch Juliette, die sie soeben gerettet hatte, nicht bloßstellen. Es war ein Abgrund, in den sie sich gleiten fühlte, Henri prüfte die beiden Zimmer und wunderte sich über das Licht und die Möbel.

»Sind Sie hier zu Hause?« wagte er endlich zu fragen, und als sie schwieg, fügte er hinzu:

»Ihr Schreiben hat mich sehr beunruhigt. Helene! Du verbirgst mir etwas...«

Helene hörte nicht. Er hatte ja schließlich ein Recht, an das Stelldichein zu glauben. Warum anders würde sie hier gewartet haben? Sie fand keine Ausrede, ja war sich nicht einmal mehr sicher, ihm dieses Stelldichein nicht gewährt zu haben. Da überkam sie tiefe Ohnmacht, in die, sie langsam versank.

Im Hintergrunde schlummerte das Zimmer mit seinem breiten Bett. Die Nachtlampe war heruntergebrannt. Eine der Gardinen, die sich aus ihrer Manschette gelöst hatte, verdeckte halb die Tür. Im kleinen Salon hatten die hoch brennenden Lichter des Kronleuchters jenen warmen Brodem verbreitet, der nach Schluss einer Gesellschaft zu herrschen pflegt. Von draußen hörte man das Niederprasseln eines Regenschauers und ein dumpfes Rollen in dem großen Schweigen.

### 16

Als Helene ihre Wohnung wieder betrat, war es längst dunkel geworden. Während sie, sich am Geländer haltend, mühsam die Treppe hinaufstieg, tropfte ihr Regenschirm auf den Stufen ab. Vor der Flurtür blieb sie Atem holend stehen, noch benommen vom Rasseln des Sturzregens, vom Anrempeln der rennenden Leute, geblendet vom Widerschein der Gaslaternen, die in den Pfützen tanzten.

Während Helene nach ihrem Schlüssel suchte, dachte sie, dass sie sich keine Vorwürfe zu machen brauche noch auch Grund zur Freude habe. Man konnte Geschehenes eben nicht rückgängig machen. Sie fand ihren Schlüssel nicht, jedenfalls hatte sie ihn in der Tasche ihres anderen Kleides stecken lassen. Es war ihr außerordentlich peinlich, als ob sie sich selbst das Haus verwehrte. Sie musste schellen.

»Ah, Madame ist's!« sagte Rosalie, die Tür öffnend. »Ich hatte mir schon Gedanken gemacht.«

Damit nahm sie den Regenschirm, um ihn in der Küche abzustellen.

»Oh, dieser furchtbare Regen! ... Zephyrin ist auch eben erst gekommen ... Nass wie eine Katze. Ich habe mir erlaubt, ihn zum Essen hier zu behalten, Madame, er hat bis um zehn Uhr Urlaub.«

Helene folgte ihr gedankenlos. Sie fühlte das Bedürfnis, alle Räume ihrer Wohnung wiederzusehen, bevor sie ablegte. »Es ist schon recht, Rosalie,« gab sie geistesabwesend dem schwatzenden Mädchen zur Antwort.

In der Küchentür verweilte sie ein wenig und starrte ins brennende Feuer. Mechanisch öffnete sie einen Schrank und schloss ihn wieder. Alle Möbel waren an ihrem Platze, nichts fand sie verändert. Freude überkam sie. Zephyrin hatte sich respektvoll erhoben, und sie nickte ihm lächelnd zu.

»Ich wusste nicht, ob ich den Braten anrichten sollte,« begann das Mädchen wieder.

»Wie spät ist es denn?« fragte Helene, um etwas zu sagen.

»Fast sieben Uhr, Madame.«

»Was, sieben Uhr?«

Das Zeitgefühl war Helene abhandengekommen. Endlich erwachte sie aus ihrer Versunkenheit.

»Und Jeanne?«

»Oh, die ist sehr artig gewesen, Madame. Ich glaube sogar, sie ist eingeschlafen. Ich habe sie jedenfalls nicht mehr gehört.«

»Hast du ihr denn kein Licht hineingestellt?«

Rosalie wurde verlegen. Sie mochte nicht gestehen, dass ihr Zephyrin Bilder mitgebracht hatte. Nein, das Kind habe sich nicht mehr gerührt. Helene war schon gegangen und trat voll böser Ahnungen ins Zimmer des Kindes. Eiskalter Luftzug drang ihr entgegen.

»Jeanne! Jeanne!«

Nichts rührte sich. Helene stieß an einen Sessel. Die halboffene Tür zum Esszimmer erhellte einen Winkel des Fußbodens. Sie fröstelte, als ob der Regen mit seinem feuchten Hauche rieselnd ins Zimmer strömte. Sie schaute jetzt nach dem blassen Viereck, welches das Fenster in das Grau des Himmels schnitt. »Wer hat denn hier das Fenster offen gelassen! Jeanne! Jeanne!«

Noch immer kam keine Antwort. Tödliche Unruhe packte die Mutter. Sie wollte aus dem Fenster sehen und fühlte im Tasten einen Haarschopf. Es war Jeanne. Und als Rosalie endlich mit der Lampe kam, sah man das Kind. Es hatte die Wange auf das Fenstersims gelegt, und das Regenwasser aus der Dachrinne hatte sie gänzlich durchnässt. Die Kleine atmete kaum, und an ihren großen bläulichen Lidern hingen zwei schwere Tränen.

»O du unglückliches Geschöpfchen,« stammelte Helene. »Sie ist schon ganz kalt ... Hier einzuschlafen und bei solchem Wetter. Ich hatte dir doch verboten, das Fenster anzurühren. Jeanne! Jeanne! so wach doch auf!«

Rosalie hatte sich schuldbewusst zurückgezogen. Von der Mutter auf den Arm genommen, ließ das Kind den Kopf fallen und vermochte nicht, den bleiernen Schlaf abzuschütteln. Jetzt endlich öffnete sie noch immer schlaftrunken die Lider und blinzelte geblendet ins Lampenlicht.

»Jeanne, ich bin's! Was ist dir? Schau mich doch an! Mama ist nach Hause gekommen...«

Das Kind musterte die Mutter wie eine Unbekannte. Plötzlich schüttelte es sie. Sie schien endlich die Kälte zu fühlen. Das Bewusstsein kam ihr wieder, und die Tränen tropften von ihren Lidern. Sie schlug um sich, als wehre sie sich gegen die Berührung.

»Du bist's, du bist's! ... o lass mich doch, du drückst mich zu sehr ... mir war so wohl.«

Jeanne musterte die Mutter unruhig. An ihrer einen Hand fehlte der Handschuh, und vor dem bloßen Gelenk der feuchten Handfläche und den lauwarmen Fingern schreckte das Kind zurück.

»Komm, Jeanne, und gib mir einen Kuss,« sagte Helene. »Ich bin ja gar nicht böse...«

Jeanne erkannte auch die Stimme nicht. Sie bekam wieder Schmerzen in; der Brust und begann zu schluchzen.

»Nein, nein, ich bitte dich, lass mich ... Du hast mich allein gelassen ... Ich war so unglücklich,« jammerte sie.

»Aber nun bin ich ja wieder da, mein Liebling ... «, weine doch nicht mehr ...«

»Nein, nein, es ist aus ... ich mag dich nicht mehr ... Oh, ich habe gewartet, gewartet... Ich habe zu viel Schmerzen gelitten...«

Helene hatte sie wieder aufgehoben und zog das eigensinnig sich wehrende Kind sanft an sich. »Nein, nein, Mama! Es ist nicht mehr wie sonst... du bist nicht mehr dieselbe...«

»Wie? Was sagst du da, mein Kind?«

»Ich weiß nicht, aber du bist nicht mehr dieselbe...«

»Du meinst, ich hätte dich nicht mehr lieb?«

»Ich weiß nicht, du bist nicht mehr dieselbe... sag nicht nein! Es ist aus, aus, aus! Ich will sterben!«

Leichenblass hielt Helene sie wieder in den Armen. Las sie denn das auf ihrem Gesicht? Sie küsste das Kind, aber Jeanne zitterte mit einer Gebärde tiefen Unwillens. Jeanne weinte leise vor sich hin, während sie ein nervöser Krampf streckte. Helene meinte, man solle von solchen Kinderlaunen nicht zu viel Aufhebens machen. Dennoch fühlte sie eine dumpfe Scham, und das Gesicht des Töchterchens an ihrer Schulter trieb ihr die Röte in die Wangen. Dann setzte sie Jeanne wieder ab.

»Sei artig und wisch dir die Augen. Es wird alles wieder gut werden.«

Das Kind gehorchte und zeigte sich sehr sanft, nur ein wenig verschüchtert. Plötzlich hatte sie einen erstickenden Hustenanfall.

»Ach Gott, nun bist du krank. Man kann dich wahrhaftig keine Minute allein lassen! Frierst du?«

»Ja, Mama, im Rücken.«

»Hier, komm, nimm diesen Schal Im Esszimmer brennt das Kaminfeuer. Dort wirst du warm werden.. Hast du auch Hunger?«

Jeanne stockte. Sie wollte die Wahrheit sagen und mit Nein antworten, aber sie schielte wieder bloß von der Seite und sagte:

»Ja, Mama.«

»Nun, dann wird es nichts Ernstliches sein,« erklärte Helene, sich selber beruhigend. »Aber ich bitte dich, du böses Kind, du jagst mir einen schönen Schrecken ein.«

Als Rosalie mit der Meldung kam, das Essen sei aufgetragen, schalt Helene sie tüchtig aus. Das Dienstmädchen senkte schuldbewusst den Kopf und sagte bedrückt, dass sie die Schelte verdiene und auf das Fräulein besser hätte achtgeben müssen. Um ihre Herrin versöhnlich zu stimmen, half sie ihr beim Auskleiden. Du lieber Himmel! Die gnädige Frau war ja in einer netten Verfassung. Jeanne folgte mit den Augen den Kleidungsstücken, die nacheinander zu Boden fielen, mit Blicken, als wollte sie jedes einzelne ausfragen. Das Band eines Unterrocks wollte sich gar nicht lösen lassen. Rosalie hatte eine Weile zu nesteln, um den Knoten aufzuknüpfen. Das Kind kam näher und zankte, die Ungeduld des Mädchens teilend, über den Knoten. Dann flüchtete sie von den Kleidern, deren feuchter Dunst ihr widerlich war, hinter einen Sessel.

»Madame muss sich jetzt wieder wohler fühlen,« meinte Rosalie. »Es ist was wert, trockene Wäsche auf dem Leibe zu haben, wenn man so durchgeweicht ist.«

Als Helene ihr blaues Hauskleid auf dem Körper fühlte, seufzte sie wohlig. Sie war ja wieder daheim und fühlte endlich die Last der nassen Kleider nicht mehr am Körper.

Das Mädchen mochte noch so sehr drängen, die Suppe stände auf dem Tisch, Helene wollte sich zuerst noch Gesicht und Hände säubern. Als sie erfrischt, noch feucht vom Waschen, mit bis ans Kinn zugeknöpftem Hauskleid am Tische saß, kam Jeanne, nahm ihre Hände und küsste sie.

Während des Essens schwiegen Mutter und Tochter. Das Feuer im Kamin knisterte. Das kleine Esszimmer hatte mit seinem glänzenden Mahagoni und dem hellen Porzellan einen Schimmer von Gemütlichkeit.

Helene schien wieder in jener Betäubung befangen, die sie am Denken hinderte. Sie aß mechanisch ohne rechten Appetit. Jeanne ließ die Mutter nicht aus den Augen und schaute verstohlen über ihr Glas nach ihr. Sie hustete. Helene, die im Augenblick nicht an das Kind gedacht hatte, überkam sogleich wieder die Unruhe.

»Wie! du hustest noch! Bist du denn noch immer nicht warm?«

»O ja, Mama, mir ist ganz warm.«

Helene wollte ihre Hand prüfen, da erst sah sie, dass das Kind noch den vollen Teller vor sich hatte.

»Du sagtest doch, du hättest Hunger ... Magst du das Essen nicht?«

»O doch, Mama... Ich esse ja...« Jeanne würgte ihre Bissen hinunter. Helene überwachte sie einen Augenblick, dann kehrte ihr in diesem von Schatten erfüllten Gemache die Erinnerung wieder.

Und das Kind sah, dass es nichts mehr galt ... Gegen Ende der Mahlzeit hatten sich seine schwächlichen Gliederchen auf dem Sessel gestreckt. Jeanne glich einer Greisin, mit den blassen Augen sehr alter Jungfern, die niemandes Liebe mehr besitzen werden.

»Mag das Fräulein kein Gebäck?« fragte Rosalie. »Darf . ich abdecken?«

Helene blieb unruhig sitzen.

»Mama, ich bin so schläfrig,« sagte Jeanne entschlossen. »Du hast doch nichts dagegen, wenn ich mich schlafen lege? Im Bett wird mir's besser sein.«

Wieder schien die Mutter aus ihren Sinnen aufzuschrecken.

»Hast du Schmerzen, mein Liebling? Sprich doch, wo tut es dir weh?«

»Nirgends, wenn ich es dir doch sage ... Ich bin bloß müde ... So müde ...«

Jeanne rutschte von ihrem Stuhl und stellte sich gerade, um zu zeigen, dass sie nicht krank sei. Die müden Beine schwankten auf den Dielen. In der Kammer tastete sie sich an den Möbeln entlang. Jeanne hatte nicht einmal die Kraft zum Weinen, trotz dem Feuer, das ihren Leib verbrannte. Die Mutter hatte sie zu Bett gebracht. Sie konnte ihr nicht einmal das Haar für die Nacht lösen, so eilig hatte es das Kind, sich selbst das Kleidchen auszuziehen. Sie schlüpfte auch ganz allein ins Bett und schloss rasch die Augen.

»Ist dir's jetzt besser?« fragte Helene und zog ihr die Decke zurecht. »Viel besser. Lass mich. Rühr mich nicht an ... Nimm das Licht hinaus ....«

Sie wünschte nur eins, im Dunkeln allein zu sein, um die Augen wieder zu öffnen und ihr Weh zu fühlen, ohne dass jemand sie beobachtete.

## 17

Helene fasste am andern Morgen neue Entschlüsse. Sie erwachte mit dem Gedanken, nun selbst ihr Glück hüten zu müssen, ständig in Furcht, Henri durch irgendeine Unklugheit zu verlieren. Zuerst also musste sie Juliette noch an diesem Morgen einen Besuch machen. So würde sie verdrießlichen Auseinandersetzungen aus dem Wege gehen, allerlei peinlichen Fragen, die alles in Gefahr bringen konnten.

Als sie gegen neun Uhr bei Frau Deberle eintrat, fand Helene sie bleich und mit geröteten Augen wie eine dramatische Heldin. Sobald sie Helenes ansichtig wurde, warf sich ihr Juliette in die Arme und nannte sie ihren guten Engel. Sie liebe ja diesen Malignon ganz und gar nicht... Oh, darauf lege sie einen Eid ab!... Du lieber Himmel! Welch dummes Abenteuer! ... Wie hübsch, jetzt wieder völlig frei zu sein! ... Juliette lachte behaglich, dann schluchzte sie wieder und bat die Freundin flehentlich, sie nicht zu verachten. Auf dem Grunde ihrer fieberhaften Erregung lauerte die Furcht, dass ihr Mann vielleicht alles wisse. Er war gestern stark erregt nach Hause gekommen. Sie überschüttete Helene mit Fragen. Und Helene erzählte ihr mit einer unverfrorenen Leichtigkeit, die sie selbst verwunderte, eine erfundene Geschichte. Sie beteuerte Frau Deberle, dass ihr Gatte nicht die leiseste Ahnung habe, und Juliette glaubte ihr freudestrahlend zwischen Tränen. Sie warf sich ihr an den Hals. Und Helene fühlte sich durch solche stürmische Liebkosung nicht unangenehm berührt und machte sich keine geheimen Vorwürfe mehr.

Einige Tage vergingen. Helenes ganzes Leben fand sich verändert. Sie lebte nicht mehr bei sich zu Hause, all ihre Gedanken waren bei Henri.

Nichts gab es für sie als das Doktorhaus, wo ihr Herz schlug. Sobald sie einen Vorwand fand, ging sie hinüber und blieb dort, zufrieden, die gleiche Luft zu atmen.

In diesem ersten Rausch des Besitzes stimmte sie sogar der Anblick Juliettes zärtlich. Trotzdem hatte Henri noch keine Minute wieder mit ihr allein sein können.

Helene schien die Stunde eines zweiten Stelldicheins absichtlich hinauszuzögern, und doch fühlte ihr Herz keinen anderen Wunsch. Sie blieb gegen alles andere und gegen alle andern gleichgültig Und verlebte ihre Tage in der Hoffnung auf eine neue Gelegenheit. Ihr Glück wurde einzig durch die Unruhe gestört, dass Jeanne neben ihr hustete. Jeanne hatte jetzt immer häufiger einen trockenen Husten, der sich gegen Abend zu steigern pflegte. Sie hatte auch leichtes Fieber, und Nachtschweiß schwächte sie während des Schlummers. Wenn die Mutter fragte, versicherte sie, nicht krank zu sein und keine Schmerzen zu haben. Jedenfalls war es nur ein tüchtiger Schnupfen. Helene beruhigte sich mit dieser Erklärung und hatte dennoch inmitten des Traumzustandes die ungewisse Empfindung eines Schmerzes, der sich wie eine Last an einer Stelle, die sie nicht hätte nennen können, empfindlich bemerkbar machte. In solchen Freuden ohne Ursache, gänzlich von Zärtlichkeit erfüllt, überkam sie dann wieder eine Herzensangst, als ob ein Unglück hinter ihr lauere. Wer zu glücklich ist, bangt immer. Jeanne hatte wieder gehustet, aber sie trank ihren Tee, und so würde es wohl nicht viel auf sich haben. Helene wandte sich ihr zu und lächelte.

An einem Nachmittage sprach Doktor Bodin zufällig vor, wie er es als Freund des Hauses gewohnt war, Er blieb diesmal ziemlich lange und beobachtete Jeanne mit seinen kleinen blauen Äugen. Er tat scherzhaft und fragte das Kind aus. An diesem Tage äußerte er sich nicht.

Nach zwei Tagen kam er wieder und brachte diesmal, ohne Jeanne zu untersuchen, mit der Fröhlichkeit des alten Mannes, der viel gesehen hat, das Gespräch aufs Reisen. Vor Jahren hatte er als Wundarzt beim Militär gedient und kannte Italien wie seine Westentasche.

Es wäre ein herrliches Land, im Frühjahr geradezu unvergleichlich schön. Warum führe Frau Grandjean mit ihrem Töchterchen nicht einmal nach Italien?

Nach allerlei Umwegen riet er zu einem Aufenthalt in diesem »Lande der Sonne«, wie er Italien nannte. Helene sah ihn prüfend an. Da verwahrte er sich: Weder sie noch ihr Töchterchen wären krank, bloß würde Luftveränderung guttun. Helene erbleichte. Tödliche Kälte fasste sie bei dem Gedanken, Paris verlassen zu müssen. Ach Gott! So weit fortzuge-hen! Henri mit einem Schlage zu verlieren und ihrer Liebe entsagen zu müssen! Helene beugte sich zu Jeanne nieder, um ihre Verwirrung zu verbergen. Wollte denn Jeanne in dieses schöne Land? Das Kind hatte die kleinen Finger krampfhaft geschlossen. Und ob sie wollte! Sie möchte gern in die Sonne gehen, allein, ganz allein mit ihm und der Mutter. Ihr armes mageres Gesicht, das fieberhaft glühte, strahlte in der Hoffnung neuen Lebens. Helene hörte nicht mehr hin. Ärgerlich und misstrauisch, war sie jetzt überzeugt, dass alle miteinander im Einverständnis waren, sie von Henri zu trennen: der Abbé, Doktor Bodin und selbst Jeanne. Als der Arzt Frau Grandjean so unentschlossen und düster sah, glaubte der alte Herr, dass er es mit seinem Rat wohl doch nicht richtig angefangen habe. Er beeilte sich zu versichern, dass nichts zu einer solchen Reise dränge, dennoch fest entschlossen, auf seine Anregung zurückzukom-men.

Gerade an diesem Tage musste Frau Deberle das Haus hüten. Kaum war der Doktor gegangen, als Helene sich eilig zum Ausgehen fertig machte. Jeanne wollte nicht mitgehen. Sie fühle sich beim Kaminfeuer ganz wohl, würde auch recht artig sein und das Fenster nicht auf. ma-chen. Seit einiger Zeit schon quälte sie die Mutter, nicht mehr, sie mitzu-nehmen, und folgte ihr bloß mit einem langen Blick. Wenn sie dann al-lein war, hockte sie sich auf ihr Stühlchen und blieb stundenlang sitzen, ohne sich; zu rühren.

»Mama! Ist es weit nach Italien?« fragte sie, als, Helene ihr zum Ab-schied einen Kuss geben wollte.

»Freilich, sehr weit, mein Liebling.«

Jeanne hielt die Mutter umschlungen und flüsterte:

»Rosalie könnte ja hier das Haus verwahren. Wir werden sie dort nicht brauchen .. .Siehst du, einen nicht zu großen Koffer... das wäre hübsch, liebes Mütterchen! Wir beide ganz allein! Ich würde so dick wieder-kommen ... Sieh, so dick!«

Jeanne pustete die Backen auf und machte die Arme rund. Helene ver-tröstete sie, dass man sehen würde, und gab Rosalie strikte Weisung, sorgsam über der Kleinen zu wachen. Dann hockte sich das Kind in die Kaminecke, starrte in das Flackern des Feuers und versank in träumen-des Sinnen. Von Zeit zu Zeit streckte sie mechanisch die Handflächen vor, um sie zu wärmen. Der Widerschein der Flamme strengte ihre Au-gen an. Sie war so versunken, dass sie Herrn Rambaud nicht kommen hörte. Herr Rambaud machte jetzt sehr oft seinen Besuch und gab vor, wegen einer kranken alten Frau zu kommen, die Doktor Deberle noch nicht im Spital habe unterbringen können. Traf er Jeanne allein, setzte er sich in die Kaminecke und plauderte mit dem Kinde wie mit einer Erwachsenen. Die Sache sei außerordentlich langwierig, sagte er. Die arme Frau warte nun schon eine ganze Woche auf ihre Einlieferung. Er wolle sogleich hinuntergehen, würde den Doktor Deberle aufsuchen, der ihm heute vielleicht Bescheid geben könnte... Dennoch machte er keine Anstalten zu gehen.

»Hat dich deine Mutter nicht mitgenommen?«

Jeanne zuckte die Schultern. Sie war unsagbar müde.

»Ich werde alt,« seufzte sie. »Ich kann nicht mehr spielen... Mama amüsiert sich draußen, und ich amüsiere mich hier. So sind wir eben nicht mehr beisammen.«

Da schauten Herr Rambaud und das Kind mit ernsten Gesichtern einander an, als hätten sie gemeinsam einen großen Kummer zu tragen. Sie sprachen nicht darüber, aber sie wussten, weshalb sie so traurig waren und so gern in der Kaminecke einander gegenübersaßen, wenn die Wohnung leer war.

Helene hatte Frau Deberle und deren Schwester Pauline im japanischen Pavillon angetroffen, wo sie des öfteren die Nachmittage verbrachten. Es war dort sehr warm, eine Heizröhre strömte erstickende Wärme aus. Die breiten Spiegelscheiben waren geschlossen, und man sah den engen Garten im Winterschmuck. Die Schwestern stritten lebhaft.

»Lass mich doch in Ruhe,« rief Juliette. »Unser wahres Interesse ist es, die Türkei zu schützen.«

»Ich habe mit einem Russen gesprochen,« antwortete Pauline erregt. »Man liebt uns in Petersburg. Dort haben wir unsere wahren Verbündeten zu suchen...«

»Ach, halt doch den Mund; redest daher wie eine dumme Gans. Hättest du die Frage so studiert wie ich...«

Die Orientfrage beschäftigte damals ganz Paris.

Frau Deberle unterbrach sich, Helene zu begrüßen:

»Guten Tag, meine Liebe! Nett, dass Sie gekommen sind... Wissen Sie schon? ... Heute Morgen hat man von einem Ultimatum gesprochen. In der Kammer ist es sehr laut hergegangen.«

»Nein, ich weiß von nichts,« antwortete Helene verblüfft. »Ich gehe so wenig aus.«

Inzwischen war Henri eingetreten. In der Hand trug er einen Pack Zeitungen. Ihre Augen hatten einander gesucht, und sie hatten sich eine Weile prüfend angeschaut; dann umschlossen sie einander mit einem langen verschwiegenen Händedruck.

»Nun was gibt's Neues in den Zeitungen?« fragte Juliette.

»In den Zeitungen, meine Liebe? Aber da steht ja niemals etwas drin.«

Es war nun zu wiederholten Malen von jemandem die Rede, auf den man wartete und der nicht kam. Pauline meinte, dass es gleich drei Uhr sei. Oh, er würde schon noch kommen, behauptete Frau Deberle, er hätte es fest versprochen. Aber auch sie nannte keinen Namen. Helene hörte zu, ohne zu verstehen. Alles, was nicht Henri betraf, interessierte sie nicht. Doch unterhielt sie sich mit Juliette, während Henris Blick der sie noch immer nicht losließ, sie wohlig ermattete. Jetzt trat er hinter sie, als wolle er eine Jalousie aufziehen. Sie fühlte, dass er ein Stelldichein forderte, an dem Schauer, als er ihr Haar streifte. Sie willigte ein, besaß nicht mehr die Kraft zu warten... Helene empfand nur das Bedürfnis, dem Geliebten ihr übervolles Herz zu öffnen und ihm alles Glück zu bekennen, das sie zu ersticken drohte. Und während Juliette und Pauline über die Kleider stritten, die sie in der kommenden Saison nötig hätten, gab sie ihre Einwilligung...

»Komm heute Nacht... ich werde auf dich warten ...«

Als Helene endlich hinaufging, lief ihr schon Rosalie aufgeregt entgegen:

»Madame! schnell, schnell, Madame! Das Fräulein ist nicht wohl ... Es spuckt Blut!«

## 18

Als er sich nach dem Essen erhob, sprach der Doktor zu seiner Frau von einer Niederkunft, zu der er wahrscheinlich noch in der Nacht gerufen würde. Um neun Uhr ging er fort und wanderte im nächtlichen Dunkel die leeren Kais entlang. Es wehte ein schwacher, feuchter Wind, und die hochgehende Seine rauschte. Als es elf Uhr schlug, stieg er wieder die, Hänge des Trocadero hinauf und schlenderte um das Haus, dessen viereckige Masse das Dunkel noch verstärkte. Die Fenster ihres Esszimmers waren noch erleuchtet. Schatten glitten unruhig an den Fenstern, hin. Vielleicht war Herr Rambaud zu Tisch geblieben? Aber der blieb ja nie länger als bis zehn Uhr. Deberle wagte nicht hinaufzugehen.

Was hätte er auch sagen sollen, wenn Rosalie öffnete? Gegen Mitternacht ließ er endlich alle Vorsicht beiseite und klingelte.

»Sie sind's, Herr Doktor! Kommen Sie herein,« sagte Rosalie. »Madame wird Sie gewiss erwarten. Ich werde Sie melden.«

Das Dienstmädchen schien keineswegs verwundert, den Doktor um diese Stunde hier zu sehen. Während er ins, Esszimmer trat, klagte Rosalie:

»Das Fräulein ist sehr, sehr krank, Herr Doktor. Eine fürchterliche Nacht! Ich kann kaum noch meine Füße fühlen...«

Das Mädchen war gegangen, und der Doktor hatte mechanisch Platz genommen. Er vergaß, dass er Arzt war. Drunten an der Seine hatte er von diesem Zimmer geträumt, in das ihn Helene führen würde. Einen Finger würde sie auf die Lippen legen, um Jeanne nicht zu wecken, die im Kämmerchen nebenan schlief. Die Nachtlampe würde brennen, das Zimmer im tiefen Dunkel liegen, und ihre Küsse würden verschwiegen sein... Und jetzt saß er da, als wolle er einen Besuch machen, den Hut vor sich und wartete. Hinter der Tür bellte ein hartnäckiger Husten durch das tiefe Schweigen.

Rosalie kam zurück, ging hastig durchs Zimmer, eine Schüssel in der Hand, und sagte im Vorbeigehen:

»Madame sagt, Sie möchten nicht hereinkommen.«

Deberle blieb sitzen und konnte sich nicht entschließen, zu gehen. Hatte sie das Stelldichein auf den nächsten Tag verschoben? Dann bedachte er, dass dieser armen Jeanne vielleicht doch etwas fehlen könne. Man hatte ja mit Kindern nur Kummer und Unannehmlichkeiten ... Wieder öffnete sich die Tür. Doktor Bodin zeigte sich und bat vielmals um Entschuldigung. Einen Augenblick suchte er nach Höflichkeiten. Man habe ihn gerufen, und er würde sich jederzeit glücklich schätzen, sich mit einem so hervorragenden Kollegen zu beraten.

»Gewiss, gewiss, Herr Kollege,« murmelte Doktor Deberle mechanisch.

Der alte Arzt tat verlegen, als wolle er mit seiner Diagnose des Falles nicht heraus. Mit leiser Stimme erörterte er fachwissenschaftlich die Symptome und unterbrach sich schließlich mit einem Blinzeln. Es wäre ein Husten ohne Auswurf, dazu große Abgespanntheit und starkes Fieber. Vielleicht stände man hier vor einem typhoiden Fieber. Indessen sprach er sich nicht aus; bei der chloro-anämischen Neurose, auf die hin man die Kranke schon so lange behandele, lägen jedenfalls unvorhergesehene Komplikationen nahe.

»Was halten Sie davon?« fragte er nach jedem Satze.

Doktor Deberle antwortete ausweichend. Während der Kollege auf ihn einredete, überkam ihn ein Gefühl tiefer Beschämung.

»Ich habe zwei Schröpfköpfe angesetzt,« fuhr der alte Arzt fort. »Ich warte ab ... Aber Sie sollen sie sehen... Sie sollen mir dann Ihre Diagnose sagen.«

Damit zog er ihn ins Krankenzimmer. Henri trat bebend näher. Der Raum war von einer Lampe matt erhellt. Er dachte an ähnliche Nächte mit dem gleichen warmen Dufte, derselben Stickluft und den gleichen tiefen Schatten, in denen Möbel und Gardinen schlummerten. Niemand trat ihm mit ausgestreckten Händen entgegen wie ehedem. Herr Rambaud schien in seinem Sessel zu schlummern. Helene stand im weißen Hauskleide vor dem Bett. Sie wandte sich nicht um, und Deberle erschien diese blasse Gestalt von ragender Größe. Eine Minute blickte er prüfend auf Jeanne. Sie war so schwach, dass sie die Augen nur mit Anstrengung zu öffnen vermochte. In Schweiß gebadet, lag sie bleischwer mit fahlem, auf den Backenknochen mit hektischer Röte übergossenem Gesicht.

»Akute Schwindsucht,« entfuhr es Deberle laut. Er schien auch als Arzt nicht sonderlich überrascht, als hätte er diese Krise schon lang vorausgesehen.

Helene hatte verstanden und sah ihn an. Es überlief sie kalt, ihre Augen waren trocken und ihre Ruhe erschreckend.

»Meinen Sie?« sagte Doktor Bodin, den Kopf wiegend, mit der beifälligen Miene eines Mannes, der die eigene unausgesprochene Ansicht bestätigt findet. Der alte Arzt untersuchte die Kranke von neuem. Jeanne fügte sich willenlos, ohne zu wissen, weshalb man sie so quälte. Es wurden zwischen den Ärzten ein paar, hastige Worte gewechselt. Bodin sprach von amphorischer Respiration und kapillarer Bronchitis. Doktor Deberle erklärte, dass eine zufällige Ursache die Krise gebracht haben dürfte; wahrscheinlich eine Erkältung. Er selbst hätte schon des öfteren die Tendenz der Chloro-Anämie zu Brustkrankheiten beobachtet. Helene stand hinter ihnen und wartete.

»Untersuchen Sie die Kranke doch einmal selbst,« sagte Doktor Bodin, dem Kollegen Platz machend.

Deberle beugte sich nieder, um die Kranke zu befühlen. Sie hatte die Lider nicht aufgeschlagen und überließ sich ihm, vom Fieber verzehrt. Kaum aber, dass Henris Finger sie streiften, traf es Jeanne wie ein elektrischer Schlag. Sie presste die mageren Ärmchen vor die Brust und stammelte:

»Mama! Mama!«

Dann schlug sie die Augen voll auf. Als sie den Mann erkannte, der vor ihr stand, malte sich auf ihrem Gesicht tödliches Erschrecken. Wieder schrie sie auf:

»Mama! Mama! Bitte ... bitte...«

Helene, die noch kein Wort gesprochen hatte, trat jetzt neben Henri. Ihr starres Antlitz glich dem gemeißelten Marmor, und mit erstickter Stimme brachte sie das einzige Wort heraus:

»Gehen Sie!«

Bodin versuchte Jeanne, die von einem Hustenkrampf in ihrem Bettchen hin und her geworfen wurde, zu beruhigen.

Er versicherte der Kranken, dass jeder gehen solle, sie solle ihre Ruhe haben...

»Gehen Sie doch,« sagte Helene mit ihrer leisen tiefen Stimme dem Liebhaber ins Ohr... »Du siehst doch, dass wir sie auf dem Gewissen haben...«

Da ging Henri hinaus, ohne ein Wort des Abschieds zu finden. Er wartete noch eine Weile im Esszimmer, ohne zu wissen worauf. Als Doktor Bodin noch immer nicht herauskam, tastete er die Treppe hinunter, ohne Rosalie um Licht zu bitten.

Er dachte an den schnellen Verlauf einer akuten Phtisis, einen Fall, den er viel studiert hatte. Die Tuberkeln würden sich rapide vermehren und die Erstickungsanfälle sich häufen. Jeanne würde keine drei Wochen mehr zu leben haben...

Acht Tage verstrichen. Die Sonne ging über Paris auf und unter, ohne dass Helene ein klares Bewusstsein für den unerbittlichen Ablauf der Zeit hatte. Sie wusste jetzt, dass ihr Kind verloren war. Nun war es nur noch ein Warten ohne Hoffen und die Gewissheit, dass der Tod keine Gnade kennen würde.

Leise ging sie im Krankenzimmer auf und ab und pflegte die Kleine mit langsamen und doch fahrigen Bewegungen.

Oft, wenn sie vor Müdigkeit auf einen Stuhl gesunken war, sah sie das Kind stundenlang an. Jeanne magerte immer mehr ab, tagtäglich nahm ihre Schwäche zu. Schmerzhaftes Erbrechen marterte sie, und das Fieber wollte nicht mehr weichen. Wenn der Doktor kam, untersuchte er kurz und ordnete irgendetwas an, doch sein gebeugter Rücken zeugte von so viel Hoffnungslosigkeit, dass die Mutter nicht einmal wagte, ihn beim Abschied zur Tür zu begleiten.

Am Morgen nach der plötzlichen Erkrankung war der Priester herbeigeeilt. Er und sein Bruder kamen nun alle Abende und wechselten mit Helene einen stillschweigenden Händedruck. Zu fragen wagten sie nicht.

Die Brüder hatten sich erboten, abwechselnd die Nachtwache zu übernehmen, doch Helene pflegte sie um zehn Uhr zu verabschieden. Sie wollte zur Nachtzeit niemanden im Schlafzimmer dulden.

Eines Abends nahm der Priester, den etwas sehr zu beschäftigen schien, Helene beiseite.

»Ich habe mir etwas ausgedacht,« flüsterte er. »Unsere teure Kranke sollte hier ihre erste Kommunion empfangen...«

Helene schien nicht zu verstehen. Dass sich ihr der Priester trotz aller Toleranz als bloßer Vertreter himmlischer Interessen zeigte, überraschte, ja verletzte sie. So tat sie sorglos:

»Nein, nein. Ich will nicht, dass sie sich quälen soll ... Lassen Sie doch! Wenn es ein Paradies gibt, wird die Ärmste den Weg dorthin auch so finden ...«

An diesem Abend empfand Jeanne eine jener Täuschungen, die den Sterbenden ihren Zustand besser erscheinen lassen, als er ist. Sie hatte den Priester mit dem geschärften Ohr der Kranken sprechen hören.

»Du bist's, lieber Freund? Du sprichst von der Kommunion? Das wird doch nicht mehr lange dauern, nicht wahr?«

»Gewiss nicht, mein Liebling.« Da verlangte Jeanne, dass der Freund sich zum Plaudern zu ihr setzte. Die Mutter hatte sie mit dem Kopfkissen gestützt. Wie klein und schwächlich war sie. Wie lächelten noch die trockenen Lippen, während der Tod schon in ihre hellen Augen trat.

»Oh! Ich fühle mich sehr wohl... Ich würde aufstehen können, wenn ich wollte... nicht wahr? Ich werde ein weißes Kleid anhaben... mit einem Sträußchen... Und wird die Kirche auch so schön geschmückt sein wie im Marienmonat?«

»Noch viel, viel schöner, mein Liebling!«

»Wirklich? Und so viel Blumen werden da sein... Und schön wird man singen ... Bald, recht bald! Du versprichst es mir?«

143

Die Sterbende schwamm in Seligkeit. Sie hörte die Orgel, sah die wandernden Lichter, während die Blumen gleich Schmetterlingen sich in den großen Vasen bewegten. Ein heftiger Husten warf sie aufs Bett zurück. Sie lächelte noch immer und schien den Husten gar nicht zu fühlen.

»Morgen will ich aufstehen und meinen Katechismus ohne Fehler lernen ... Dann werden wir alle recht glücklich sein.«

Helene stand am Fußende des Bettes und schluchzte. Sie, die nicht weinen konnte, fühlte den Strom der Tränen aufsteigen, wenn sie Jeannes seliges Lachen hörte. Es hielt sie nicht mehr im Krankenzimmer, sie lief hinaus, um ihren Jammer zu verbergen. Der Priester war ihr gefolgt. Sogleich hatte sich Herr Rambaud erhoben, um das Kind zu beschäftigen.

»Hast du gehört? Mama hat eben geschrien. Hat sie sich wohl weh getan?«

»Deine Mama – aber sie hat ja gar nicht geschrien, sie hat sich nur gefreut, weil du so munter bist...«

Im Esszimmer hatte Helene den Kopf auf den Tisch gestützt und erstickte ihr Weinen in den gefalteten Händen. Der Priester bat sie, sich zu fassen. Ihr tränenüberströmtes Gesicht hebend, klagte sie sich an, sie hätte ihr eigenes Kind getötet, und eine Beichte kam in abgerissenen Worten von ihren Lippen. Niemals wäre sie diesem Manne zu Willen gewesen, wenn Jeanne an ihrer Seite geweilt hätte. Warum hatte sie ihn in jenem unbekannten Zimmer treffen müssen? Der Himmel solle sie mitsamt ihrem Kind zu sich nehmen ... sie könne nicht mehr leben. Der Priester beruhigte sie und versprach ihr Absolution.

Es klingelte, und Stimmen wurden im Vorzimmer laut. Helene trocknete die Augen, als Rosalie meldete:

»Madame, Herr Doktor Deberle.«

»Ich kann ihn jetzt nicht empfangen...«

»Er bittet um Nachricht vom Fräulein...«

»Bestellen Sie ihm: Das Kind liegt im Sterben.«

Durch die halboffene Tür hatte Henri alles gehört. Ohne die Rückkehr des Mädchens abzuwarten, ging er wieder. Tag um Tag kam er jetzt, erhielt die gleiche Antwort und ging.

Die ständigen Besuche waren es, die Helene am meisten mitnahmen. Einige Damen, mit denen sie bei Deberles bekannt geworden war, glaubten, sie trösten zu müssen, Frau von Chermette, Frau Levasseur, Frau von Guiraud und andere stellten sich ein. Sie ließen sich nicht abweisen, sondern verhandelten laut mit Rosalie, dass man die Stimmen durch die dünnen Wände der Wohnung hören konnte. So empfing sie denn Helene wohl oder übel im Esszimmer und gab ihnen kurze Auskunft, ohne zum Bleiben aufzufordern. Den ganzen Tag über trug sie ihr Morgengewand und vergaß sogar, die Wäsche zu wechseln. Ihr herrliches Haar hatte sie zu einem einfachen Knoten geschlungen und aufgesteckt. Die Augen fielen ihr vor Müdigkeit zu, und ihr bittrer Mund fand keine Worte mehr. Wenn freilich Juliette kam, mochte sie ihr nicht die Türe weisen und ließ sie einen Augenblick am Sterbebett Platz nehmen.

»Meine Teure... Sie überlassen sich zu sehr Ihrem Schmerz! Fassen Sie doch ein wenig Mut!«

Und da Juliette sie mit gutgemeintem Geplauder über die politischen Ereignisse zu zerstreuen suchte, musste Helene Rede und Antwort stehen.

»Sie wissen doch, dass wir jetzt ganz bestimmt Krieg haben werden!... Es ist gar zu schrecklich. Zwei Vettern von mir müssen einrücken.«

Da schwatzte sie nun weiter von ihren Spaziergängen durch Paris. Sie fegte den Wirbeltanz ihrer langen Röcke in die stille Krankenstube. Und wenn sie sich auch Mühe gab, leise zu sein und Mitgefühl zu zeigen, – trotz alledem konnte sie eine gewisse Gleichgültigkeit nicht verbergen. Man sah ihr an, dass sie hier ihre blühende Gesundheit, doppelt freute. Helene fühlte sich von ihrer Gegenwart bedrückt, und Eifersucht nagte an ihrem Herzen.

»Madame!« flüsterte Jeanne eines Abends. »Warum kommt denn Lucien nicht herauf, um ein wenig zu spielen?«

Juliette hatte in peinlicher Verlegenheit nur ein Lächeln.

»Ist er etwa auch krank?«

»Nein, mein liebes Kind, er ist nicht krank, er ist – in der Schule.«

Und als sie mit Helene im Vorzimmer allein war, bemühte sie sich, die Notlüge zu entschuldigen.

»Oh, ich würde den Jungen ja gern mit heraufbringen, ich weiß ja, dass es nicht ansteckend ist... aber Kinder erschrecken so leicht, und Lucien kann sich nicht verstellen! Wenn er Ihren armen Engel leiden sieht, fängt er sogleich bitterlich an zu weinen ...«

»Ja doch, ja doch ... Sie haben ganz recht,« unterbrach Helene. Beim Anblick dieser so heiteren lebensfrohen Frau und im Gedanken an den vor Gesundheit strotzenden Jungen drückte es ihr schier das Herz ab.

Eine zweite Woche war verstrichen. Die Krankheit nahm unerbittlich ihren Verlauf, und jede Stunde nahm ein wenig vom Leben der kleinen Jeanne mit sich fort. Die Krankheit hatte es durchaus nicht eilig, dieses schwächliche, so bewunderungswürdige Wesen zu zerstören. Ein Krankheitsstadium nach dem andern folgte mit unheimlicher Gesetzmäßigkeit. Der blutige Auswurf war verschwunden, sogar der Husten ließ nach. Das Kind war so schwach, und das Atmen fiel ihr so schwer, dass man die Verwüstungen, die die Krankheit in ihrer kleinen Brust anrichtete, genau verfolgen konnte. Die Augen des Priesters und des Herrn Rambaud füllten sich immer wieder mit Tränen, wenn sie dieses Sterben mit ansehen müssten. Tage- und nächtelang klang das Husten hinter den Vorhängen, aber das gequälte Geschöpf, das jeder neue Anfall zu töten schien, kam trotz der anstrengenden Arbeit der Lungen nicht zum Sterben. Die Mutter war mit ihrer Kraft am Ende. Sie konnte dieses Röcheln nicht mehr mit anhören und ging ins Nebenzimmer, wo sie den Kopf gegen die Wand stützte.

Um Jeanne wurde es einsamer und einsamer. Sie erkannte niemand mehr, und ihr Gesicht hatte jenen abwesenden, irren Ausdruck, als ob sie schon nicht mehr auf dieser Erde weilte. Wenn jemand ihre Aufmerksamkeit auf sich ziehen wollte und ihr seinen Namen nannte, starrte sie ihn ausdruckslos an und wandte sich müde und erschöpft zur Wand. Schatten hüllten sie ein, und mit dem ärgerlichen Schmollen ihrer bösen Eifersuchtstage schloss sie sich ab. Doch immer noch weckten sie wieder die krankhaften Launen. Eines Morgens fragte sie die Mutter:

»Ist heute nicht Sonntag?«

»Nein, mein Kind,« antwortete Helene. »Heute ist erst Freitag ... Warum willst du das wissen?«

Doch Jeanne schien die Frage schon wieder vergessen zu haben. Als Rosalie nach zwei Tagen im Zimmer war, sagte sie halblaut:

»Heute ist Sonntag ... Zephyrin ist da ... Zephyrin soll hereinkommen ...«

Das Mädchen zögerte, aber Helene nickte ihr gewährend zu.

»Zephyrin soll hereinkommen! Kommt alle beide her!«

Als Rosalie mit Zephyrin kam, richtete sich Jeanne mühsam auf. Der kleine Soldat, der ohne Kopfbedeckung war und nicht wusste, wo er seine breiten Hände lassen sollte, trat aufgeregt von einem Fuß auf den andern. Zephyrin liebte das kleine Fräulein herzlich. Er blieb auch trotz der Bedenken Rosalies, die ihm gesagt hatte, er müsse recht lustig tun, nur stumm und traurig, als er das Kind so elend und mitgenommen sah. Bei all seinem Draufgängertum hatte er im Grunde ein weiches Herz. Heute fand er keine der schön gedrechselten Redensarten, die ihm sonst so vergnüglich zu Gebote standen. Rosalie zwickte ihn ein wenig, um ihn zum Lachen zu bringen, doch Zephyrin brachte nur stotternd heraus:

»Ich bitte recht sehr um Verzeihung, das gnädige Fräulein und die ganze Gesellschaft ... wenn ich störe ...«

Jeanne stützte sich noch immer auf die abgemagerten Arme. Weit riss sie die großen hohlen Augen auf, als blende sie die Helligkeit inmitten des Schattens, in dem sie bereits weilte.

»Kommen Sie doch näher, lieber Freund,« redete Helene dem Soldaten zu. »Das Fräulein hat sich so sehr auf Ihr Kommen gefreut.«

Die Sonne schien durchs Fenster und zeichnete einen großen gelben Kringel, in welchem die Staubteilchen des Teppichs auf und nieder tanzten. Der März war gekommen, und draußen meldete sich der Frühling an. Zephyrin tat einen Schritt in den Sonnenstreifen. Sein kleines rundes, blatternnarbiges Gesicht zeigte den goldenen Widerschein reifen Getreides. Die geputzten Knöpfe seines Waffenrockes funkelten, und seine rote Hose leuchtete wie ein Feld voller Klatschmohn. Jeanne wandte sich ihm zu, doch ihre Augen wurden von neuem unsicher und wanderten von einem Winkel zum andern.

»Was willst du, mein Kind?« fragte Helene. »Wir sind ja alle da! Rosalie, kommen Sie doch näher... das Fräulein will Sie sehen.«

So trat auch Rosalie in die Sonne. Sie trug eine Haube, deren auf die Schulter zurückgeworfene Bänder gleich Schmetterlingsflügeln flatterten. Goldstaub flimmerte auf ihrem schwarzen strähnigen Haar und verschönte ihr gutmütiges Gesicht mit der platten Nase und den wulstigen Lippen. So standen der Soldat und die Köchin Arm in Arm im Sonnenlichte, und Jeanne schaute zu ihnen hin.

»Nun, mein Liebling,« begann Helene wieder. »Willst du sie denn nicht begrüßen ...«

Jeanne schaute sie an, und ihr Kopf zitterte leicht wie der einer sehr alten Frau. Und vor ihr standen sie wie Mann und Weib, die sich die Hände geben wollen, um nach Hause zu gehen. Die linde Luft des Frühlings wärmte beider Herzen, und im Bestreben, ihr geliebtes Fräulein aufzu-

147

heitern, fanden sie endlich ihr Lachen wieder, zärtlich und ein wenig verlegen. Gesundheit strahlte von ihren breiten runden Rücken, und wären sie allein gewesen, hätte Zephyrin seine Rosalie sicher derbe gepackt und hätte dafür eine kräftige Ohrfeige gekriegt.

»Nun, Liebling? Hast du den beiden denn gar nichts zu sagen?«

Jeanne starrte sie an und brachte kein Wort heraus. Plötzlich schluchzte sie laut auf, und Zephyrin und Rosalie mussten eilig das Zimmer verlassen.

»Ich bitte sehr um Verzeihung... Das gnädige Fräulein und die ganze Gesellschaft...« sagte der kleine Soldat verdutzt und ging.

Von jetzt an versank die Kranke in ein dumpfes Brüten, aus dem sie nichts mehr aufstören konnte. Sie hatte sich von allem losgesagt, selbst von ihrer Mutter. Wenn Helene sich über das Bett neigte, einen Blick ihres Kindes zu erhaschen, starrte Jeanne ausdruckslos vor sich hin, als wäre nur der Schatten der Vorhänge über ihre Augen geglitten. Sie schwieg und verharrte in der schwarzen Verzweiflung einer Irren, die das Ende nahen fühlt. Manchmal blieb sie mit halbgeschlossenen Lidern regungslos liegen, und der schärfste Beobachter hätte nicht erraten können, welche Gedanken sich hinter der schweißnassen Stirn verbargen. Für sie war nichts mehr vorhanden als ihre große Lieblingspuppe, die an ihrer Seite lag. Man hatte sie ihr eines Nachts gegeben, um sie von unerträglichen Schmerzen abzulenken, und nun verteidigte das Kind grimmig seinen Besitz. Die Puppe, mit dem Porzellankopf auf das Kopfkissen gelehnt, lag da wie eine Kranke, bis an die Schultern zugedeckt. Das Kind schien sie in der Phantasie zu pflegen, denn von Zeit zu Zeit streichelte es mit den brennend heißen Händen die fleischfarbenen Glieder, aus denen die Sägespäne schon herausgerieselt waren. Stundenlang wichen die Augen der Kranken nicht von den starren Glasaugen, die ewig zu lächeln schienen. Dann fühlte Jeanne wohl eine zärtliche Regung, drückte die Puppe an ihre Brust und legte kosend die Wange an die winzige Perücke. So flüchtete sie in die Liebe ihrer Puppe, und wann immer sie aus ihrem Dahindämmern aufwachte, vergewisserte sie sich, dass sie noch da sei. Sie plauderte mit ihr und antwortete, als hätte die Puppe ihr etwas ins Ohr geflüstert, und über ihr Gesicht glitt der Schatten eines armen Lächelns.

Die dritte Woche ging zu Ende. Der alte Doktor Bodin blieb eines Morgens lange, und Helene wusste, dass ihr Kind den Tag nicht überleben würde. Seit gestern lag sie in einer Betäubung, die ihr das Bewusstsein der eigenen Handlungen raubte. Man zählte die Stunden. Als die Sterbende über heftigen Durst klagte, hatte der Arzt einfach angeordnet, ihr einen schwach mit Opium versetzten Trank zu reichen, der ihren Todeskampf erleichtern sollte.. Dieser Verzicht auf jegliches Heilmittel nahm Helene die letzte Kraft. Solange auf dem Nachttische die Arzneiflaschen standen, hatte sie immer noch auf ein Wunder der Heilung gehofft. Jetzt war der letzte Glaube geschwunden, und sie fühlte nur noch den Trieb der Mutter, bei ihrem Kinde zu bleiben und es nicht zu verlassen. Der Doktor, der ihr den Anblick dieses Sterbens nehmen wollte, bat sie um allerlei kleine Verrichtungen. Aber stets kam Helene wieder herein, stand dann kerzengerade mit schlaffen Armen und wartete. Gegen ein Uhr kamen Abbé Jouve und Herr Rambaud. Der Arzt ging ihnen entgegen und sagte nur ein Wort. Ergriffen blieben die Brüder stehen, und ihre Hände zitterten. Helene hatte sich nicht umgewandt.

Der Tag war prächtig, einer jener sonnenlieblichen Tage in der ersten Hälfte des April. Jeanne rührte sich in ihrem Bettchen. Verzehrender Durst wölbte zuweilen die fieberheißen Lippen. Sie hatte, die Decke von ihren durchsichtigen Händen gestreift und bewegte sie schwach im leeren Raume. Die Krankheit hatte ihr Werk getan. Die Sterbende hustete nicht mehr, und ihre verlöschende Stimme glich einem Hauche. Noch einmal wandte sie den Kopf und suchte mit den Augen das Licht. Doktor Bodin öffnete weit das Fenster. Da wurde Jeanne ruhig und blickte, mit der Wange in das Kissen gelehnt, auf Paris, während ihr Atem langsam verröchelte.

Es hatte soeben vier Uhr geschlagen. Schon senkte der Abend seine blauen Schatten. Das war also das Ende, ein langsamer Todeskampf durch Ersticken. Das Opfer hatte nicht mehr die Kraft sich zu wehren. Herr Rambaud war schluchzend hinter einen Vorhang getreten. Der Priester sank zu Häupten der Sterbenden in die Knie, hatte die Hände gefaltet und murmelte die Sterbegebete.

»Jeanne, Jeanne,« flüsterte Helene, von einem Entsetzen gepackt, das ihr durch Mark und Bein ging.

Sie hatte den Arzt beiseitegeschoben, warf sich zur Erde und vergrub ihren Kopf in den Kissen, um der Tochter ganz nahe zu sein. Jeanne schlug die Augen auf, ohne die Mutter zu erkennen. Ihre Blicke gingen aus dem Fenster auf das in Schlummer sinkende Paris. Sie drückte ihre Puppe, ihre letzte Liebe, an sich und seufzte leicht auf. Ihre Augen wurden glasig, und in ihrem Gesicht stand eine große Angst. Endlich schien sie Erleichterung gefunden zu haben und atmete nicht mehr. Der Mund stand offen.

»Es ist zu Ende,« sagte der Arzt und nahm ihre Hand.

Mit großen toten Augen blickte Jeanne auf Paris. Ihr Gesichtchen war schmal geworden, und ein grauer Schatten lag unter ihren Wimpern. Der Kopf der Puppe hing vornüber, auch sie schien tot zu sein.

»Es ist zu Ende,« sagte Doktor Bodin noch einmal und ließ die Hand der Toten sinken.

Helene presste die Fäuste an die Schläfen, als wolle ihr der Schädel zerspringen. Irr blickte sie um sich. Dann erschütterte sie ein trockenes Schluchzen.

Am Fußende des Bettes waren ein Paar Kinderschuhe stehengeblieben. Jeanne würde nun diese Schuhe nie mehr anziehen, man könnte sie an die Armen verschenken. Da flossen ihr unaufhörlich die Tränen. Helene blieb auf den Knien und presste ihr Gesicht auf die herabgeglittene Hand der Toten.

Herr Rambaud weinte. Der Priester betete mit lauter Stimme, während Rosalie in der halboffenen Tür ihr Taschentuch zerbiss, um nicht laut aufzuweinen.

In diesem Augenblick klingelte der Doktor Deberle. Es war ihm nicht anders möglich gewesen, sich nach der Kranken zu erkundigen.

»Wie steht es?« fragte er leise.

»Ach, Herr Doktor,« schluchzte Rosalie. »Sie ist tot.«

»Ach Gott, das arme Kind, welch ein Unglück!«

Er fand nichts, als diesen öden Gemeinplatz, der doch so vieles in sich barg. Die Tür hatte sich wieder geschlossen. Er ging hinunter.

## 19

Als Frau Deberle Jeannes Tod erfuhr, weinte sie auf und hatte einen Nervenzusammenbruch. Es war eine lärmende Verzweiflung, die jedes Maß überschritt, Sie kam zu Helene und stürzte sich in ihre Arme. Auf ein hingeworfenes Wort hin fasste sie den Plan, der kleinen Toten ein ergreifendes Begräbnis auszurichten, und dieser Gedanke nahm sie sogleich bis in die kleinsten Einzelheiten in Anspruch. Helene blieb in Tränen aufgelöst, zerschlagen und gänzlich willenlos auf ihrem Stuhle sitzen. Herr Rambaud verlor den Kopf und willigte gern in Frau Deberles Anordnungen. Nur einmal schreckte Helene aus ihrer Versunkenheit auf, um zu sagen, dass sie Blumen wünsche, viele Blumen ...

Sogleich machte sich Frau Deberle daran, zu ihrer gesamten Bekanntschaft zu laufen und die schreckliche Neuigkeit zu verbreiten. Juliette dachte an einen Trauerzug kleiner Mädchen in weißen Kleidern, sie brauchte wenigstens dreißig und verwendete den ganzen Tag darauf, sie zusammenzuholen. Sie hatte sogar in der Beerdigungsanstalt vorgesprochen und die Behänge ausgewählt. Man würde die Gartengitter mit schwarzem Flor verkleiden und die Leiche, begraben unter einem Berg von Lilien, zur Schau stellen.

»Wenn es doch nur morgen schönes Wetter sein würde,« entschlüpfte es ihr eines Abends, als sie ihre Gänge und Laufereien besorgt hatte.

Es wurde ein strahlender Morgen. Ein blauer Himmel wölbte sich, und rein und belebend wehte ein, linder Frühlingswind. Das Begräbnis war auf zehn Uhr festgesetzt. Um neun Uhr wurde die Trauerdraperie aufgestellt, und Juliette kam den Arbeitern mit guten Ratschlägen zu Hilfe. Die weißen Behänge mit silbernen Fransen öffneten einen Gang zwischen beiden Gittertüren, die mit Lilien besteckt waren. Dann lief Frau Deberle geschwind in den Salon zurück, die Damen zu begrüßen. Der größeren Räumlichkeiten wegen sammelte sich das Trauergeleit im Doktorhause. Nur eines war ein wenig peinlich: ihr Gatte hatte schon am frühen Morgen nach Versailles fahren müssen, wie er sagte, zu einer Konsultation, die sich nicht aufschieben ließ.

Frau Berthier fand sich mit ihren beiden Töchtern als erste ein.

»Es ist kaum zu glauben, meine Liebe! Henri lässt mich im Stich... Aber Lucien! Willst du denn die Damen nicht begrüßen?«

Lucien schien sich mit seinen schwarzen Handschuhen über Sophie und Blanche zu wundern, die in Prozessionskleidern vor ihm standen. Ein seidenes Band umschloss ihre Musselinkleider, und ein bis zum Boden wallender Schleier verdeckte das Häubchen aus Tüllstickerei. Während die Mütter plauderten, musterten die drei Kinder einander. Endlich sagte Lucien:»Jeanne ist tot.«

Das Herz war ihm schwer, und er lächelte verwundert. Seit er wusste, dass Jeanne tot war, war er nicht mehr der wilde Junge. Er hatte die Dienerschaft ausgefragt, weil die eigene Mutter zu sehr in Anspruch genommen war. Also wenn man tot war, rührte man sich nicht mehr?

»Sie ist tot, sie ist tot,« echoten die beiden Schwestern mit ihren rosigen Gesichtern.»Ob wir sie noch einmal sehen werden?«

Lucien überlegte zerstreut mit offenem Munde und sagte dann bestimmt:

»Wir werden sie nicht mehr sehen.«

Unterdessen hatten sich andere weißgekleidete Mädchen eingefunden, und Lucien ging ihnen auf einen Wink der Mutter entgegen. Marguerite Tissot glich mit ihren großen Augen und dem weißen Musselinkleid einem jungfräulichen Kinde. Ihre blonden Haare schlüpften aus dem kleinen Häubchen und lagen wie ein goldgesticktes Mäntelchen unter dem Weiß des Schleiers. Ein heimliches Lächeln machte bei den Anwesenden die Runde, als sich die fünf Fräulein Levasseur zeigten. Alle waren gleich gekleidet. Die Älteste ging voran und die Jüngste bildete den Schluss wie beim Ausflug eines Mädchenpensionates, und ihre weiten bauschigen Röcke nahmen eine ganze Ecke des Raumes allein in Anspruch. Als die kleine Guiraud kam, erhob sich ein Flüstern. Man ließ sie Revue passieren, man lachte und küsste sie. Sie glich einem weißen, ein wenig zerzausten Turteltäubchen, war nicht größer als ein Vogel und erschien im Gewirr der zitternden Gaze unmäßig dick und kugelrund, so dass sogar die eigene Mutter die Händchen der Kleinen nicht mehr wiederfinden konnte. Der Salon glich einer stäubenden Schneewolke. Nur das Schwarz der Anzüge einiger Jungen durchsetzte das flimmernde Weiß. Da Luciens kleine Dame tot war, suchte er nach einer andern. Er zögerte lange und hätte gern eine Dame geführt, die größer als er, ähnlich Jeanne, war. Jetzt schien er sich doch für Marguerite entschieden zu haben, deren Haar er bewunderte, und wich nicht mehr von ihrer Seite.

»Der Sarg ist noch nicht heruntergetragen,« sagte Pauline zu ihrer Schwester. Pauline war so quicklebendig und aufgeregt, als handle es sich um die Vorbereitungen zu einem Ball. Juliette hatte alle Mühe gehabt, die Schwester davon abzubringen, ebenfalls in Weiß zu erscheinen.

»Wie!« rief Juliette empört. »Woran denken denn diese Leute? Ich will rasch selbst hinaufgehen. Du bleibst hier bei den Damen!«

Im Salon unterhielten sich die Mütter in dunklen Toiletten mit halblauter Stimme, während die Kinder reglos herumstanden in Sorge, ihre Kleider zu zerknittern. Als Juliette in das Leichenzimmer trat, traf es sie wie ein eisiger Hauch. Jeanne lag noch mit gefalteten Händen auf dem Bett in einem weißen Kleide mit weißer Haube und weißen Schuhen. Eine Krone aus weißen Rosen machte sie zur Königin ihrer kleinen Freundinnen, der von der dort unten harrenden Menge gehuldigt wurde. Vor dem Fenster stand auf zwei Stühlen der mit Seide ausgeschlagene Eichensarg, geöffnet gleich einem Juwelenschrein. Nur eine Kerze brannte. Der verdunkelte Raum hatte den feuchten Duft und den feuchten Frieden eines seit langer Zeit vermauerten Kellers. Juliette, die eben aus der

Sonne und dem lachenden Leben dort draußen nun plötzlich hier stand, blieb stumm stehen und hatte gänzlich vergessen, weshalb sie gekommen war.

»Es sind schon sehr viele Leute da,« flüsterte sie endlich, und als niemand antwortete, redete sie bloß, um zu sprechen, weiter:

»Henri hat zu einer Konsultation nach Versailles fahren müssen. Wollen Sie das bitte entschuldigen...«

Helene saß am Totenbett und hob die rotgeränderten Lider. Seit sechsunddreißig Stunden weilte sie hier trotz der flehentlichen Bitten des Herrn Rambaud und des Abbé Jouve, die mit ihr die Totenwache hielten. Die beiden Nächte hatte sie sich in endlosem Kampfe gequält. Dann war der schreckliche Schmerz des Einkleidens der Toten gekommen. Die weißseidenen Schuhe hatte sie noch selbst dem toten Kinde über die Füßchen gestreift. Jetzt war sie am Ende ihrer Kraft, im Übermaß ihres Kummers dämmerte sie dahin.

»Sie haben doch Blumen?« lallte sie mühsam, die Augen noch immer auf Frau Deberle gerichtet.

»Aber ja, gewiss, meine Liebe!« beruhigte Juliette. »Machen Sie sich nur keine Sorge...«

Ja, seit ihr Kind den letzten Seufzer getan, hatte Helene nur noch die eine Sorge: Blumen, Blumen, Blumen... Wenn jemand eintrat, sah sie unruhig auf, ob er auch Blumen mitgebracht habe.

»Haben Sie Rosen?« stammelte sie wieder.

»Freilich, freilich... Sie werden zufrieden sein, meine Liebe.«

Helene nickte befriedigt und versank wieder in ihr starres Brüten. Die Leichenträger warteten noch immer auf dem Flur, und es musste ein Ende gemacht werden. Herr Rambaud, selbst gänzlich verstört, gab Frau Deberle einen Wink, ihm behilflich zu sein und die Bedauernswerte wegzuführen. So nahmen beide Helene sanft tröstend unter die Arme, stützten sie und führten sie ins Esszimmer, Plötzlich wehrte sich Helene und suchte sich verzweifelt loszumachen. Sie ließ sich vor dem Bett zu Boden fallen und klammerte sich an die Leintücher, während Jeanne in all der lärmenden Unruhe im ewigen Schweigen verharrte. Das Gesicht der Toten zeigte einen finsteren, abweisenden Zug, der Mund war zu einem rachsüchtigen Schmollen verzogen, und dieses finstere, gnadenlose Totenantlitz war es, das Helene außer Fassung brachte. Sie hatte es recht gut beobachtet in diesen sechsunddreißig Stunden. Diese grollende Maske schien nur noch grimmiger und zorniger zu werden, je mehr sie

153

der Auflösung entgegenging. Wenn ihre Jeanne nur noch ein letztes Mal ihr kindlich zugelächelt hätte – es wäre ihrem zerrissenen Mutterherzen ein Trost gewesen.

»Nein, nein, nein!... Lassen Sie mich noch hier ... Sie können sie mir nicht nehmen, ich will sie küssen ... Oh, einen Augenblick ... einen einzigen Augenblick ...«

Sie umfing die Tote mit zitternden Armen und verwehrte sie den Trägern, die verdrossen im Vorzimmer warteten. Aber ihre Lippen wärmten das kalte Gesicht nicht, und sie fühlte, wie Jeanne sie noch immer abwies. Endlich überließ sie das Kind den Händen derer, die sie forttrugen, und sank auf einen Stuhl im Esszimmer. Sie wiederholte die dumpfe Klage:

»Ach, mein Gott!... Ach, mein Gott!...«

Die Aufregung hatte Herrn Rambaud und Frau Deberle erschöpft, und als sie bald darauf die Tür öffneten, war es zu Ende. Alles war völlig lautlos vor sich gegangen. Die geölten Schrauben hatten die Sargdeckel auf ewig verschlossen. Ein weißes Tuch verhüllte die Bahre.

Man ließ jetzt Helene gewähren. Als sie wieder ins Sterbezimmer trat, wanderte ihr irrer Blick über Möbel und Wände. Rosalie hatte die Gardine zugezogen, um die letzten Spuren der kleinen Dahingeschiedenen zu tilgen. Die Finger in einer irren Gebärde spreizend, stürzte Helene zur Treppe. Herr Rambaud hielt sie zurück, und Frau Deberle sprach beruhigend auf sie ein. Helene versprach, sich zusammenzunehmen und dem Leichenzuge nicht zu folgen. Nur zusehen wollte sie, sie würde sich auch im Pavillon ruhig halten. Man musste sie ankleiden. Juliette verbarg ihren Hausrock unter einem schwarzen Schal, nur den Hut fand sie nicht. Endlich entdeckte sie einen und riss von ihm einen Strauß roter Verbenen ab. Herr Rambaud, der an der Spitze des Zuges gehen sollte, nahm Helenes Arm. Als man im Garten war, flüsterte Frau Deberle:

»Lassen Sie sie nicht aus den Augen!... Ich ... ich habe noch viel zu erledigen ...«

Dann entfernte sich Juliette eilig, während Helene mit zu Boden geschlagenen Blicken mühsam Schritt vor Schritt setzte. Als sie in den hellen Sonnentag hinaustrat, seufzte sie:

»Ach, du mein Gott, welch herrlicher Morgen!«

Jetzt sah sie den kleinen Weg unter den weißen Vorhängen. Herr Rambaud suchte ihr sanft den Weg; zu verstellen.

»Fassen Sie Mut! Ich bitte Sie...« sagte er mit zitternder Stimme.

Der kleine Sarg badete sich im Strahl der Sonne. Am Fußende hatte man auf einem Spitzenkissen ein silbernes Kruzifix niedergelegt, und daneben zitterte ein Wedel in einem Weihrauchfasse. Die großen Kerzen brannten ohne jede Flamme gegen die Sonnenscheibe... Es war, als ob unzählige kleine Seelen tanzend gen Himmel flögen... Unter schwarzen Behängen bildeten die Baumzweige mit ihren schwellenden Knöspchen eine Wiege. Es war ein Frühlingswinkel, in den durch einen Spalt der Tücher der Goldstaub eines breiten Sonnenstrahles fiel und die den Sarg bedeckenden Blumen überschüttete. Es war ein Garten weißer Kamelien und Lilien, von weißen Nelken, ein dichter Schneefall weißer Blumenblüten... Die Leiche blieb unsichtbar. Weiße Trauben hingen am Grabtuche nieder, und weiße Hyazinthen waren herabgefallen und entblätterten sich. Die wenigen Spaziergänger in der Rue Vineuse blieben mit bewegtem Lächeln vor diesem sonnenbeschienenen Garten stehen, wo die kleine Tote unter den Blumen schlief. All dieses Weiß sang, blendende Reinheit flammte im Lichte, und die Sonne wärmte die Vorhänge, die Sträuße und Kronen zu schauerndem Leben. Über den Rosen summte eine Biene.

»Die Blumen ... die Blumen ...« flüsterte Helene.

Sie presste ihr Taschentuch an die Lippen, und ihre Augen füllten sich mit Tränen. Es schien ihr, als ob es Jeanne nun endlich warm sein müsse, und es überkam sie ein Gefühl der Rührung gegen all die Leute, die ihr Kind in dieses reiche Blumenmeer gebettet hatten. Schon wollte Helene näher treten... Herr Rambaud mochte sie nicht hindern. Wie wohlig war es ihm unter den schwarzen Behängen! Frühlingsduft stieg empor, und die laue Luft tat keinen Atemzug. Sie beugte sich nieder und suchte nach einer Rose, um sie sich anzustecken.

»Bleiben Sie nicht hier,« sagte er, die Trauernde mit sich fortziehend. »Sie zittern ja. Sie haben versprochen, sich zu schonen.«

Er wollte sie in den Pavillon geleiten, als Pauline erschien. Sie hatte es übernommen, den Trauerzug zu ordnen. Die kleinen Mädchen kamen eins hinter dem andern aus dem Hause. Die weißen Kleider bauschten sich in der Sonne und zeichneten zarte Schatten wie auf Schwanenfittichen. Mit diesen kleinen Gestalten schien die ganze Keuschheit des Frühlings gekommen. Jetzt standen sie schon im Kreise rings um den Rasenplatz, leicht bebend einem Flaum gleich, der in der freien Luft sich leise bläht ...

Und als so der Garten sich über und über in Weiß verwandelt hatte, überkam Helene eine Erinnerung. Sie gedachte des Balles in jener schönen Saison mit den vielen vergnügt hüpfenden und tanzenden Kinderfüßen ... Sie sah wieder Marguerite als Milchmädchen verkleidet mit ihrem Milchkännchen; sah Sophie als Kammerzofe am Arm ihrer kleinen Schwester Blanche, an deren Narrenkostüm ein lustiger Glöckchenreigen geklingelt hatte. Dann kamen die fünf Fräulein Levasseur als Rotkäppchen in Lothringer Hauben mit schwarzsamtnen Bändern, und die kleine Guiraud tanzte übermütig als Elsässerin mit einem doppelt so großen Harlekin. Heute trugen die Kinder alle Weiß. Auch Jeanne war weiß, auf dem weißen Atlaskissen inmitten weißer Blumen ...

»Wie groß sie alle geworden sind,« flüsterte Helene unter Tränen.

Alle waren sie wieder da ... nur ihr eigenes Kind fehlte. Damen kamen vorbei und grüßten sie ehrerbietig ... Die Kinder schauten nach ihr mit großen verwunderten Augen.

Pauline ging geschäftig umher und gab mit gedämpfter Stimme ihre Weisungen. Nur zuweilen vergaß sie auf Augenblicke den Ernst der Stunde.

»Aber ich bitte euch! Seid doch artig ... Sieh mal her, du kleines Schaf, du bist ja schon schmutzig ...«

Der Leichenwagen fuhr vor, und der Zug konnte sich in Bewegung setzen.

Frau Deberle erschien aufgeregt und rief:

»Die Sträuße sind ja vergessen ... Rasch, Pauline, die Sträuße!«

Es entstand einige Unruhe. Man hatte für jedes der kleinen Mädchen einen weißen Rosenstrauß bereit, die nun verteilt werden mussten... Die erfreuten Kinder hielten die dicken Büschel steif vor sich wie Kerzen. Lucien, der keinen Schritt von Marguerite wich, sog den Duft aus dem Strauße und hielt ihn auch seiner Begleiterin hin. All diese Rangen lachten mit ihren Rosensträußen im Sonnenlicht und wurden dann plötzlich still, als der Sarg von schwarzgekleideten Männern auf den Wagen gehoben wurde.

»Ist sie da drin?« fragte Sophie leise.

Ihre Schwester Blanche nickte und sagte nachdenklich: »Für tote Männer ist das Ding sooo groß...«

Sie meinte den Sarg und breitete die, Arme, soweit sie konnte. Die kleine Marguerite lachte und steckte die Nase in ihre Rosen... und dann berichtete sie, wie angenehm das Kitzeln beim Riechen sei. Da versenkten auch die andern ihre Nasen in die Sträuße, um zu sehen, wie es tue, bis man sie zur Ordnung rief.

Der Leichenzug hatte sich in Bewegung gesetzt. An der Ecke der Rue Vineuse stand eine Frau, die bloßen Füße in Holzschuhen, und wischte sich mit dem Schürzenzipfel die Tränen von den Backen. Ein paar Leute lagen in den Fenstern, und man hörte Worte des Mitleids in der totenstillen Straße. Geräuschlos rollte der schwarzverhangene Leichenwagen dahin. Man hörte nur den taktmäßigen Hufschlag der Schimmel auf dem gewalzten Kies der Straße... Es schien eine ganze Ernte von Blumen, Sträußen und Kronen, die dieser Wagen davonführt. Der Sarg war gänzlich unter ihnen verschwunden, und leichte Stöße erschütterten die aufgehäuften Garben. An den vier Ecken des Wagens flatterten lange weiße Atlasbänder, von vier kleinen Mädchen gehalten. Es waren Sophie und Marguerite, das eine der Levasseur-Mädchen und die kleine Guiraud, die so ängstlich trippelte, dass die Mutter neben ihr her gehen musste. Die andern umringten in geschlossener Schar den Leichenwagen. Leise und vorsichtig traten sie auf, und die Wagenräder drehten sich in diesem weißen Musselin wie von einer Wolke getragen, aus der zarte Engelsköpfchen lächelten. Herr Rambaud schritt mit blassem Gesicht in gebeugter Haltung dahin. Es folgten die Damen mit ein paar kleinen Jungen, sodann Rosalie und Zephyrin und als letzte die Dienstboten des Hauses Deberle. Fünf leere Trauerwagen folgten. Über der sonnenhellen Straße flatterte bei der Vorbeifahrt dieses Frühlings ein weißer Taubenschwarm.

»Mein Gott, wie peinlich! Wenn doch Henri diese Konsultation verschoben hätte! Ich hatte ihn doch so gebeten ...«

Frau Deberle wusste nicht, womit sie Helene, die teilnahmslos in einem Sessel des Pavillons saß, unterhalten sollte. Henri hätte sie wenigstens trösten können. Die Situation war wirklich sehr unangenehm. Zum Glück erklärte sich Fräulein Aurélie bereit, hierzubleiben. Sie liebte freilich traurige Situationen nicht und würde sich wohl mit dem Imbiss beschäftigen, der für die Kinder bei der Rückkehr bereitstand. So beeilte sich Frau Deberle, den Trauerzug einzuholen, der soeben in die Rue de Passy zur Kirche hin einbog.

Der Garten war menschenleer. Arbeiter legten schon die Behänge zusammen. In der Wagenspur im Sande lagen nur noch ein paar abgefallene Kamelienblüten. In dieser plötzlichen Einsamkeit und Stille überkam Helene von neuem die Angst, da nun das Band zwischen Mutter und

Kind auf ewig zerrissen war. Nur einmal noch, nur ein einziges Mal noch bei Jeanne sein! Die Zwangsvorstellung, dass Jeanne im Groll von ihr geschieden sei, das finstere, stumme Gesicht des Kindes fuhr über sie hin mit dem hellen Brand eines glühenden Eisens. Als Helene gewahrte, dass nur noch Fräulein Aurélie auf sie achtgab, versuchte sie ihr zu entschlüpfen und auf den Kirchhof zu laufen.

»Ja, ja, wirklich ein herber Verlust,« tröstete die alte Jungfer und machte es sich in einem Lehnstuhl bequem. »Ich hätte die eigenen Kinder auch lieber gehabt als mein Leben, vor allem so ein kleines Mädchen! Aber dann bin ich auch wieder recht zufrieden, dass ich nicht geheiratet habe... Man geht da so manchem Kummer aus dem Wege...«

In ihrer Gutmütigkeit glaubte sie Frau Grandjean zu zerstreuen. Sie schwatzte weiter von einer ihrer Freundinnen, die sogar ein halbes Dutzend Kinder gehabt hätte – alle waren gestorben. Eine andere Dame hatte nur einen Sohn behalten, der seine Mutter später prügelte. Der hätte ruhig sterben können. Der Mutter wäre es nicht schwer geworden, sich zu trösten. Helene schien zuzuhören, nur zuweilen befiel sie ein Zittern der Ungeduld.

»Sie werden auch noch ruhiger werden,« glaubte Fräulein Aurélie trösten zu müssen. »Du meine Güte! Einmal endlich heilen alle Schmerzen.«

Die Tür zum Esszimmer ging zugleich auf den japanischen Pavillon hinaus. Fräulein Aurélie war aufgestanden, öffnete die Tür und reckte den Hals. Kuchenschüsseln standen bereit. Da flüchtete Helene eilig durch den Garten. Die Leute vom Beerdigungsinstitut trugen soeben die Leitern durch das geöffnete Tor.

Links biegt die Rue Vineuse in die Rue des Réservoirs, wo man den Friedhof von Passy findet. Jetzt stand Helene vor dem gähnenden Kirchhofstor, hinter dem sich die Anlagen mit den weißen Grabmälern und schwarzen Kreuzen dehnten. Sie trat ein. Zwei hohe Fliederbüsche trieben am Ende des ersten Ganges ihre Knospen. Die Dahineilende schreckte eine Schar Sperlinge auf, und ein Totengräber hob den Kopf. Der Leichenzug schien noch nicht angelangt, der Friedhof war menschenleer. Weiter schritt Helene bis zur Brüstung der Terrasse und sah plötzlich hinter einem Akaziengebüsch die kleinen Mädchen, die vor dem offenen Grabe knieten, in das man soeben den Sarg gesenkt hatte. Abbé Jouve spendete mit erhobener Hand den letzten Segen. Die Feier war zu Ende.

Pauline hatte die einsame Trauernde bemerkt und machte Frau Deberle aufmerksam.

»Wie! Sie ist doch noch gekommen! Aber das geht doch nicht! Das ist doch gegen jeden Anstand...«

Damit ging Juliette auf Helene zu und zeigte ihr unverhohlen ihre Missbilligung; auch die andern Damen kamen neugierig näher. Herr Rambaud hatte sich schweigend neben die Freundin gestellt. Helene lehnte an einem Akazienbaum. Sie fühlte sich einer Ohnmacht nahe, von all diesen Leuten zermalmt und zerdrückt. Während sie mit einem Kopfnicken die Beileidsbezeigungen entgegennahm, folterte sie ein einziger Gedanke: Wieder war sie zu spät gekommen... Immer wieder schaute sie zur Gruft hinüber, vor der ein Friedhofswärter den Gang fegte.

»Pauline! Gib auf die Kinder acht!« rief Frau Deberle laut.

Die kniende Kinderschar fuhr in die Höhe wie ein Schwarm aufgescheuchter Sperlinge. Ein paar der Kleinsten, die sich mit ihren Knien in den Röckchen verheddert hatten, blieben auf der Erde sitzen und mussten aufgehoben werden...

Während der Sarg in die Tiefe gesenkt wurde, hatten die Großen die Köpfe gereckt, um auf den Grund des Grabes zu sehen. Es war sehr dunkel... Sophie versicherte leise, dass man viele, viele Jahre dort drin bleiben müsse. »Die Nacht auch?« fragte die kleine Levasseur. »Gewiss, auch die Nacht! Immer, immer!« Alle sahen einander mit großen Augen an, als hätten sie soeben eine Räubergeschichte gehört. Als sie dann in loser Reihe wieder das Grab umstanden, kam ihnen die Lebenslust zurück. Es war ja nicht wahr, man erzählte sich nur dummes Zeug. Das Wetter war gar zu schön und der Friedhof mit seinem hohen Grase so verlockend. Wie hätte man hier so prächtig hinter all den großen Steinen Verstecken spielen können! Schon tanzten die kleinen Füße, und die weißen Kleider wehten wie Fittiche. Im Schweigen der Gräber taute der laue, leise Sonnenregen die Kinderherzen auf. Lucien hatte die Hand unter Marguerites Schleier geschoben und berührte ihr Haar, um zu prüfen, ob es auch nicht gefärbt wäre. Dann sagte er ihr, dass sie heiraten würden. Marguerite war nicht abgeneigt, nur fürchtete sie sich, dass er sie dann immer an den Haaren ziehen würde. Da fasste Lucien wieder zu und fand die hellen Haare weich wie Seidenpapier.

»Lauf nicht so weit weg!« mahnte Pauline.

»Nun, ich denke auch, wir wollen aufbrechen!« sagte Frau Deberle. »Die Kinder müssen Hunger haben ...«

Nun mussten die kleinen Mädchen, die auseinander geflogen waren wie ein Pensionat auf dem Spaziergang, zusammengesucht werden. Als man zählte, fehlte die kleine Guiraud. Endlich fand man auch sie in einem Laubengang, wo sie unter Mutters Sonnenschirm würdevoll auf und ab marschierte. Die Flut der weißen Gewänder vor sich her schiebend, drängten nun auch die Damen dem Ausgang zu. Frau Berthier beglückwünschte Pauline zur Heirat. Im nächsten Monat sollte die Hochzeit sein. Frau Deberle erzählte, dass sie übermorgen mit ihrem Manne und dem Jungen nach Neapel zu reisen gedächte. Die Leute zerstreuten sich... Zephyrin und Rosalie waren bis zuletzt geblieben. Nun gingen auch sie Arm in Arm. Bei aller Traurigkeit freuten sie sich auf den kleinen Spaziergang. Sie gingen sehr langsam und waren noch einen Augenblick am Ende des Hauptganges zu sehen.

»Kommen Sie!« sagte Herr Rambaud leise.

Helene bat ihn zu warten. Sie blieb allein, und es war ihr, als hätte man ein Blatt aus dem Buche ihres Lebens herausgerissen. Als die letzten Trauergäste gegangen waren, kniete sie mühsam an der Gruft nieder. Der Priester im Chorhemd hatte sich noch nicht erhoben. Beide beteten lange.

Dann sagte er zu seinem Bruder mit einem Blick voll milder Barmherzigkeit auf die Trauernde:

»Gib ihr deinen Arm!«

Am Horizont leuchtete Paris im strahlenden Frühlingsmorgen, Auf dem Friedhof schlug ein Fink.

## 20

Zwei Jahre waren vergangen. An einem Dezembermorgen ruhte der kleine Friedhof von Passy in großer Kälte. Seit gestern fegte der Nordwind feinen Schnee über die Gräber. Vom verblassenden Himmel rieselten jetzt spärliche Flocken mit der Leichtigkeit weißer Federn. Der Schnee verhärtete sich bereits, und ein hoher Schwanenpelz säumte die Brustwehr der Terrasse. Jenseits der weißen verschwommenen Horizontlinie dehnte sich Paris.

Auf den Knien liegend, betete Frau Rambaud vor Jeannes Grab. Ihr Gatte hatte sich still erhoben. Im November hatten sie in Marseille geheiratet. Herr Rambaud hatte sein Haus in den Hallen verkauft, und weilte seit drei Tagen in Paris, um die Angelegenheit zum Abschluss zu bringen. In der Rue des Réservoirs wartete der Wagen, der beim Hotel vorfahren sollte, um das Gepäck zur Bahn zu schaffen. Helene hatte die Reise einzig in dem Gedanken mitgemacht, an Jeannes Grab zu weilen. Noch immer kniete sie reglos mit gesenktem Kopf auf der nasskalten Erde.

Der Wind hatte nachgelassen. Herr Rambaud war feinfühlig auf die Terrasse hinausgetreten. Aus den Fernen von Paris stieg ein Nebel auf, dessen ungeheure Größe in der bleichen Leere dieser Wolke versank. Zwei Tränen glitten von den Lidern der Knienden. Der Friedhof breitete die Weiße eines Grabtuches um sie, eines Grabtuches, das von verrosteten Gittern und eisernen Kreuzen gleich trauernden Armen zerrissen war. Die Schritte des Paares hatten einen Pfad in diese einsame Stätte gegraben. Es war eine makellose Einsamkeit, in der die Toten schlummerten. Zuweilen fiel ein Schneeklumpen von einem Grabkreuze, dann rührte sich nichts mehr. Am andern Ende des Friedhofs war ein schwarzer Zug vorübergestampft. Hier bettete man einen Toten unter dieses weiße ungeheure Laken aus Schnee.

Herr Rambaud hatte sich wieder dem Grabe genähert, und Helene stand auf, ihm entgegenzugehen. Sein freundliches Gesicht zeigte Unruhe.

»Helene, lass die Toten ruhen!« sagte er leise.

Er wusste, was sie gelitten hatte. Und mit diesem einen Worte hatte er alles gesagt. Frau Rambauds Gesicht war von der Kälte frisch gerötet, und ihre Augen leuchteten hell.

»Ich weiß nicht, ob ich den großen Koffer gut verschlossen habe,« sagte sie lächelnd, und Herr Rambaud versprach, sich hierüber Gewissheit zu verschaffen. Der Zug ginge ja erst mittags, und man habe genügend Zeit. Die Straßen wurden gefegt, und so würde der Wagen keine Stunde brauchen. Plötzlich wurde seine Stimme eifrig:

»Ich glaube gar, du hast die Angelruten vergessen!«

»Wahrhaftig!« rief Helene verdutzt. »Wir hätten sie lieber doch schon gestern kaufen sollen ...«

Diese Angelruten waren sehr praktische Stecken, wie man sie in Marseille nicht kaufen konnte. Rambauds hatten unfern dem Meere ein kleines Landhaus, wo sie den Sommer zu verbringen pflegten. Herr Rambaud zog seine Uhr. Wenn man sich zu Fuß auf den Weg machte, würde man die Angelruten noch rechtzeitig einkaufen können, die sich mit dem Regenschirm zusammenbinden ließen. So stapften sie durch den Schnee zwischen den Gräberreihen davon.

Der Friedhof war leer. Bloß ihre eiligen Schritte kreuzten die Schneefläche.

Wieder blieb Jeanne allein im Angesicht von Paris, – für immer!

Lightning Source UK Ltd.
Milton Keynes UK
UKHW011836061022
410067UK00002B/45